Aki Sung
宋亞樹

Aki Sung
宋亞樹

王子不順眼

言情名家 宋亞樹——著

無論摔過多少次跤，受過多少次傷，
我始終相信，這世界上眞有童話故事般的愛情存在。

1

梁采菲覺得她一定是瘋了。

否則她怎會看見一座粉紅色的城堡？

怎麼可能？這裡雖然偏僻了些，但好歹也在市區裡……粉紅色的城堡？建造的人要不是童話浪漫得過頭，就是錢太多沒地方花吧？

不管了！她抓緊被大雨吹翻的摺傘，決定躲到城堡屋廊下避雨。無論眼前這座城堡是否充滿不對勁，在狂風暴雨的此刻裡，都是能爲她遮風擋雨的不二選擇。

她衝到城堡大門前，收起摺傘，拍了拍髮上及肩上的水珠，不經意地抬頭一瞧，門上居然掛著個莫名其妙的牌匾，上頭寫著「樂樂美月老廟」。

樂樂美月老廟？

哈哈哈！這是什麼東西？

姑且不論城堡上掛著匾額這件事有多乖違，這廟名也太沒品味了吧？若不是擔心有冒犯神祇的疑慮，梁采菲眞想放聲大笑。

嘎嘰——身後驀然傳來一道聲響。

梁采菲回首，便看見城堡大門在她眼前緩緩開啓。

別鬧了！誰會貿然走進一座莫名其妙的城堡裡啊？《糖果屋》的故事沒聽過嗎？

「嚇啊啊啊啊啊！」她都還沒腹誹完，卻猛然被一股力道拍進城堡裡。

怎麼回事？這也太邪門了吧？她驚慌失措地穩住腳步，城堡大門卻在她背後砰一聲關上！

好吧，這很顯然是一道眞的邪「門」，快放她出去呀啊啊啊！

「嘿！外頭有人嗎？有沒有人能幫我開門？」無論她怎麼推，門都推不開，她只好猛烈拍起門扉，扯嗓叫喊。

沒有，什麼也沒有。沒有人回應她的呼喚，大門也文風未動……怎麼辦？

對！手機！她還有手機！

她連忙將包包內的手機拿出來，但是不管拿上拿下、拿左拿右，都沒有收訊。

眞是叫天天不應，叫地地不靈，不如先試著找尋別的出口，或許屋主等等就出現了？

梁采菲隨手抹了把臉，抓緊手中摺傘，心想若有什麼突發狀況，好歹能拿來防身；她深呼吸了幾口，強迫自己寧定心神，四處探看，可又不敢闖入太深，小心翼翼地張望。

淺粉紅色的廊柱、深粉紅色的天花板、粉白色的窗櫺布幔……

入眼所見皆是各種不同深淺的粉紅，椅子上甚至還有幾隻不同尺寸的泰迪熊，與她叫不出名稱的絨毛娃娃，擺設夢幻粉嫩得不得了，根本怎麼看也不像什麼月老廟嘛！

欸？才正這麼想的時候，她的注意力卻被桌子上的東西吸引住——

紅線、鉛錢，和喜糖？

居然眞有這種在月老廟才會出現的供品？

這串紅線很特別，上頭還束著粉紅色的繩結……哪個女人對紅線不好奇？誰都希望自己的戀情順利。

就像她，雖然有著人人稱羨的交往對象，可還是不禁會想，男友是否就是她命定的另一半？他們是否能夠平平穩穩、步入婚姻，順利邁向人生下一個階段？紅線是否能保佑她呢？

她忍不住伸手觸碰擺放在托盤中的紅線。

「妳想偷拿紅線嗎？」身旁陡然傳來一道稚嫩童音，嚇得梁釆菲趕緊縮手。

「我只是想看看，並沒有要偷拿。」不對，她這麼急著解釋，豈不顯得很心虛嗎？

梁釆菲還想多說幾句爲自己辯白，轉頭一瞧，身旁根本沒人。

不對，怎麼可能沒有？

她緩緩將目光往下移，一個有著粉紅色頭髮，綁著雙馬尾的小女孩身影映入她眼簾。

「咦？」她微微後退，很明顯嚇了一跳。

小女孩皮膚白皙、臉頰膨軟、雙眼明亮，看起來很討人喜歡，但粉紅色頭髮是怎麼回事？Cosplay中毒嗎？她是屋主的小孩嗎？

「小妹妹，這裡是妳家嗎？對不起，我不是故意闖進來的。外頭雨很大，我本來只是想避雨，可是——」

「既然妳都誠心誠意地祈求戀情順利了，我就大發慈悲地成全妳吧。」小女孩猝不及防打斷她的話。

「什麼？」梁釆菲呆住。

什麼誠心誠意？什麼大發慈悲？火箭隊嗎？她還以爲神奇寶貝早就不流行了呢。

不對，這不是重點，一定是這座城堡太奇怪，她才跟著奇怪了起來。

她搖了搖頭，試圖搖去雜亂的心思，不過，就算她把頭搖昏，接下來的發展仍然越來越奇怪了。

「來，妳只要在這邊投下香油錢，我就可以實現妳的願望，還可以讓妳把紅線帶回去。」小女孩興致高昂地將一個粉紅色的小豬撲滿，舉高到梁采菲眼前。「投多少香油錢都可以，看！我很好心吧！」

什麼跟什麼啊？想賺零用錢也不是這樣的吧？梁采菲的嘴角不禁抽動了兩下。

「小妹妹，妳這樣惡作劇是不對的。」梁采菲將粉紅色小豬撲滿拍下去，對小女孩曉以大義。「擅自跑進妳家是我不對，但我眞的不是故意的，妳不應該這樣向陌生人討零用錢，假如妳有想買的東西，應該向妳爸爸、媽媽說。再有，跟這些事情比起來，妳更應該先幫我打開大門，讓我出──」

「誰在惡作劇？誰又是小妹妹了？梁采菲，我警告妳，我可是月老，妳再對我不敬，當心我把妳小指頭上的紅線剪了！」

女孩個頭小歸小，說起話來卻架式十足、氣勢驚人，單手做出剪刀狀在梁采菲面前揮呀揮，一副眞要剪她紅線的模樣。

「妳爲什麼知道我叫梁采菲？」梁采菲下意識縮緊小指，再度嚇壞。

「我不只知道妳叫梁采菲，我還知道妳有個剛交往不久的男朋友呢。」

太可怕了，這座城堡不只門很邪，就連小女孩也很邪啊！

「我要回去了，快幫我開門。」梁采菲已經不想管小女孩爲何會知道她的姓名與男友這些事了，只想趕緊離開這個鬼地方。

「門不就開著嗎？」小女孩滿臉莫名其妙。

「咦？」梁采菲抬眸一看，果不其然，城堡大門不知何時早已打開。

媽媽，我想回家，這裡眞的太詭異了！梁采菲毫不猶豫，回身便走。

「紅線不要了嗎？」小女孩追在她身後。

「當然不要！」誰敢拿啊？還嫌不夠弔詭嗎？梁采菲搖頭搖得跟波浪鼓似的。

「算了，這次就當免費送妳吧，要記得幫我介紹信徒哦！還有，要記得請信徒給我香油錢。」小女孩法外開恩的口吻。

又是香油錢？還來啊？

梁采菲已經不想理小女孩了，根本沒把她的話當一回事，只想盡速離開這個鬼地方。

「對了，假如妳想找我，只要對著天空大喊『樂樂美』，我心情好的話就會出現的。」小女孩再度補上一句。

誰會做這種白癡的事？梁采菲頭也不回地走出城堡。

彩虹懸掛天際，幸好大雨已經停了。

她小心翼翼地回首探望，城堡還好端端矗立在那裡，並沒有像任何鬼故事裡的客棧或寺廟那樣消失，成爲一片廢墟之類。

該說謝天謝地嗎？

她有些慶幸地拍了拍胸口，赫然摸到胸前掛著的工作識別證，上面清清楚楚寫著「梁采菲」三個大字。

對，她怎會忘了，她今天回總公司開會，識別證還在身上呢！

難怪小女孩知道她的名字，至於有個剛交往不久的男友這件事，大概是隨口胡謅，恰好矇到吧。

真是的，她幹麼自己嚇自己呀？

梁采菲安心了，想將傘收進包包，未料拉鍊才打開，便看見一束以粉紅色繩結固定的紅線，靜靜地躺在包包裡。

紅線？這不是方才托盤裡的那一條嗎？怎麼會在她包包裡？

雖然那個粉紅色小女孩有說要送她紅線，但她並沒有答應，更何況，小女孩從頭到尾都沒碰到她的包包，紅線是怎麼跑進來的？

鈴——她還在疑惑，行動電話卻響了。

「喂？」她一手拿著紅線，一手按下通話鍵。

「采菲，妳在哪裡？到家了嗎？」說話的人是梁采菲的男友蔣均賢，同時也是她的前輩，任職於總公司。

奇怪……梁采菲狐疑地將手機拿遠，望了眼來電顯示，確認是蔣均賢沒錯，再度將電話放回耳邊。

「均賢？你的聲音怎麼怪怪的？感冒了？」梁采菲納悶地問。

是手機有什麼問題嗎？怎會突然覺得蔣均賢的聲音聽起來有點蒼老，還有點沙啞？

「聲音怪怪？沒有啊，我沒有感冒，一切都很正常。先別管這些了，剛才雨好大，妳沒淋濕吧？我手邊工作已經忙完了，要不要去接妳？剛剛妳的電話一直打不通，我有點擔心，妳沒事吧？」

梁采菲今天回總公司開會，蔣均賢本想順便載她回家，沒想到臨時被公事纏身，一時間走不開。

「均賢，我跟你說，剛剛……」梁采菲看著手裡的紅線，本想告訴蔣均賢粉紅色城堡的事，想想又覺得有點荒謬，根本不知道該從何講起。

「采菲、采菲，妳有在聽嗎？」她猶在走神，電話那端陡然傳來幾聲輕喚。

「啊？有，我有在聽。沒事，雨已經停了，不用來接我，大概剛剛經過收訊不好的地方，所以電話才會打不通。抱歉，讓你擔心了。」梁采菲連忙將飄遠的神思拉回來。

算了，還是別提好了。

瞧，蔣均賢這麼關心她，根本不需要什麼月老或紅線，她的戀情就已經進展得夠順利了，幹麼幫奇怪的粉紅色小女孩介紹信徒啊？

她本想將紅線扔進垃圾桶，又擔心犯了什麼忌諱，只好將紅線藏進包包最深處。

好，她知道她鴕鳥，鴕鳥又怎樣，反正沒事就好。

「那妳路上小心，到家之後再打通電話給我，知道嗎？」話筒彼端的蔣均賢叮囑。

「好，我知道了，眞是的，老把我當小孩，總愛碎碎念。」梁采菲嘴上抱怨歸抱怨，出口的聲音卻甜膩膩的，心裡也甜蜜蜜的，步履輕快地邁步回家。

這時候的她還不知道，現在的一切只是暴風雨前的寧靜，她平靜的生活從明天開始，即將天、翻、地、覆——

✻

不對勁，一切都很不對勁。

怎麼會這樣？

捷運站裡有很多穿西裝、打領帶，腳踩著皮鞋，趕著上班的小男孩，還有一些至少七、八十歲的老太太，卻做粉領OL打扮，甚至還有些小學生，身上穿著捷運站務員的制服。

這一切都太詭異了，梁采菲驚慌失措地打量四周，彷彿置身異世界，飛也似地往公司狂奔。一定是她昨晚沒睡好，全都是幻覺，嚇不倒她的。

「梁小姐早，今天還是一樣漂亮哦。」走進辦公大樓，公司的保全警衛和她打招呼。

「早……」嘶——梁采菲抬眸的同時，硬生生吞下一聲驚呼，倒抽了好大一口氣。

居然連保全先生也是這樣！

明明保全先生昨天還是四十多歲的壯年男子，今日卻變成頂多國中年紀的青少年。

太詭異了！梁采菲匆匆朝保全先生點了個頭，驚魂未定地閃進電梯內，以最快的速度按下樓層鍵。

幸好她來得早，電梯內沒有別人，她還可以趁電梯上樓的時候冷靜一下，她……

「啊啊啊啊啊！」她對著電梯內的鏡子尖叫！

怎麼回事？鏡子裡的女人看起來好老，那抬頭紋和法令紋是誰的?!剛剛在家裡時，她就已經長這樣了嗎？看起來好可怕啊！媽——

怎麼辦？她是不是眼睛或是大腦出了什麼問題？是不是今天應該先請假回家？

可是，現在正值暑假，而她任職的立璟公司，負責的是各大品牌公司的行銷贈品活動。

舉凡飲料或泡麵包裝上的抽獎活動、買印表機送墨水匣，或是買什麼東西送機票的各類促銷活動，只要承包給立璟，就涵蓋在她的業務範疇裡。

暑假向來是促銷活動最多，來函量與業務量最大的時候，而她是小主管，一天不上班，整體效率就會差很多，整體效率差很多，客訴電話就會多更多，她怎能請假？

不行不行，還是乖乖去上班吧，也許等等就恢復正常了。

叮——她隨著電梯門打開的鈴音跨出去，匆忙在辦公桌前坐下，說服自己寧定心神。

漸漸地，走進辦公室裡的人越來越多，經過她身旁的同事也越來越多，她低頭假裝忙碌，不敢直視這些模樣與從前相差許多的同事。

「梁姊，早安。」IT部門的安靖走過來，敲了敲她的桌面。「妳要的後臺程式我安裝好了，妳試試看，有問題告訴我哦。」

「好，謝謝。」她抬頭回應安靖，笑容卻僵凝在臉上，驚愕無比地瞪大眼睛。

她認識的安靖是位年齡與她相仿，秀氣白淨的男性工程師。

然而，此時她眼裡的安靖雖然同樣是三十歲左右，但白襯衫下包裹得卻是玲瓏有致的姣好身材，豐胸、長腿，臉上還化著精緻的妝，儼然是如假包換的女性。

「梁姊，怎麼了？我臉上有什麼嗎？難道是鬍子沒刮乾淨嗎？」安靖秀氣地抬起手來，小心翼翼地摸著自己的臉，就連聲線也是女性嗓音。

「沒有，沒什麼。你今天很漂……帥。」梁采菲花了點時間，才把「漂亮」兩個字改過來。

「呵呵，謝謝梁姊，妳也很漂亮哦。」安靖嬌羞地打了她一下，風情萬種地走了。

安靖是GAY，辦公室裡眾所周知，但……現在是怎樣？

她眼裡看見的每個人，不只是年齡有問題，連性別都出了問題嗎？

不過……安靖的出現令她萌生了個大膽的想法。

既然安靖表現出的模樣，是他眞正的性向，換言之，會不會有可能，她現在眼裡見到的，就是對方的心靈年齡與性別？

鼓起勇氣研究一下好了，梁采菲揚眸，悄悄審視四周同事——

坐在她對面的，是她的直屬上司，部門經理李蘋，實際年齡三十五歲，目前的外貌年齡是五十歲左右，雖然猶有姿色，但已經不是她心目中那位完美女神主管；而剛剛從她前面走過去的會計小姐，實際年齡四十歲，外貌年齡則幾乎是七、八十歲，腰都彎了、背也駝了。

女人看起來都比實際年齡老，男人則相對都比較年輕……

人家不是說，男性相對比女性幼稚嗎？她的推測會不會眞有可能？梁采菲怔怔咬著原子筆蓋思忖。

「梁姊，早安！」一聲精神抖擻的招呼打破她的沉思。

她揚睫一抬，彷彿看見一線曙光。

瞧！這精神奕奕的工讀生向敏敏，不還是那副二十歲青春無敵、嬌俏可人的模樣嗎？太好了！謝天謝地、阿彌陀佛、阿門！她怪異的眼睛恢復正常了！她感動得好想哭啊！

「早安，敏敏。」她喜出望外地回應在鄰座坐下的向敏敏。

「梁姊，妳在想什麼？我遠遠的就看見妳在發呆。」向敏敏朝氣蓬勃地問。

「沒有啊，我沒有在想什麼。」別鬧了！這要如何啓齒啊？

梁采菲急著否認，匆忙中碰倒了包包，五花八門的物品掉出來，包含那串以粉紅色繩結束著的紅線。

對，粉紅色城堡、粉紅色小女孩、莫名其妙的紅線，仔細回想，從她離開粉紅色城堡之後，一切就開始不對勁了。她傻傻望著那串紅線發愣。

「哇噢！紅線耶！是在霞海城隍廟求的嗎？好好哦，我也想去求一條。」向敏敏立刻彎下腰來幫梁采菲撿東西，看見紅線時，不禁高興地嚷嚷。

妳不會想要的！眼珠挖出來跟我換啊啊啊！梁采菲很想這麼吶喊，可惜她不行。

「喏，梁姊，還妳。」向敏敏將撿起的物品全數遞還給梁采菲，納悶地問。「梁姊，妳為何要求紅線啊？妳不是已經有蔣大哥了嗎？蔣大哥那麼好，妳該不會是想換對象吧？」

立璟並未明文禁止員工談戀愛，而梁采菲和蔣均賢又分屬子母公司，不在同一間辦公室裡辦公，兩人都沒有刻意隱瞞彼此正在交往的消息。

適婚年齡的金童玉女嘛，大家樂見其成，向敏敏和大多數同事一樣，都是這麼想的。

「敏敏，少在那裡胡說八道了，等等傳出去，害采菲跟妳蔣大哥吵架。紅線不只可以用來祈求遇到合適對象，還可以用來祈求戀情順利。」

對面的李蘋走過來，用檔案夾敲了敲向敏敏的腦袋，瞥了眼梁采菲手上拿著的紅線，眼神微微黯淡下來。婚前，她也曾經求過一條。

「痛痛痛！蘋姊，會變笨的。」向敏敏摀著頭唉唉叫。「我怎麼知道嘛！我以為紅線就是用來求男人的啊，還以為梁姊跟蔣大哥怎麼了咧。」

「我不會變笨，而妳已經很笨了……采菲，新的客戶資料給妳，中午前記得跟對方連絡。」李蘋將檔案夾交給梁采菲。

「好，謝謝。」梁采菲接過檔案夾，看著蒼老許多的李蘋，趕緊移開視線，將紅線塞回包包裡。

唉，李蘋並沒有恢復正常，唯一正常的只有天眞不諳世事的向敏敏，可見她的眼睛根本沒有恢復啊，好失望。

「這紅線眞的是去霞海城隍廟求的？」注意到梁采菲的神思不屬，李蘋好奇地問。

「不是啦，只是我家附近的一間小廟。」梁采菲嚥了嚥口水，回應得有點心虛。總不能說樂樂美城堡吧？

「梁姊家附近？靈嗎？帶我去帶我去！」向敏敏非常雀躍。

「敏敏，妳還這麼年輕，求什麼紅線啊？」梁采菲回應得很沒好氣。

「哎喲！如果求了紅線，就可以遇到蔣大哥那樣的對象，誰不想求它個十條八條啊？」蔣均賢出身名門、家世優渥，顏値既高，工作能力又不錯，根本就是蓋章認證的白馬王子，向敏敏滿眼愛心，只差沒捧頰了。

雖然有人這麼欣賞自己的男朋友很好啦，但是……

「我還以爲敏敏妳會喜歡年輕一點的，唇紅齒白、半裸小鮮肉那種。」蔣均賢怎麼說都三十有二了，這是二十歲小女生的理想對象嗎？梁采菲納悶。

「就是，程耀那類型比較適合敏敏。」適當的聊天有益於下屬的身心健康，李蘋附和，她向來是個開明的主管。

「成藥？什麼成藥啊？藥局賣的那種？」梁采菲不解的同時，也很高興李蘋終於回座位去了，有隔板稍微擋著，她才可以不那麼想尖叫。

看著昨日女神成爲今日大嬸，而且還是崇拜多年的主管，眞的很衝擊。

「啊！對，梁姊妳昨天去總公司了，所以沒看見。程耀是物流公司派來的新收送員啦。」向敏敏熱情無比地解釋。

「哦？」梁采菲挑眉。她的部門負責處理贈品事宜，每天都要寄送大量郵件與贈品，自然有配合的物流公司。

「梁姊，妳都不知道，程耀昨天下午來的時候，整間辦公室都活了起來，本來在打瞌睡的姊姊們都醒了，一副想把他生吞活剝的樣子。」向敏敏推了推梁采菲手肘，講得活靈活現的。

「有這麼誇張嗎？」一早便驚嚇連連的梁采菲終於笑了。

「就有啊！」向敏敏巴不得時光能倒流，好讓梁采菲親眼見識那盛況。「眞的很離譜！程耀不過就是高了一點，娃娃臉了一點，大腿結實了一點，胸肌壯了一點，還有顆小虎牙和酒窩，姊姊們就說他是天菜小鮮肉。可我左看右看、上看下看都覺得還是像蔣大哥那種成熟穩重的菁……今天天氣眞好……咳咳咳！」向敏敏猛地嗆咳了起來。

「向敏敏，妳幹麼啊？髒死了！」梁采菲摀住口鼻，對著拚命咳嗽，還噴了她幾滴口水的向敏敏抗議。

「請問，妳是梁組長嗎？」

身後傳來一道聲音，搭配著向敏敏尷尬慌亂的動作，梁采菲不用回頭，也能猜到發生了什麼事。

對，她是贈品組的組長，配合廠商通常都是這麼喚她的。

依向敏敏這反應，顯然是她背後有廠商來了吧？

「梁組長，妳好，我是『吉貓郵通』的程耀，以後貴部門的物材都由我來負責收送，這是我的名片。」

程耀？這麼巧？說人人到。

方才與向敏敏瞎聊了一陣，梁采菲早已忘記眼睛出了問題，全無防備地回首，再度驚呆。

程耀小弟弟……對，毫無疑問的程耀小弟弟，恭恭敬敬地遞上他的名片。

他的臉很小，輪廓還很秀氣，五官似乎還沒完全長開，有股青澀感；骨架也還有著少年的纖細，肩膀仍是窄的，喉結並不明顯，聲音也還沒完全脫離變聲期。

梁采菲眨了眨眼睛，一時間不知該如何反應。

這就是個貨眞價實的少年啊！

不管程耀剛才被形容得多麼娃娃臉，多可愛，身材多精壯，多引人遐想，此時看在她眼裡，都只是個青澀稚氣的孩子，頂多高中吧，連盤肉都稱不上，說是肉末都太罪惡了。

她深呼吸了口氣，接過程耀遞來的名片，端上最親切無害的職業笑容。

「你好，我是梁采菲。來，我帶你去看我們的倉庫，以後還請多多關照。」她與程耀交換名片，音調持穩，實則內心崩潰。

這不單單是視覺問題，再這樣下去，她待人接物也會很有問題啊啊啊！

誰會這麼畢恭畢敬地跟少年交換名片?!現在是物流，未來還會碰上各式各樣不同的業務、窗口與客戶，她要怎麼過接下來的日子啊？

「對了，假如妳想找我，只要對著天空大喊『樂樂美』，我心情好的話就會出現的。」

粉紅色小女孩說的話陡然竄入腦海。

沒錯，一定是那座邪門的城堡，一定是那個邪門的小女孩，一定是她搞的鬼！她一定是在記恨她沒有給香油錢！

樂——樂——美——

梁采菲咬牙切齒，決定去找個空曠的地方仰天大叫！

2

「樂——樂——美——」

梁采菲真不敢相信，她竟然真的趁著中午休息時間，像個神經病一樣，跑到公司頂樓胡亂叫喊。

「樂樂美？樂樂美？可愛的粉紅色月老小女孩，妳在嗎？」出來！妳這個變態粉紅控，陰險狡詐的臭小孩！假如心靈之音能夠確實被聽見的話，梁采菲這句話的翻譯應該是這樣。

「我都聽見了哦。」一道軟嫩嫩的童音從梁采菲的頭頂傳來。

「嚇！」梁采菲差點沒被嚇死。

抬頭一望，那個坐在頂樓水塔上，兩隻小腳還垂在邊牆上踢呀踢，一副天真爛漫模樣的不是粉紅色雙馬尾小女孩還是誰？

「雖然妳說了我那麼多壞話，不過，恰好本月老今天心情還不錯，就不跟妳這個庸俗的凡人計較了。」樂樂美從水塔上跳下來，粉紅色蓬蓬裙在梁采菲眼前飛揚成一朵花。

「居然真的出現了？」梁采菲大驚失色，已經顧不得這個詭異的粉紅色小女孩究竟聽見多少了，能夠如此召喚出她來也同樣不可思議。

「不然呢？我說過了啊，心情好的話，我就會出現的。」樂樂美笑開，彎彎的眼睛亮亮的，臉頰膨膨的，看來軟嫩又可愛，心情果然很好。

千萬不要被她可愛的萌樣迷惑，她骨子裡分明是個殺人不眨眼的大魔王啊！梁采菲提醒自己不要掉以輕心。

「所以……妳眞的叫作『樂樂美』？」假如她眞的是月老，爲什麼會有神取這麼好笑的名字？月老難不成是諧星嗎？

「妳好笨。」樂樂美投給梁采菲一記她眞的很笨的眼神。

好，她確實很笨，她何必管她叫什麼名字？就算叫「美樂美」或是「樂美美」又怎樣？

「快把我變回原來的樣子！」梁采菲箭步衝到樂樂美面前，單刀直入掐重點。

「什麼原來的樣子？妳現在就是原來的樣子呀。」樂樂美笑盈盈的，不知道是認眞的，還是在裝傻。

「才不是！我看到的每個人都不對勁，很不對勁。」梁采菲強調，簡直快被她氣死了。

「怎樣不對勁？」樂樂美嘟嘴。

「就是……有的很老，有的很年輕……總之，他們通通都跟原本不一樣了。」

「那就是他們原本的模樣，哪裡不對了？」

「不對，通通都不對！」梁采菲眞是有理說不清。

她氣急敗壞地將紅線拿出來，一股腦塞給樂樂美，甚至還想從皮包裡掏鈔票。

「紅線還妳，妳要多少香油錢我也給妳，只要能讓我恢復正常，無論妳要做什麼，我都答應妳。」

「我都已經說那條紅線免費送妳了，妳不要的話就扔了。」樂樂美眨了眨萌萌的圓眼，說得很無辜。

梁采菲惱羞成怒，二話不說將紅線往樓下扔。

「嘖嘖，現在的凡人眞沒公德心。」樂樂美惋惜地望著墜樓的紅線。

老天爺，掐死月老可以嗎？梁采菲眞是恨得牙癢癢的。

「究竟要怎樣我才能恢復正常？」

梁采菲發誓，她平時眞的很有耐性，脾氣也算不錯的，只是經過了一早的精神錯亂，她已經快到臨界點了。

「妳到底有沒有看過童話故事呀？只要找到眞愛，魔法就會解開啊。」樂樂美說得理所當然，口吻居然還該死的可愛輕快，隱約帶著幾絲期待。

「眞愛妳個頭啦！」梁采菲此時已經拋去所有凡人對神（或神經病？）的敬畏，吐槽得毫不猶豫。

「好吧，那《冰雪奇緣》總看過了吧？只要有愛，就可以融化冰雪。噢！雪寶，All Love。」樂樂美神情嚮往，甚至還愉快地唱起歌來。「Let it go，Let it go——」

「妳唱夠了沒？信不信我把妳推下去？」梁采菲瞪她，眞想Let her go。

「哈哈哈！其實，以一個凡人來說，妳不只很帶種，還很好笑。」樂樂美很樂。

「我一點都不想笑。」梁采菲很崩潰。

「好吧，不管妳想不想笑，妳男朋友來了。」樂樂美陡然拋出一句。

「什麼？」梁采菲還沒反應過來，樂樂美卻已經不見了，頂樓門扇被緩緩打開。

怎麼辦？蔣均賢眞來了？是蔣均賢嗎？她還沒有心理準備見男友啊！

她已經被嚇夠了，不想再看見任何熟悉的人變成不熟悉的模樣。

仔細回想起來，昨天電話裡，蔣均賢的聲音聽起來就很奇怪，他該不會也……

「采菲，妳果然在這裡，我找了妳好久。」梁采菲還在胡思亂想，頂樓門扇已經被完全打開，一道身影從中走出來。

梁采菲揉了揉眼睛，可惜無論怎麼揉，蔣均賢都不是她熟悉的模樣。

碩長斯文的帥氣白領菁英形象不再，如今的蔣均賢是個禿頭肥肚的中年大叔，滿臉油膩的笑容流露著一股虛偽。

若不是他胸前的識別證寫著姓名，走路的步伐與說話的口吻、動作與從前相差無幾，她是絕不可能認出他來的。

梁采菲覺得更該 Let go 的其實是她自己，她可以跳樓嗎？

「均賢，你怎麼來了？」梁采菲微笑。她整個早上最大的收穫，就是職業笑容偽裝得越來越好。再這樣下去，她很快就能角逐金馬獎了。

「我剛剛打分機給妳，敏敏幫妳接了，她說妳今天不太專心，樣子有點奇怪，我就趁著午休過來看看。怎麼了？妳好像從昨天開始就有點不對勁，身體不舒服？」

蔣均賢一邊說一邊走近，最後將手放在她額頭上，探了探她的額溫。

「我沒有不舒服。」梁采菲搖頭，努力壓抑內心不舒服的感受。

被陌生的男人噓寒問暖、探額溫，該說很詭異還是很新鮮？

「真的沒有？」蔣均賢很帥氣地挑眉。

這個以往他做來很好看的小動作，此刻卻令梁采菲不想直視，微微撇過臉。

「真的。」她努力說服自己，眼前這個中年大叔怎麼說都還是她男朋友，不對勁的是她，她千萬不能大驚小怪。

「沒有就好。對了，我爸媽昨天凌晨從荷蘭回來了，說想見見妳，訂了今晚的餐廳，讓我帶妳去吃飯，妳會到吧？」

「今晚？」為何偏偏是今晚啊？就不能等她恢復正常嗎？梁采菲更想尖叫了。

「是啊，他們難得回國，行程很趕，只有今晚有空，妳不去的話，他們會很失望的。是很有名的義大利餐廳，妳得打扮得漂亮一點，聽話。」

聽話？換言之，就是由不得她說不要吧。

蔣均賢是天之驕子，在職場上也從來都是順風順水、無往不利，慣於發號施令，說風是雨。她曾經覺得他這樣的性格十分強悍霸氣，很具男人味，如今卻感到非常困擾。

怎麼辦？和蔣均賢說實話好嗎？蔣均賢相信她的機率有多少？

「均賢，我跟你說，我……」梁采菲艱難地開口。

鈴——蔣均賢的行動電話攔截了她的勇氣，他拿出手機，瞥了眼來電顯示。

「Boss打來了，我得回公司了。」蔣均賢摸了摸梁采菲的臉頰，揚起一個明明應該很帥氣，如今只剩油膩膩的笑容。

「那就這麼說定了，下班後，我到妳家去接妳，記得打扮得漂亮點。」蔣均賢一邊接起電話，一邊旋足離開，完全沒給梁采菲拒絕的機會。

怎麼辦？還能怎麼辦？只能硬著頭皮上戰場了。梁采菲望著蔣均賢的背影，萬分頹喪地垂下肩膀。

兵來將擋，水來土掩，她只能相信她會處理得很好。

✵

她會處理得很好的……才怪！

梁采菲坐在金碧輝煌的高級義大利餐廳裡，如坐針氈，從沒覺得時間流逝得這麼慢。強烈的腐敗臭味從她前方襲來，熏得她頭昏腦脹，全無胃口。

蔣均賢的父母看起來約莫六、七十歲左右，今天是她與蔣均賢的父母第一次見面，她並不知道他們的外貌是否和從前不同，並沒有因他們的長相太過驚嚇。

但是，他們渾身散發出的惡氣卻令她頻頻皺眉，要非常努力，才能壓抑住喉頭那股蠢蠢欲動的嘔吐感。

到底是口臭還是體味？她真的好想吐……

「所以，妳是單親家庭？」

「現在的職位是什麼？對未來有什麼規畫？」

「婚後打算繼續上班嗎？有計畫生小孩嗎？」

蔣父與蔣母坐在她對面，對她品頭論足，從家庭背景關切到工作成就，每句話都伴隨著令人作嘔的臭味。

「妳是獨生女，父親又不在，婚後要如何安置母親？若是將來母親生病，妳要如何照顧？請看護？還是送長期照護中心？」

蔣父與蔣母的提問越來越銳利，咄咄逼人，嘴裡散發出的氣味也越來越難以忍受，當他們問到這一句時，梁采菲已經很想落荒而逃。

更令她不舒坦的是，蔣均賢完全沒有出言維護她的意思，只是眼睜睜地任由她被猛烈的炮火攻擊。

「所以，妳婚後打算繼續與母親同住？」蔣母的語調像聽見外星人要來攻打地球，蔣均賢的眉毛也挑得老高，還嘖了很大一聲。

「未必要同住，只是希望最好住得近一點，彼此之間能有個照應，畢竟我和媽媽相依為命，我不——」

「妳爸媽為什麼離婚？」蔣母打斷梁采菲，問得越來越不客氣。

梁采菲望了蔣均賢一眼，他依舊什麼也沒說。

她花了好一會兒，才努力壓抑下心頭那股深深的不悅，說服自己回答如此不禮貌的提問。

「我爸爸從前賭博，欠了一些錢，甚至還對我媽拳腳相向，後來——」

「賭博？拳腳相向？天啊！妳這是什麼問題家庭？我聽說像妳這種出身的孩子，情緒管理很容易出問題，遇到爭執或不愉快時，也很容易做出和父母同樣的反應。」蔣母充滿皺褶的臉擠出更深的皺褶，嘴裡吐出的惡氣彷彿能化成一條蛇。

拜託，究竟是誰的情緒管理容易出問題？假如她和父親一樣，現在就會出拳的，梁采菲選擇不回應。

「那妳父親現在人呢？他會不會有一天上門來鬧事？」一直保持沉默的蔣父終於開口了。

梁采菲被熏得頭更暈了。

「我和父親已經很多年沒有聯絡了，坦白說，我不知道他人在哪，也無法保證他不會來鬧事。」梁采菲悄悄閉氣，用嘴巴呼吸，已經搞不清究竟是因為這些問題感到不舒服，還是因為臭味？

其實，她曾經向蔣均賢提過她的家庭狀況，包含單親家庭、與母親相依為命這部分。可是，再深入的，像是父母親因何離異這些瑣碎細節，她並沒有鉅細靡遺地交代。

她想，畢竟兩人才交往不久，未來還有很長的時間可以慢慢訴說，不過，依蔣均賢現在的反應看來，她恐怕錯了。

蔣均賢正用一種看著毒蛇猛獸的眼神看著她，令她感到十分挫敗與受傷。

「我們均賢樣樣都好，他需要一個聽話、順從，既能持家，又對事業有所助益的對象。我們已經很開明了，並沒有希望均賢找門當戶對的對象，但至少要家世清白。」

歷經了整頓漫長的用餐時光，蔣母最後說了這麼一句，伴隨著強烈的嫌惡與口臭，澈底彰顯了對梁采菲的不以為然。

梁采菲嘴唇掀了掀，本還想說些什麼，最後卻決定放棄。

算了，還有什麼好回應的？

她無法選擇她的原生家庭，可她的原生家庭竟成為她的原罪，成為她被男友父母百般嫌棄與挑剔的理由。

他們真的很臭，就和他們吐出的字句一樣，她再也不想爭辯了。

✲

好不容易，令人難堪的飯局終於結束，蔣均賢驅車送梁采菲回家，神色非常難看。

「妳爲什麼從來沒提過妳爸的事？」他坐在駕駛座上，口吻聽來很不愉快。

「我還沒有機會告訴你。」梁采菲盯著他，一時之間竟有種感覺，也許，她從來不認識眼前這位中年大叔。

「是沒有機會，還是想隱瞞？」蔣均賢不留情地問。

「我爲什麼要隱瞞？」梁采菲皺眉。

「爲什麼？」蔣均賢冷笑。「這麼見不得人的事難道不需要隱瞞嗎？」

「你怎麼可以這樣講？這有什麼好見不得人的？我又不能選擇爸爸。」梁采菲簡直不敢相信耳朵聽見的。

蔣均賢冷哼了聲。

「你是不是和你爸媽想法一樣？所以才沒有維護我。你不應該讓你的家人那樣對我。」

「我的家人怎麼對妳了？他們對兒子的女朋友感到好奇是應該的。妳就不能端出最合宜的教養來應付他們嗎？哪些話該講，哪些話不該講，妳應該要知道。還是因爲妳沒有像樣的爸爸，所以沒有人教過妳？」蔣均賢理直氣壯。

他在說什麼？他是在指責她沒教養嗎？

被身家調查的是她，被瞧不起的是她，沒有被男友維護的也是她，他一個禿頭油肚的中年大叔跩什麼?!他根本不是她心目中的白馬王子。

抑或是眞如樂樂美所說，這就是他原本的模樣，那麼從一開始，就沒有什麼白馬王子的存在。只是他們相知還不夠深，所以她從未發覺？

梁采菲在整頓飯局中壓抑下的火氣悄悄竄出火舌，再也不想忍耐了。

「不好意思哦，哪些話該講，哪些話不該講，我還眞不知道。你一方面懷疑我瞞你，一方面又希望我瞞你爸媽，你有事嗎？」她盤起雙臂，很不客氣。

「我沒有希望妳瞞我爸媽，但至少妳可以美化一下妳的用詞。」蔣均賢覺得她不可理喻。

「我的家庭背景就是這樣，要怎麼美化？」梁采菲心寒無比。

這就是最根本也最無法解決的問題，她就是出身在這樣的家庭裡，還能怎麼修飾？難道要她說謊嗎？

蔣均賢握著方向盤，抿唇不語，直到梁采菲下車前，兩人都沒有交談。

「采菲，妳眞是太讓我失望了。」梁采菲關上車門時，蔣均賢做了如此結論。

「哪件事讓你失望？我的家庭？我的個性？還是我的應對進退？」

「都是。」蔣均賢冷淡得和之前簡直不像同一人。

可惡！他怎麼可以這樣說？梁采菲握緊雙拳，眼眶都氣紅了。

她確實是出身單親家庭，但那又如何？

縱使她家境清寒，求學過程中總是得半工半讀，但讀的始終是名列前茅的公立學校，就連現在任職的立璟，也是數一數二的上市公司。

截至目前爲止的大半個人生，她都用盡全力在脫貧，結果看看她換來什麼？

無論她有多努力，她的爸爸永遠是那張她撕不掉的標籤。

「失望的不只是你。」梁采菲重重甩上車門，頭也不回。

她本以爲蔣均賢不是泛泛之輩，不會對她秤斤論兩，沒想到王子不再是王子，甚至還只是個眼高於頂，瞧不起人的油膩臭大叔。

她又何嘗不失望？對他的人格，對他的父母，對他的愛情，都同等失望！

蔣均賢的轎車在她身後揚長而去，再也聽不見的引擎聲令闃靜深巷更顯寂靜。

她恨恨地踢了下路邊的碎石，分不清究竟是氣憤還是委屈，視線不爭氣地變得模糊。

討厭！她又成為一個人了……

她這麼努力，明明一直都這麼努力……為什麼她永遠都無法擺脫父親？

從小到大都是這樣，她的父親不只為她帶來童年陰影、心靈創傷，還害她被萬般鄙視、唾罵、瞧不起！

她既委屈又不甘，再次踢了顆石頭，茫茫然地看著它滾遠……直到它在一雙粉紅色的小皮鞋前停下。

粉紅色？又是粉紅色?!她恨死粉紅色了！

慢著……不祥的預感席捲而來，令她從頭皮涼到腳底。她揉了揉鼻子，將那股想哭的委屈感揉掉，不安地順著那雙粉紅色小皮鞋往上望——

「樂樂美？」

果然！粉紅色雙馬尾小女孩就站在她面前，朝她笑得鬆鬆軟軟，可愛得不得了。

「又是妳這不祥物！」梁采菲指著樂樂美的鼻子，心中一股悶氣無處宣洩。

遇到樂樂美之後便諸事不順，真想把樂樂美抓過來猛戳腦門。

「什麼不祥物啊？沒禮貌！」樂樂美嘟嘴抗議，笑得開懷。「妳應該感謝我才對吧！要不是因為我，妳恐怕下半輩子都要卑躬屈膝，為他們做牛做馬呢。」

「妳想太多了，我才不會對他們卑躬屈膝，更不會為他們做牛做馬。」想起臭得要命的蔣父與蔣母，梁采菲氣呼呼的。

「妳明明就會，在神仙面前不要逞強哦。」樂樂美口吻篤定，笑得十分可愛。

「我才不會。」梁采菲就是不想附和她。

「當然會。」樂樂美以不容置喙的語調，好心地為凡人解釋。

「每個凡人都一樣啊，看見對方家世雄厚，就會開始自慚形穢，擔心配不上對方，不自覺地退讓、委曲求全，到最後越退越多，讓到無處可讓。要是在婚姻裡有小孩，又沒有收入，那就更慘了，簡直是萬劫不復、無間地獄……」

明明就是一個粉紅色的小女孩，說起長篇大論來面不改色、一氣呵成，眞是有股說不出的詭異，卻又說不出的中肯。

梁采菲覺得樂樂美說的好像有幾分道理，偏首思忖，樂樂美則繼續舉證她的睿智——

「妳看，就像那些嫁進豪門的女星，除了少數幾個是眞的遇到好老公之外，其他人的老公不只是個渣，還有個很糟的共通點，就是都瞧不起她們，以為自己高人一等，得寸進尺，不把妻子當回事。其實，那些男人不過都是撿拾父母牙慧的王八蛋罷了，就像妳男朋友一樣。」

「像妳男朋友」是怎樣?!被二度傷害的梁采菲太陽穴跳了跳，卻全然無法反駁。

「所以啦，我就說，要不是我，恐怕妳在剛剛那場飯局裡，就會因為覺得他們很體面，自卑感大爆發，氣勢立刻矮了一截，要是最後眞嫁進去，就是一場演不完的悲劇。」

就算這或許是實話，聽起來還眞是教人哭笑不得。「所以我還要感謝妳就是了？」梁采菲很沒好氣。

「當然呀，要是妳男友父母沒那麼臭，妳男友不是噁心的油膩大叔，妳難道不會想討好他們，想嫁入豪門嗎？難道妳從來沒有以貌取人或是以家世取人過？」

梁采菲很想對樂樂美翻白眼，但卻不是那麼有底氣。

她確實沒有認真思考過這個問題，假如，蔣均賢父母是衣冠楚楚的上流人士呢？她是不是真的會自慚形穢，覺得矮人一截？

而她曾經有以貌取人或是以家世取人過嗎？

……有，她好像真的有。

由於出身底層家庭，吃過太多虧的緣故，一直以來，她就非常討厭像她父親那樣的無賴，所以更加嚴格規範自己，千方百計地想擺脫底層生活。

在求學過程中，她焚膏繼晷地苦讀，躋身首屈一指的國立大學；踏入社會之後，她越過重重筆試與面試，好不容易才進入百大企業。

為了避免碰上如同父親那般的麻煩人物，重蹈原生家庭的覆轍，在投入一段感情之前，她更會審慎評估對方各方面的條件，從言談、學歷、生活環境、習慣、朋友，無一不考慮。

只要嗅到一點危險的氣味，彷彿又會讓她回到底層生活裡，她便會斬斷所有的聯繫，不再和對方往來，即使對方多有誠意都一樣。

所以，她毫無疑問地會接受蔣均賢的追求，蔣均賢各方面都很優秀，是她在種種嚴格篩選下，精心挑出的對象。

這樣的她和蔣均賢一家人有什麼不一樣？她以世俗眼光判斷他人，當然也怪不得別人以更嚴苛的眼光來評斷她。

意識到這點之後，梁采菲突然覺得自己好討厭、好庸俗、好不可理喻，臉色忽明忽暗，好半晌都說不出句話來。

「嘿嘿，妳這下相信我是個睿智的神仙了吧？」樂樂美自賣自誇，很樂。

「我心情已經夠不好了，妳可以不要再激怒我了嗎？」神仙竟然落井下石！

梁采菲雖然吐槽樂樂美，但不知道為什麼，想通了之後，竟然有股如釋重負的感受，心情輕鬆不少。

「沒有人能激怒妳，是妳自己選擇要生氣的。」樂樂美笑嘻嘻地吐了吐舌。

「妳對。」沒錯，情緒是自己的選擇，怨不得別人。梁采菲再度體會到粉紅控的睿智，不僅回答得很快，還自嘲地笑了。

「梁采菲，我突然發現，妳不只很帶種、很好笑，還會檢討自己，大方認錯耶！其實妳很可愛嘛！難怪月老廟會開門讓妳進來。」樂樂美一副很欣慰的模樣。

「人小鬼大」是什麼模樣，梁采菲從樂樂美臉上充分看見了。

「還月老廟呢！根本沒保佑信徒嘛！過了今晚，我男朋友可能就不是男朋友了。」

「哎呀！還會有更好的啦！月老都給妳紅線了，怕什麼？」樂樂美小大人似地拍了拍她。

「就是因為妳是月老我才擔心啊！」梁采菲越說越無奈。「不過，話說回來，為什麼妳明明是月老，卻一點也不老……咦？人呢？」

話說到一半，她才驚覺樂樂美已經消失，傻傻地愣在原地。

「樂樂美？樂樂美？」又消失了？真是的，還能不能好好聊天啊？

好啦好啦，大家都要拋下她就對了。

梁采菲有些寂寞地拿出鑰匙，走回自家公寓，遠遠的，就看見有道身影在門口張望。

奇怪，這身形看起來有點熟悉，好像有見過，又不是很肯定……

怪了，到底是誰啊？

她漸漸走近，前方人影恰好轉過頭來，一看見她，立刻驚喜地跑過來。

「梁組長！」

梁組長？向來只有配合廠商會喚她「梁組長」。

梁采菲一愣，朦朧的人影在她面前逐漸放大，稚氣的臉龐逐漸清晰——

「梁組長，妳好，我是『吉貓郵通』的程耀，以後貴部門的物材都由我來負責收送。」

對了！成藥。這不就是白天見過的那位少年嗎？

程耀在她家樓下做什麼？

3

「梁組長？眞的是妳！我還以為是同名同姓欸，眞巧。」程耀手裡抱著個紙箱，朝她綻開笑容。

吉貓郵通除了負責公司行號的大宗郵件之外，也配送一般包裹，梁采菲家就在他的配送範圍之內。

「這麼晚還沒下班？」梁采菲望著那個印著網路商城Logo的紙箱，恍然大悟。她都忘了她有網購，還指定今晚收貨。

物流司機之所以站在家門口，當然是來送包裹的。誰知道今晚會突然被抓去吃飯呢？

「是啊，今天件數比較多，所以晚了。」程耀將簽收單和原子筆一併交給梁采菲。

「辛苦了。」她在簽收單上簽字。

「不辛苦，這是最後一趟了，妳家恰好在我回公司的路上，我打妳電話沒人接，乾脆直接來碰碰運氣。」程耀收回紙筆，笑著撕下客戶收執聯給她。

直到此時，梁采菲才發現他笑起來會露出一顆虎牙，令他本就稚氣的少年臉龐看起來更加稚氣。

他眞該和樂樂美一起組個什麼超萌團體的，應該可以賺不少代言費吧？

「這個箱子有點重，我幫妳拿上去。」程耀將單據收妥，比了比手中的紙箱。

「好，謝謝你。」梁采菲打開公寓大門，側過身體讓程耀先行。

她住在老公寓五樓，沒有電梯，而她網購的是有點重量的循環扇，她可沒有與程耀客氣到和自己過不去。

雖然，看著他如此稚嫩的少年模樣，好像有虐待童工的嫌疑……

「梁組長，妳這麼晚才回家，是因爲加班嗎？暑假很忙齁？」程耀不知道她的心思，只是一邊上樓，一邊與她閒聊。

「不是，我和男朋友的爸媽去吃飯。」她實話實說。

「一定很緊張吧？如何？聊得還愉快嗎？」程耀扛著紙箱爬樓梯，毫不費力地與她聊天。

他體力眞好，搬重物上樓還能臉不紅氣不喘，眞不愧是訓練有素的物流司機。

不過，她又再度覺得自己好像會因虐待兒少而被通報了，梁采菲不禁打了個哆嗦。

「搞砸了。」她雲淡風輕帶過。

「怎麼會？梁組長，妳看起來很有長輩緣耶。」程耀非常訝異，臉上的表情十分誠懇。

「是嗎？」人家可不這麼想。

「是啊。」程耀點頭，繼續爬樓梯。

「除了有長輩緣之外，我看起來是怎樣？你可以實話實說沒關係，我不會因此不跟你們公司合作，或是找你麻煩的。」梁采菲驀然停下腳步，問程耀。

稍早時才被蔣均賢父母嫌棄過一頓，她突然間很想知道，別人眼裡的她是什麼模樣，會給別人留下怎樣的印象。

「啊？」程耀一愣，完全沒想到梁采菲會這麼問。

他停下腳步，很認眞地盯著梁采菲。

「很幹練，很有氣質，好像讀了很多書，講話很有條理，長得很清秀，還有，皮膚很白，髮質很好，腿很長，大概是C或D罩杯。但是看起來太乖了，很像會在FB或交友軟體上被渣男騙財騙色，騙到傾家蕩產那種。」

「喂！」梁采菲抗議。「你也太坦白了！」

就算有這種評價，也不可能直接當著對方的面說出口吧！還有，關於罩杯的目測，是可以直接對女性說的嗎？梁采菲簡直不可思議。

「是梁組長妳要我實話實說的啊。」程耀哈哈大笑，臉上的笑容非常爽朗。

這種等級已經不知道是單純、天眞還是白目了？

「……難怪是少年。」早知道別問了！被騙財騙色是怎樣？對啦！她就是遇到渣男啦！梁采菲喃喃。

「什麼少年？」雖然她的音量很小，但程耀還是聽見了。

「就是……」梁采菲自暴自棄加賭氣，決定豁出去了。

既然程耀如此坦白，她也可以啊！誰怕誰啊？

「我跟你說，我好像有病，前幾天發生了一點事，所以，我現在看到的你，其實是國中……不不，大概是高中生吧？十六、十七歲的樣子。」

「啥？高中生？」程耀呆住。

看他傻愣傻愣的，被評價爲容易被騙財騙色的梁采菲開心了，喜孜孜地繼續講。

「總之呢，我現在看什麼人都不對勁了，有的比實際年齡年輕，有的比實際年齡老，甚至還有性別相反的，我無法決定我會看見什麼。就像剛剛和男朋友的爸媽吃飯，我眼裡的男友是個油肚禿頭的中年大叔，而他的父母有著來自地獄的口臭──」

「來自地獄的口臭？」程耀放聲大笑。「天啊！那頓飯想必吃得很痛苦。」

「非常。」

「所以……因為來自地獄的口臭，妳和油肚禿頭的中年大叔搞砸了？」

「差不多。」

「那不是太棒了嗎？妳因病得福，逃出生天耶！」程耀再度大笑，露出可愛的虎牙。

這結論太歡快，少年又笑得太颯爽，梁采菲突然驚覺他說得沒錯。

就是啊，她逃出生天，幹麼感傷呢？

她不自禁跟著程耀笑了起來，程耀望著她的笑顏，故意湊上前來，非常愉快地問：「我有口臭嗎？」

「沒有。」哪招啊？她大笑，搖頭。

「油肚？」

「沒有。」

「頭髮。」

「還在啦。」

「謝天謝地。」程耀鬆了口氣，又問。「高中生帥嗎？」

「高中生帥什麼啊？」她沒好氣。

「高中生也有帥的啦！就像我。」程耀不服，笑得開懷。那露出虎牙的笑容朝氣蓬勃，彷佛全世界都跟著他一起笑了。

「好好好，像你、像你、像你。」她沒好氣，笑得難以自己，眞是服了他。

「走嘍！帥氣的高中生要跟妳回家嘍！」程耀扛起肩上的紙箱，一溜煙往五樓跑。

「不要說這種令人誤會的話好不好？喂，你跑這麼快做什麼？」梁采菲拿他沒辦法，只得趕緊追在他後頭。

程耀三兩下就跑到五樓，在梁采菲家門前放下紙箱。

「今天有來跑這一趟眞是太好了，梁組長，妳眞的很有趣。」少年很開心地拍了拍她。

「什麼我眞的很有趣？你才眞的是個神經病咧。」她跑得上氣不接下氣，話說得斷斷續續，氣喘吁吁地瞪著他。

「我是很帥的高中生。」程耀堅持。

「神經病的高中生啦！」

他們兩人相視一眼，同時笑了。

望著高中生孩子氣的笑顏，梁采菲突然覺得，令人難堪的今晚好像沒那麼糟了。

＊

開會。不在座位上。請假。不方便接電話。

飯局破裂後的這幾天，梁采菲始終找不到蔣均賢，而她的眼睛也始終沒有恢復正常。

她一如既往地上下班，逐漸習慣青少年保全、大嬸主管、女性IT，與各式各樣模樣與從前大相逕庭的同事。好像自從程耀毫無疑問地接受了她的「怪異」之後，她也越來越能接受自己的「怪異」了。

「梁姊、梁姊，全世界最美麗最聰明最可愛的梁姊——」向敏敏滿臉討好地蹭到她身邊來。

「幹麼？無事諂媚，絕對有鬼。」梁采菲揚睫睞她。

「我可不可以提早一小時下班？」向敏敏笑得極其諂媚。

「就知道……怎麼了？有什麼事嗎？」梁采菲哼哼，真是拿這張青春無敵的笑臉沒辦法，又好笑又好氣。

「學長約我去看電影。」向敏敏說得神祕兮兮，又笑得甜甜蜜蜜的。她目前仍在大學夜間部就讀，當然有學長嘍！

「Excuse Me，我聽錯了嗎？妳前幾天明明還在說白領菁英高富帥很棒，今天馬上轉移目標換學長？」

「哎喲！學長發展可期，也算是高富帥的潛力資優股。」

「好好好，年輕人談戀愛有益身心健康，但是，不能約下班後嗎？有差這一小時？」

「學長已經訂好票了呀。」

「他沒問妳時間，就擅自訂好票？」梁采菲忍不住皺眉。

「哈哈哈！不要在意這種小事啦。」向敏敏打哈哈。

「魔鬼藏在細節裡。」梁采菲白向敏敏一眼。

「哎喲，梁姊，好不好嘛？」向敏敏搖了搖她手臂，撒嬌。

「好啦！明天多上一小時補回來。」她雖是小主管，但多問幾句只是不願向敏敏受傷而已，工作上能包容的，她仍會盡量包容。

「就知道梁姊最好了，我去回電話給學長。」向敏敏蹦蹦跳跳地離開辦公室，藏不住臉上的戀愛光采。

她望著向敏敏雀躍的背影，想起蔣均賢也是如此專斷獨裁、先斬後奏，不喜歡徵詢別人意見，不免有些擔憂向敏敏。

拿起電話，她再次撥了蔣均賢的手機，仍然沒回應。

究竟蔣均賢是需要時間冷靜一下，還是已經片面決定要分手？她完全不清楚。

可是，由蔣均賢明明與她在同一間公司上班，卻還可以人間蒸發這件事看來，他們之間恐怕凶多吉少，而她暫時還不想打開那個潘朵拉的盒子。

「采菲。」

眼前的手機突然被公文夾蓋住，梁采菲嚇了一跳，抬眸，是李蘋。

「早上簽了兩個新案子，月底就要開始新活動，人力可能會有點吃緊。妳記得多找幾個工讀生，若有必要，正職也可以。」

「好，我等等就開放求才訊息。」梁采菲回應，傻傻望著李蘋的臉，有些愣愣的。

才不過短短幾日，李蘋臉上的皺紋更深了，看起來似乎又蒼老了幾歲，眞不知道究竟發生了什麼事……

「怎麼了？」李蘋疑惑地問。

「沒有。」她趕緊搖頭。總不能問李蘋爲什麼變老了吧？

「好，那妳繼續忙。」李蘋踩著高跟鞋回座位。

梁采菲怔怔望著李蘋的背影好半晌，告訴自己別再胡思亂想了，拍了拍臉頰，專注在工作上。就這麼一路忙到下班時間，辦公室裡人來人往，程耀也來了。

「梁組長，我來收貨。」精神抖擻的少年站在辦公室門口朝她揮手，推著平板推車走過來，面容依舊童稚，笑容十分燦爛。

或許是因為上次與程耀的互動很愉快，再加上他滿臉天真的陽光模樣，梁采菲一見到他，就覺得心情挺好。

「來，我帶你去倉庫。今天東西比較多，明細先給你，你最好詳細點過，免得對不上帳，得賠錢。」她淡淡啣笑，拿起倉庫鑰匙，從座位上起身。

立璟的業務量很大，配合廠商眾多，存放在倉庫裡的贈品隨便換算下來，市值恐怕近百萬。所以倉庫平時都有上鎖，裡頭也架設著許多監視器，沒有鑰匙的人是進不去的。

「好，謝謝梁組長。」程耀接過明細，左右張望。「敏敏呢？她不在啊？」

開倉庫這種小事，平時都是向敏敏做的。今天居然由梁采菲這個主管親自出馬，程耀有點驚訝。

「她有事，提早下班了。」

「哦。」程耀拉起推車，跟著梁采菲往倉庫走，不經意磕碰到安靖的座位，一本被捲成筒狀的商品型錄從他口袋掉出來。

「對不起、對不起，沒撞到你吧？」他連忙向安靖道歉。

「沒事。喏，還你。」安靖眼明手快地將地上的型錄撿起來。

「謝謝。不好意思，幸好沒撞到你。」程耀伸手接過，時常在烈日下勞動的黝黑手臂與安靖白皙的手呈現強烈對比。

安靖與他對上眼，不知怎的，臉頰竟飛快染紅，咬了咬唇，立刻轉回電腦前。

呃？這是怎樣？

這一幕看在梁采菲眼裡，就是一個美豔OL對著清秀高中生小鹿亂撞、嬌羞不已的心動現場。看來上次向敏敏說程耀在辦公室掀起騷動的都市傳說果然是眞的。

安靖，不能犯罪啊！那可是未成年少男呀！

梁采菲決定趕緊將程耀帶走，及時撲滅不該滋長的愛苗。

「你也會看商品型錄買東西？」她指著程耀手裡的型錄，轉移話題。她還以爲男孩子都對這些東西沒興趣呢。

「這是我們公司的商品型錄啦。」程耀笑了。

「你們公司的？」梁采菲定睛一看，上頭果然印著大大的「吉貓快遞」。

「是啊，都是我們公司的合作廠商。有甜點、水果，還有生活用品、洗髮精、衛生紙之類，客人可以成箱訂購，我們會送貨到府。」程耀快速翻了幾頁給她看。

「你是說……你們物流司機還要兼賣衛生紙？」梁采菲不可置信，這就和銀行行員要推銷信用卡、郵局櫃員要賣保險一樣匪夷所思。

「是啊，每個月還有目標業績咧，沒達成可是會被扣錢的。這本型錄給妳，梁組長，妳要是有興趣的話，拜託跟我買！」程耀說得很自然，既沒有業務員的油腔滑調，也沒有被逼著推銷的不好意思。

「……你是因爲幫我送過網購商品，所以才問我的嗎？好吧，我就是個喜歡網購團購的阿宅，我承認。」梁采菲拿著那本型錄，看起來很無奈。
「哈哈哈！我可沒說哦，是妳自己講的。誰讓我上次剛好送到妳家。」程耀大笑。他發覺，梁采菲雖是公司主管，但並沒有主管派頭，不像其它的客戶，總有一種嫌棄物流司機的高高在上感。
「眞是的。」梁采菲被程耀的回應弄得又好笑又好氣，盯著他笑出的那顆虎牙，想起剛剛李蘋說的話，靈機一動。「你有意願來我們公司上班嗎？」
公司正好缺人，而他的工作似乎十分辛苦，假若他有意願，她是不是剛好可以提供給他轉換跑道的機會？
有時候，人的際遇很奇妙，只要轉個彎，人生就會大不同。她也在底層生活過，能夠明白那種想翻身的感受。
「啊？」程耀呆住。
「先來當工讀生，主要工作是拆封活動郵件、審核活動資格、Key in建檔……打字速度是小事，打久了就會快，我看你做事蠻細心，應該做得來，倘若做得不錯，未來可以轉正職，收入也算穩定，至少可以坐辦公室，不用在外頭奔波兼推銷。」梁采菲言簡意賅地說明。
「梁組長，妳找高中生工作啊？」程耀的虎牙又悄悄冒出來了。
「是啊，小朋友在外頭風吹日曬雨淋很辛苦，居然還得兼差賣衛生紙，姊姊我看不下去。」看他曬得黑黝黝的，額際還有汗，她非常認眞地提議。
「妳的眼睛現在還是那樣嗎？」程耀比了比她的眼角。
「是啊。」梁采菲點頭，當然知道他說的「那樣」是「哪樣」。

「那妳男朋友和他父母……」

「不提他們。」她避開不想談的話題，迅速將重點拉回來。「如何？考慮換工作嗎？這份工作很穩定，做久了也很有成就感。」

誰不喜歡朝九晚五吹冷氣？立璟的前途非常看好，福利也很優渥，她想不出程耀有任何拒絕的理由。

「話是這麼說沒錯啦，可是當物流司機也很有成就感。」程耀邊說邊點頭。

「是這樣嗎？」她皺眉，不知他是眞心熱愛工作，還是在說客套話？

「是啊。」程耀瞅著她，沉默了片刻，陡然問。「梁組長，我收完貨之後，妳就可以下班了嗎？」

「可以啊，我今天的工作已經做完了，東西收好就可以走了。」

「那妳下班後有別的活動嗎？」程耀的眼神突然亮了起來。

「沒有。」他要幹麼？梁采菲的眉頭擰了起來。

「要不要跟我去一個地方？」

「什麼地方？」

「來就知道了。」程耀神祕地抿了抿唇。

她應該要去嗎？梁采菲疑惑地挑眉。

「好嗎？拜託，絕對不是什麼壞事。」程耀露出的那顆小虎牙彷彿在和她招手。

雖然不知道他葫蘆裡在賣什麼藥，但既然她找不到蔣均賢，不需要約會，沒有應酬，目前爲止，和程耀的相處也都還算愉快。

那麼……跟高中生走一趟，應該不會怎樣吧？梁采菲心想。

「好，反正我沒事。」猶豫了片刻，梁采菲點頭。

「太好了！來。」程耀朝她伸出手，對她笑出一整個晴天。

4

梁采菲眞不敢置信，程耀竟然帶她來送貨。不是什麼花前月下、燭光晚餐，也不是什麼新奇刺激的冒險，只是單純地陪程耀回到吉貓快遞的倉庫。

她並沒有期待與高中生燭光晚餐，也不想進行任何冒險，但對於程耀帶她來送貨這件事百思不解。

她看著程耀把一大堆貨件搬回吉貓轉運站，再由倉庫領出待送物件，一箱箱搬運上車。

「梁組長，妳是第一次來嗎？」程耀在吉貓倉庫內，一邊點交物件，一邊問。

「是啊，跟你們配合那麼多年了，今天才知道原來你們倉庫長這樣。」梁采菲不打擾程耀忙碌，隨意走看。

這是冰櫃、那是冷藏櫃、那是一般貨物，宅配箱和點收單統一放在那裡……

雖然不明白程耀爲何要帶她來這裡，但眼前事物確實有趣，也很新鮮，吸引了她全部的注意力。

她還注意到旁邊的貨車上有程耀的名字。

兩側車門上都寫著大大的「程耀」，應該是他運送公司物件時的專用車，和他開到立璟時的公務車不一樣。

「梁組長，我好了哦，上車吧。」程耀忙完，爲她打開副駕駛座的車門，不忘交代。「這車比較高，妳穿高跟鞋，上下車時要小心哦。」

「好。」梁采菲點頭。

程耀站在她身後，爲了以防萬一，還伸長了手臂，就怕她一個不小心沒踩穩。沒想到梁采菲輕輕鬆鬆就跨進副駕駛座，完全不需他操心。

「哇塞！人家說OL的絕技就是穿高跟鞋，果然是眞的！」程耀一邊幫她關車門，一邊放聲大笑。

「什麼啊？太浮誇了吧？」梁采菲跟著笑出聲。

很奇妙，他怎麼總是能很輕易地讓她笑出來呢？難道因爲他是高中生嗎？

總覺得，和他在一起的時候，她笑得比從前的任何時候都還要多。

「才不浮誇，簡直太中肯了。」程耀坐進駕駛座，砰一聲關好車門，正要扣安全帶時，眼角餘光卻突然發現了什麼，猛地欺過身來，整個人幾乎橫在梁采菲胸前。

「你幹麼？」梁采菲屏住呼吸，嚇了很大一跳。

「我忘記妳這邊的安全帶有點故障，等等哦——」程耀偏過頭來和她講話，稚氣陽光的少年臉龐與她距離好近，一瞬間竟混亂了她的心跳。

少年的身體散發著蒸騰的熱氣，帶著微濕的汗味，意外的好聞。從她的角度望去，可以看見他柔軟的耳廓、後腦的髮旋、脖子上的青筋……

不知道別人眼裡的程耀是什麼模樣呢？梁采菲一時間有些失神。

程耀拽了安全帶幾下，好不容易才把梁采菲的安全帶繫好。

「好了。」他拉拉梁采菲的安全帶扣環，確認已經繫好了，準備開車。「那我們出發——」

「嚇！」梁采菲突然驚叫了好大一聲。

「梁組長，妳怎麼了？」程耀被她嚇了好大一跳。

「這這這——」梁采菲顫顫巍巍地指著前方的置物櫃。

紅線？紅線?!這不是樂樂美那條紅線嗎？

樂樂美的紅線是以粉紅色繩結固定的，很特別，和一般紅線不一樣，她絕不會錯認的。樂樂美的紅線為什麼會在程耀車上？

「你……你怎麼會有這紅線？」梁采菲震驚了許久，才終於找回失去的聲音。

程耀順著梁采菲手指的方向望去。「哦，這個啊，這是我有一天開車時，莫名其妙從窗戶飛進來的。」

從窗戶飛進來的？該不會是她從頂樓扔下去那時候吧？這樣也行？

「沒有人告訴過你，來路不明的東西不能亂撿嗎？萬一是頭髮或指甲怎麼辦？你說不定就被抓去結婚了。」

「哈哈哈！那又不是撿的，那是從窗戶飛進來的啊！梁組長，妳不覺得很神奇，也很不可思議嗎？」

「很邪門。」梁采菲毫不留情地回，彷彿看見樂樂美在她眼前暢懷大笑。

別鬧了！程耀這高中生該不會是樂樂美替她找的對象吧？

她連程耀原本的樣貌是圓是扁都不知道，是要怎麼跟他談戀愛啦？

染指未成年少男是犯法的！樂樂美究竟要怎麼整她才高興啊?!

「哈哈哈哈，好吧，邪門就邪門，這麼邪門的東西一定要留著做紀念，妳說對吧？」程耀被梁采菲的回答逗得很樂。

他默默瞅著梁采菲，發覺他真喜歡看她。

初次在辦公室裡見到她時，她衣著簡約優雅，雙眼明燦，身材姣好，長髮柔順，是個令他感到十分有距離感的美人；更何況她在公司裡身負管理職，言談舉止之間都是那副幹練精明的OL樣，更令他感到高貴不可親近。

可自從上回送貨到她家之後，一切就不是這麼回事了。

她臉上的表情非常豐富，時而懊惱、時而沮喪，有時還噘著嘴，不知道在鬧什麼脾氣，好玩得不得了，也可愛得不得了。

他很喜歡跟她在一起，更喜歡她坐在他車上，和他拌嘴。

「什麼邪門的東西要留著做紀念？程耀，你到底幾歲啊？怎麼會這麼幼稚？」

「妳不是說十六、十七歲嗎？高中男生幼稚是應該的啦！」程耀理直氣壯。

梁采菲瞬間有種被打敗的感覺。「我是說實際年齡啦！」

「哈哈哈！眼見為憑嘛。」程耀此時笑出的那顆虎牙看在梁采菲眼裡有點欠揍。

「還真敢講。」梁采菲被他弄得有些好笑，可又不願真的笑出來，佯怒瞪著他的眼裡滿是笑意。

程耀笑著睞她，發動引擎。「當然敢講啊，我什麼不敢講？」

也對，他連她的罩杯都敢猜，梁采菲雙頰飛紅，抄起樂樂美的紅線丟他。「貧嘴欸你！」

「哈哈哈！」又來了，她不知道又因為想起什麼在嘔氣了。

程耀將她可愛的反應盡收眼底，一把抓住紅線，收進口袋裡，轉動方向盤，倒車離開吉貓倉庫。

「抱歉，把妳帶來一群男人的地盤，還讓妳等了這麼久，妳一定覺得倉庫很臭吧？」眞的不是他要說，一、兩個人還好，但一群物流司機們聚集在一起時，那汗臭味可不是開玩笑的。

「不會。」梁采菲搖頭。「別忘了，我可是聞過來自地獄的臭味呢，這算什麼？」

「哈哈哈，對哦！都忘了！」程耀拍了下大腿，放聲大笑。

「我們要去哪？」既然她都已經上車了，這下可以說了吧？梁采菲竟然有點期待。

「去看我老婆。」程耀愉快地轉動方向盤。

「啊？」梁采菲一怔。

原來……程耀已經結婚了？

✭

「程耀葛格——」這戶人家的大門打開時，一個約莫五、六歲，長得水靈靈、白嫩嫩的小女孩立刻衝出來，熱情地撲抱住程耀的腳。

「哈嘍，芝芝，生日快樂！小心點，別把蛋糕撞飛了。」程耀笑著接住小女孩，牢牢托穩著手中的包裹。

若不是梁采菲曾見過萌得不像話的樂樂美，肯定會覺得這個小女孩是她畢生見過最可愛的小女孩。

現在是怎樣？程耀不只結婚了，連小孩都有了？

不對，如果是小孩的話，怎麼會喊他「葛格」呢？

梁采菲一頭霧水，完全搞不清狀況。

「媽媽呢？」程耀揉了揉小女孩頭頂。

「媽媽在廚房洗碗，手濕濕的，叫芝芝來開門。」芝芝搖頭晃腦，一雙眼睛水汪汪的，骨碌碌地打量著梁采菲。「這個姊接是誰？」

「這個姊接是我的朋友，也是來祝芝芝生日快樂的哦！」程耀說謊完全不打草稿，對梁采菲眨了眨眼睛。

「真的嗎？」芝芝整張小臉都亮了起來。

「真的，芝芝生日快樂！」梁采菲立刻蹲下身體，發自內心地祝福小女孩。

「謝謝姊接，芝芝好高興。」小女孩笑得非常燦爛。

「程耀？」此時，芝芝的母親從後面廚房走過來，微笑著與程耀打招呼，神情熟稔，就像是程耀認識許久的老朋友。「真好，今年的生日蛋糕還是你送的。」

婦人面容姣好，看起來年紀很輕，頂多二十歲出頭，可梁采菲並不知道她是原本就這麼年輕，還是只在她眼中這麼年輕。

「當然是我嘍！芝芝的生日蛋糕怎能讓別人送？」程耀將蛋糕交給芝芝的母親，再將某個東西交給小女孩。「而且，我還帶了芝芝的生日禮物來哦。」

「哇啊！是什麼是什麼？」小女孩高興得又叫又跳，迫不及待地拆起禮物。

「留下來一起吃蛋糕？」芝芝的母親邀請。

「不了，我還趕著要送貨呢。」程耀有些抱歉地搖頭。

「好吧，希望有天能一起幫芝芝過生日。芝芝來，跟葛格、姊接說再見。」

「葛格再見、姊接再見。」芝芝緊緊抱著程耀送她的吉貓娃娃，愉快地揮著肥嫩的小手，笑得非常可愛。

「掰掰。」程耀歡樂無比地關上大門。

「你說的老婆……該不會是芝芝吧？」回到貨車上時，梁采菲非常懷疑地問。

「哈哈哈！對啊！芝芝很可愛吧？我是不是應該趕快來進行什麼美少女養成計畫？」程耀樂不可支。

「太糟糕了你。」不正經耶！梁采菲佯怒瞪他。

「開玩笑的啦！哪個不長眼的小男生想追芝芝，我一定第一個打斷他的腿。」程耀和剛剛一樣，欺身過來幫梁采菲扣好安全帶，接著扣自己的。

「你們看起來不像朋友，是送貨認識的吧？你怎麼知道那是芝芝的生日蛋糕？」梁采菲好奇地盯著他。

她剛剛仔細觀察過，蛋糕盒上並沒有任何店家Logo。程耀怎麼會知道那是小女孩的生日蛋糕？也有可能是那名少婦買的商品呀。

「去年是我送的，前年也是我送的，大前年也是，每年都差不多時間的低溫宅配，每年芝芝都眼巴巴在門口等，送久了，就知道了。」程耀笑著回答，發動貨車引擎，準備前往下一個目的地。

「一年一趟？你每天少說也要送幾十戶人家，怎麼可能每戶都記得？」梁采菲更疑惑了。一年至少要送幾千幾萬戶，經手幾千幾萬個包裹吧？這記性也太驚人了吧！

「當然不行，我會特別有印象，當然是因為芝芝媽媽是個美麗的人妻啊！而且……」程耀壓低音量，神神祕祕地說。「而且，她先生從來沒有出現過。」

就算是有著虎牙的青澀少年，也有令人很想出拳的時刻。

「什麼鬼？你A片看太多了啊？」梁采菲真的很想打他。

「哦？梁組長、妳……嘖嘖，妳怎麼知道A片有團地妻系列？」程耀伸出食指，在她面前搖了搖，一副抓到她小辮子的樣子。

「我根本就不知道什麼是團地妻好嗎？」團地妻是什麼啦？誰知道啊？

「好吧好吧，沒關係，妳只要知道物流司機是A片裡很受歡迎的男主角就好了。」

什麼跟什麼啊？還來?!「我要報警了。」梁采菲瞪他。

「我應該還適用未成年條款？」

「想得美！傻瓜。」梁采菲笑出來了。

「妳才是笨蛋咧！」她真的很可愛，也很有趣，程耀笑得比她更厲害。

「什麼啊？居然罵我笨蛋？我要跟你們公司終止合作。」梁采菲雙手盤胸，板起臉來恐嚇他，當然是開玩笑的。

「拜託姊姊不要！」程耀故作驚恐。

「哈哈哈哈哈！乖。」梁采菲笑得很樂。

貨車在紅燈前停下，程耀瞅著她燦亮的笑顏，趁著這停紅燈的時間，鼓足了勇氣，開口喊她：「梁組長。」

「嗯？」梁采菲偏首對上他的眼。

「雖然，物流司機不是什麼上得了檯面的工作，可是，我很喜歡這份工作哦。」

「看得出來。」梁采菲點頭。從他熟記客戶，與客戶交好，甚至還爲客戶帶了生日禮物這些事情上就能充分感受到了。

「我知道，物流司機要求的學歷不高，也不是一般人眼中多了不起的行業。可是，從我踏入社會開始，這份薪水就支撐著我，給了我很多成就感。雖然有時累得像條狗，有時被奧客罵，有時還得推銷公司商品、扛業績，壓力眞不是普通的大，也很消耗體力……但是，大多時候，我都很愛這份工作，很喜歡看客人收到包裹時的表情。」

「嗯。」

「所以，梁組長，妳今天問我要不要到妳公司上班時，我是眞的很感動，謝謝妳這麼看得起我。不過，我還想待在吉貓，我有屬於我的驕傲，物流司機的驕傲。」

亂講！其實你只是想養成蘿莉，進行無良的光源氏計畫吧？梁采菲很想如此不正經地與他開玩笑，可她辦不到。

他的一番話語在她心中緩緩發酵，令她只能沉默地盯著他，直到燈號變換，程耀重新轉動方向盤，都無法順利開口。

她想，程耀之所以帶她來送貨，或許只是想告訴她——他很好，他不需要她擔心。他不是客套，而是發自內心的，眞誠熱愛他的工作。

「我讓你覺得受傷了？」下一個紅燈時，梁采菲如此問他。

是不是，她無意中顯露出對物流的不以爲然，自以爲坐辦公室絕對比體力活好，才會讓他必須繞這麼一大圈，委婉地向她解釋？

「沒有受傷，只是覺得有必要向妳說明一下，而且，不知道爲什麼，我就是覺得妳聽得懂我想表達什麼，和那些狗眼看人低的人不一樣。」說到最末句，程耀眼神望向遠方，聲音聽來悶悶的。

華燈初上，車流如織，閃爍的霓虹將他的側顏映得一明一暗，他的聲嗓被夜色染得低沉，意外褪去少年的青澀童稚。

那些狗眼看人低的人？

所以，他時常面對這些質疑嗎？

梁采菲擰眉注視他，感覺喉嚨間似乎鯁了些什麼，既吐不出，也嚥不下。

她想，似乎、或許、好像，其實……他和她是一樣的。

他因爲職業被輕視，而她，因原生家庭被瞧不起……

她傻傻凝注他側顏，有股莫名的衝動油然而生。

究竟，他原本長什麼模樣呢？只要一秒就好，她突然好想看看他的長相……

「你是因爲想告訴我這些，所以才找我來送貨的？」梁采菲搖搖頭，按捺下奇怪的心思。

「也不全是啦。」程耀聳了聳肩。「妳不是說妳是阿宅嗎？我想妳最近……咳，總之，出門走走應該比較好，才不會待在家裡胡思亂想。」

梁采菲花了好一會兒，才明白程耀以乾咳聲省略的那個什麼是什麼。

這小子八成是擔心她失戀吧？

「你又知道我待在家裡會胡思亂想了？」梁采菲很不服氣。為什麼她要被高中生擔心啊？

「至少可以阻止妳衝動性消費，上網胡亂瞎買啊！」程耀的虎牙又淘氣地跑出來了。

「喂！我不過買了個循環扇而已，你還要挖苦我多久啊！」梁采菲終於真的出拳打他了。

她想偷襲他的手被他抓住，他的胸膛因此迴蕩出低低笑聲。

「哈哈哈！梁組長，妳真的很可愛，雖然我不知道妳男友爸媽為什麼不喜歡妳，但我很喜歡妳。」明明不想提這壺，可卻還是提了。

有時，程耀也會覺得自己社會化得不夠澈底，但他也並不是很想改變。難怪梁采菲會說他是高中生。

算了啦！高中生就高中生，何必勉強自己當個世故的大人呢？

「誰要你喜歡了啊？」梁采菲將他的手甩開，耳殼卻悄悄紅了。

「這妳就不懂了，小男生都是喜歡大姊姊的。」程耀依然嘻皮笑臉的，沒個正經。

什麼嘛！什麼小男生？什麼喜歡不喜歡的？他怎麼能這麼輕易說出口？

梁采菲瞪他，兩人的視線膠著在一起，隱隱的，空氣中似乎有些什麼在流動，兩人的手還交握在一起，曖昧暖熱，幾乎能聽見彼此鼓動的心音。

鈴——手機鈴聲刺耳地劃破寧靜，兩人觸電似地將彼此的手放開。

梁采菲從包包裡拿出手機，瞥了眼來電顯示——是向敏敏。

「喂？敏敏？」她按下通話鍵的同時，紅燈也結束了。

程耀轉動方向盤，將車裡的廣播關起來，以免打擾她通話。

「敏敏？喂？」她喚了幾聲，手機那端都沒回應。她疑惑地將手機拿回眼前看了看，來電顯示是敏敏沒錯呀！

「喂？敏敏？是妳嗎？我是梁姊。」背景音很吵，不知道是向敏敏是誤觸按鍵還是怎樣？她不是和學長去看電影嗎？

不知怎的，她隱約有股不好的預感。

「怎麼了？」程耀投給她一個不解的眼神。

梁采菲搖頭，將音量調整到最大，貼近耳朵細聽，漸漸地，依稀能聽見那端傳來朦朦朧朧的咆哮聲——

「妳請我到家裡來，不就是想和我做嗎？」

「少來了，男友一個接一個換，妳還以為妳是什麼貞潔烈女啊？」

這是那學長的聲音嗎？他是在罵敏敏嗎？敏敏呢？

不安的感受逐漸擴散，梁采菲一顆心撲通跳個不停，心慌無比。

匡嚐！砰！咚！

驀然間，一陣亂七八糟的聲響傳出來，電話嘟一聲就斷了，她的臉色瞬間發青。

「程耀，放我下車，快！」梁采菲立刻將手機扔進包包，一副要跳車的模樣。

「啥？什麼什麼？等等啦！」程耀被她嚇壞，雖然明知車門有上鎖，還是下意識伸出手，快手快腳地橫在她胸前，很怕她門一開就跑了。

「妳冷靜一點啦，我們在快車道耶！妳要下車，至少也得等我靠邊停吧！」程耀忙著安撫她，匆匆問。「敏敏怎麼了？」

「我不知道怎麼了，她可能出事了，我聽見有個男人在大吼大叫，應該在她家裡。你快讓我下車，我得馬上趕過去。」梁采菲說得很急。

「她家在哪？我載妳去。」他怎麼可能讓臉色發白的梁采菲一個人去？要是向敏敏真的出事，對方還是個男人，梁采菲一個弱女子怎麼能應付？

「不必，你不是還得送貨嗎？我自己攔計程車就好。」

「沒事啦！了不起回頭再送。快告訴我地址，我送妳去最快，不用花時間攔車。」

「好。」梁采菲點頭，抓緊手裡的包包，手心全都是汗。

敏敏，撐住，千萬不要有事！

程耀的貨車風馳電掣地往前狂奔——

5

「敏敏！」

大門砰一聲被打開，梁采菲和程耀一舉衝進向敏敏的屋子裡。

屋子裡的家具東倒西歪，滿地都是被掃落的物品。

向敏敏被一個高大的男人壓在沙發裡，衣衫破碎、額角滲血，眼睛半睜著，不知道還有沒有意識。

「做什麼你?!快放開她！」梁采菲飛也似地衝上前。

「媽的！」男人嚇了很大一跳，拔腿就跑。

「喂！」梁采菲反手想抓住他，但他人高腿長，早就跑到門口。

她想追上去，又惦記著沙發上的向敏敏，一時間竟不知該如何是好。

「欺負女人，你還是不是人啊?!」梁采菲還拿不定主意時，咚——程耀結結實實的一拳已經落到男人身上。

男人摀著肚子彎下腰，立刻出拳想反擊，程耀俐落一閃，抓住男人的手，反剪在背後。男人伸腿想踢程耀，瞬間被程耀狠狠踹開。

「還敢還手啊你！」程耀忿忿將男人壓在地上。

「幹！你們是誰？我要告你們傷害！擅闖民宅！操！」男人死命掙扎，嘴裡不斷嚷嚷著些不堪入耳的髒話。

「還敢講？你——呃？梁組長？」

「讓開。」

程耀還想罵人，梁采菲面色鐵青地走過來，拿出包包裡的電擊棒，滋滋幾聲，三兩下就把男人電昏了。

程耀目瞪口呆地看著梁采菲，下巴差點掉下來。

這麼斯文秀氣的梁組長居然有爪子？看來以後還是對她恭敬一點好了。程耀撝著胸口，竟然有點想笑。

「我去看敏敏，他交給你。」梁采菲把電擊棒塞給程耀。

「遵命！」程耀做了個敬禮手勢，從口袋裡掏出封箱膠帶，將地上男人的雙手和雙腳捆起來。「嘴那麼臭，也貼起來好了。」又撕了段膠帶，貼住男人嘴巴，還順便多踹了兩腳。

膠帶是從哪裡生出來的？好像綁架犯……

如果不是因爲記掛著向敏敏的安危，梁采菲可能會覺得此刻的情景荒謬得令人失笑。

她趕緊跑到向敏敏身旁，蹲下查看她的狀況。

「敏敏、敏敏，妳還好嗎？沒事了，梁姊來了，妳聽得見嗎？」向敏敏總是開朗活潑的小臉狼狽不堪，青青紫紫，帶著斑駁血痕，令她十分心疼。

那該死的王八蛋！梁采菲暗暗咬牙。

「梁姊……」向敏敏腫脹的雙眼眨了眨，視線模糊，腦子嗡嗡嗡的，好不容易才看清眼前的梁采菲。「梁姊……對不起……」

「對不起什麼啊？乖，沒事了。」梁采菲握住她的手，小心翼翼地摸了摸她的臉。「我打電話叫救護車。」

她正想拿電話，向敏敏卻牢牢抓住她，像溺水的人緊抓浮板。

「梁姊，我……只是想找一個眞心愛我的人……爲什麼會這麼難……」向敏敏的口吻虛無飄渺，蒼白像縷輕煙，才說完，便暈了過去。

梁采菲的心臟猛然收緊。

她用力睜大眼睛，阻止自己掉下眼淚，拿起手機撥打119。

程耀捕捉到她眼角一閃而逝的淚光，摸了摸自己的胸口，總覺得心底似乎掠過了什麼，不太好受。

✻

救護車嗚笛響徹雲霄。梁采菲隨行救護車，將向敏敏送到醫院。

腦震盪、挫傷、瘀傷、耳膜破裂。

向敏敏做完診療，驗完傷，躺在病床上昏睡，不肖學長的家人們也來了。

「梁小姐，這件事我們可以和解。強暴是公訴罪，要是報警提告了，就沒辦法撤回了。我兒子還年輕，妳應該也不忍心毀掉年輕人的大好前途吧？」

「什麼強暴？只是年輕人愛玩而已，妳向她道歉幹麼？我們兒子又沒錯！一定是那女人故意要陷害我們兒子的！」

不肖學長的父母你一言我一語，在病房裡吵得不可開交。

「你們安靜一點，病人需要休息，一切都等她醒了再說。」梁采菲面無表情。

「妳剛說妳誰？是這女人的主管對吧？叫她爸媽來談啊！怎麼會叫公司主管來？」學長的爸爸用鼻孔對著梁采菲。

學長的媽媽推了推他，在他耳邊說了句什麼。

「什麼？沒爸媽？那就對了啊！這種來路不明的女人還想告人家什麼？」學長的爸爸又開口叫囂了，態度比剛才更惡劣。

「出去。」梁采菲冷冷的，手指門口。

「妳說什麼？妳憑什麼叫我們出去？」學長的爸爸橫眉豎眼。

「我說，」梁采菲從陪病椅上站起來，一個字一個字地重重強調。「出去！不然我現在就報案，立刻！你們誰都休想和解！」

「妳——」學長的爸爸還想發難，身邊的妻子趕忙拉住他。

「對不起、對不起，我先生就是這個臭脾氣，請妳別跟他計較。我們出去，我們等妳的消息。謝謝梁小姐。別報案，多少錢我們都願意和解，妳千萬別衝動，謝謝、謝謝。」

吵得要命的夫妻終於走了，病房裡霎時恢復寧靜。

梁采菲揉了揉隱隱作疼的太陽穴，頹然坐回陪病椅上。

「唔……」病床上的向敏敏動了動。

她立刻站起來，上前握住向敏敏的手。「敏敏？」

「媽……媽媽……」向敏敏喃喃，只是囈語，連眼睛都沒有睜開。

梁采菲怔怔望著她，心疼得不像話。

向敏敏沒有媽媽。

她的媽媽，在她很小很小的時候，便已經拋下她，再也沒有回家了。

原來，向敏敏雖然嘴上都不說，可其實心裡很思念母親嗎？

是不是，就因爲敏敏曾被母親拋棄，有著不被愛的恐懼，所以才會這麼用力談戀愛？

她嘆了口氣，小心翼翼地將向敏敏的手收進被子裡，不經意看見她手腕上一條條的陳年傷痕，還來不及感懷什麼，視野裡卻倏然竄入一雙粉紅色小皮鞋，嚇得她整個人跌進陪病椅裡。

「樂、樂樂美？妳是鬼嗎？」她搗著心口，險些沒休克。

樂樂美是什麼時候來的？居然還坐在病床上？這也太神出鬼沒了吧？

「說神仙是鬼，我看妳是活膩了吧！」樂樂美兩隻腿垂在床沿晃呀晃的，童話夢幻得不像眞的。

「妳怎麼來了？」梁采菲揚睫問樂樂美。

「幹麼？醫院只有妳能來啊？好幾場戲都沒有我了，出來刷一下存在感呀！」樂樂美笑得很可愛。

這什麼理由？梁采菲太陽穴跳了跳，頭很痛。不過……

「喂！既然妳都來了，可不可以幫敏敏找個好對象？」

「妳現在膽子大了，翅膀硬了，居然可以叫神仙『喂』了？」樂樂美皺眉，很不高興地從床上跳下來。「妳以爲月老是什麼東西呀？竟然使喚得這麼自然？我又不是妳員工。」

「對不起對不起，算我求妳，我是認眞的，請月老大人答應我的請求。」梁采菲立刻改口，低聲下氣。

「有時間煩惱別人，怎麼不先煩惱妳自己？妳還把我的紅線扔了咧！」樂樂美奇怪。

「我當然也希望有個好歸宿，但敏敏比我更需要。」梁采菲連一秒也沒有猶豫。

「妳又知道她比較需要了？」樂樂美不以為然。

「當然，妳看她那樣，她一直在談戀愛，不就是為了想找個能夠真心愛她，又能夠讓她依靠的對象嗎？」

「那妳呢？妳們的家庭背景很相似，為什麼妳不需要一個能讓妳依靠的對象？」開玩笑，她可是月老耶！誰的家庭背景她不知道？

「那是因為我能依靠我自己。」梁采菲話一出口，自己也愣住了。

她好像無意間觸碰到一個很核心的問題，而這正是癥結所在。

是啊，假如敏敏能夠依靠自己、更愛自己，那麼她就能夠不再自卑，更不需要在人海中兜兜轉轉了。

樂樂美給她一個「妳看吧」的眼神。

「所以說，她的問題根本就不在那裡嘛！想要不代表需要啊！她不先強大起來，不先自己愛自己，就算給她再好的男人也沒用，我現在是幫不了她的。」樂樂美點了點小腦袋，兩條粉色馬尾晃呀晃的。「凡人的難關要凡人自己過，神仙不能插手太多。」

她不說就算了，一提，梁采菲就忍不住抱怨。「神仙不能插手太多的話，妳倒是快把我的眼睛恢復正常啊！」

「哈哈哈！才不要咧，ㄌㄩせ——」樂樂美做鬼臉。

「齁，妳真的很幼稚。」梁采菲差點被她萌萌的鬼臉氣笑。「每次都用這種可愛的小孩模樣現身，根本一點月老的說服力都沒有。」

「那我也沒辦法呀！我又沒長大過，哪知道長大是什麼樣子。」

「啊？這是什麼意思？」

「掰掰。」樂樂美拍了拍裙子。

「欸？妳要走嘍？等——」梁采菲還沒來得及喊住樂樂美，樂樂美就一溜煙消失了。

「梁組長，妳在跟誰說話？」

身後陡然有人拍她肩膀，她驀然回頭——是程耀。

「程耀？」梁采菲眨了眨眼睛，低頭看了看手機上的時間，已經是晚上十一點。

他身上的吉貓制服換成簡單家居服，船領衫、工作褲，唯一不變的是他稚氣臉龐上的燦亮笑容。

「我不放心，過來看看，順便帶吃的給妳。敏敏沒事吧？」程耀舉高手中的提袋，探頭看向她身後的向敏敏。

「還可以。」難怪，她就覺得有聞到食物的味道。

「啊那個混帳咧？沒人找妳麻煩吧？」

梁采菲搖了搖頭，那些烏煙瘴氣的事，不提也罷。「你貨送完了？」她問。

「當然，我還回家洗過澡，才跑去買吃的。」要不是得把貨送完，他才不會讓梁采菲一個人來醫院。

「這麼快？」梁采菲有些懷疑。「我耽誤了你很多時間，你該不會是被公司罵了，然後騙我吧？」

「怎麼可能？妳在說什麼傻話啊？」程耀橫她一眼。「我開車技術那麼好，配送王欸！」

「好好好，配送王。」梁采菲拿他沒轍，唇角隱約揚起笑意。

她終於笑了！自從接到向敏敏的電話之後，就沒見她笑過了。程耀不自覺伸手摀向胸口，總覺得那裡的鬱悶感好像鬆開了。

「妳應該還沒吃東西吧？餓了吧？要在哪裡吃？」他再次揚了揚手中的食物。

梁采菲看著病床上的向敏敏，指向外頭。「我們去交誼廳吃好了，免得吵到敏敏。」

「好。」程耀往外走。

梁采菲拿起隨身物品，輕聲闔上病房門扇，走到程耀身旁，忍不住問：「你買什麼？味道好重。」

「嘿嘿。」程耀神祕兮兮地，直到走到交誼廳後，才變魔術般地拿出報紙，俐落地鋪在桌上。「猜猜？」

梁采菲根本不想猜，只是睜大眼睛瞧著他的提袋。

「嘖，居然想直接看答案？」程耀邊笑，邊拿出餐盤，張羅吃食。

隨著他的動作，一盤盤五顏六色的滷味被擺放上桌，有花椰菜、高麗菜、豆干、科學麵、玉米筍、黑木耳、肉片、雞腿肉、貢丸，還有各式各樣的餃……

「這也太多了吧？」梁采菲簡直要嚇壞了。

「哈哈哈！我不知道妳喜歡吃什麼啊，每樣都夾一點，反正我也很餓。」程耀立刻塞了雙筷子在她手裡。「妳吃辣嗎？我有另外打包辣椒與辣油。」

「不。」她愣愣地拿著筷子搖頭。有點意外他連她吃不吃辣這件事都考慮到了。

程耀的眼神亮晶晶的，像小孩分享玩具。

「這家滷味爆炸好吃的，是我心目中排名第一的愛店。本來今天就想找時間帶妳去吃，結果被那混帳一鬧，妳一定沒空吃飯吧？」

他挾起一塊豆干，正要張嘴咬下，卻發現梁采菲遲遲沒有動作，小心翼翼地問：「糟了，妳該不會是不喜歡滷味吧？可是，這時間很多店都沒開了，還是我去超商看看？」

「不不不，沒有，我喜歡，不用另外買。」她連忙搖頭。只是……有點不真實。

她有個不成材的父親，自幼獨立慣了，突然被悉心照料，對象還是一個才見過幾次面的少年，真是既感訝異，又受寵若驚。

「好，那、啊——」程耀伸長筷子，冷不防把豆干湊到她嘴前，要她張嘴。

「別鬧了。」她嚇了一跳，閃過那雙步步進逼的筷子，雙頰發熱。「我自己來。」

這舉止分明太親暱，他怎能做得如此自然？難道時常這樣餵人嗎？

「哈哈！好，那妳趕快吃，不然我就要餵妳了。」程耀大笑。「梁組長，妳也太純情了吧？被高中生餵食也會害羞哦？」

「說什麼你！是你太沒操守了吧？」梁采菲立即挾起花椰菜，恨恨吃掉，瞪他。

有操守也好，沒操守也罷，至少她能在滷味還沒涼的時候，趕快把自己餵飽，那就好了。

程耀看起來很樂。

「對了，梁組長，妳爲什麼會有向敏敏家的鑰匙啊？我還在想說是不是要踹門進去咧，沒想到妳就把門打開了。妳們感情也太好了吧！不太像一般的同事。」更何況還是主管及下屬，程耀一邊吃，一邊好奇地問。

「向敏敏以前住在我家。」

「咦？」程耀一愣。

「後來，她在外頭找房子時，還未滿十八歲，租約也是由我出面和房東簽的。」

「未滿十八歲？那妳根本就是監護人嘛。」程耀笑了。

監護人？也算吧，大致說來，她確實將向敏敏當成很親近、很親近的妹妹。

「後來，她長大了，可以自己處理租屋、換約的事了，但無論搬到哪裡，都還保留著給我備份鑰匙的習慣。她說，如果她睡過頭，我隨時可以去她家逮人。」

「哈哈！這根本是把妳當鬧鐘吧！但是敏敏她家人呢？他們怎麼會讓她這麼小就搬出去住？」程耀把最大塊的雞腿肉撥到她面前，問得很自然。

梁采菲臉頰鼓鼓的，驀然沉默下來，花了幾秒鐘思考要不要告訴程耀，她與向敏敏認識的過程。

雖然，敏敏從不避諱讓別人知道家庭狀況，可她卻完全相反，若非需要，能不提便不提。一方面，除了不願回想父親的惡行惡狀之外，另一方面，更害怕別人聽說她的家庭狀況之後，對她避之唯恐不及，就如同蔣均賢一般……

「怎麼了？不能說沒關係哦。」程耀看出她神情怪怪的，隱約覺得問了不該問的問題。

梁采菲盯著他萬分眞誠的眼眉，驀然想起他之前說的那句「我就是覺得妳聽得懂我想表達什麼，和那些狗眼看人低的人不一樣」。

他的話猶如跳針的唱片，在她耳邊反覆迴蕩，莫名勾動她心弦。

他是如此相信她，那麼她……應該也可以相信他與別人不一樣吧？

「我跟你說一個故事。」她嚥了嚥口水，不覺有些緊張。

那是關於她與向敏敏，好幾年、好幾年前的故事——

6

女孩來公司應徵的時候，才十五歲。

「我要找的是正職人員，不是工讀生，更何況，我不雇用童工。」看見女孩的履歷時，梁采菲頭眞的很痛。

她眞不明白，爲何會有國中生莽莽撞撞地衝進公司裡來，手裡還拿著超商販售的那種，簡單到不行的制式履歷表，滿腔熱血地說要應徵。

這小女孩是怎麼騙過樓下警衛的？

「拜託妳，我下個月就滿十六歲了，我會很努力、很勤勞的，我眞的很需要工作，拜託妳！」女孩朝她鞠了個大大的躬，口齒清晰、目標明確。

「來找我面試的每個人都很需要工作，小妹妹，我沒辦法任用妳。」梁采菲搖頭，卻注意到她不斷拉長袖子的動作。

她明明已經穿著長袖，袖長看起來很合適，爲何還要拚命拉袖子？

「爲什麼？妳不是需要拆送信函、建檔資料的員工嗎？我做事很細心，打字也很快。」女孩一股腦推銷自己，袖子又拉得更勤了。

梁采菲搖頭。「從妳沒有預約就跑來公司這點，我實在很難相信妳做事會有多細心。」

「那是因爲……」女孩被梁采菲說得滿面通紅，嚥了嚥口水。「我要是先打電話來的話，妳一定會直接在電話裡拒絕我呀！」

她揮舞雙手，急著說明，不經意露出袖子下藏著的傷痕。

一條一條的紅痕，觸目驚心，是自殘還是被虐？

梁采菲明顯一愣，就事論事。「我也不會因爲妳親自跑來就錄用妳。」

做事積極很好，但造成別人的困擾並不好。

「妳試用我看看嘛！我絕對會讓妳很滿意的。」女孩不死心。

「不考慮，謝謝，妳請回吧。」梁采菲很堅持。

光是未滿十六歲這點就已經夠麻煩了，人事部可不是能輕易打發的，她甚至還得要求女孩備齊法定代理人的資料。

「怎麼這樣……」女孩看起來很委屈，但梁采菲沒辦法同情每一位求職者。

她從座位上站起來，爲女孩拉開大門。「就是這樣，妳請回吧。」

「拜託！我眞的很需要錢，也很需要能夠睡覺的地方。不然……我不拿薪水，只要能讓我睡公司就好。等我滿十六歲之後，妳再考慮要不要付我薪水。」女孩猛然抓住梁采菲手臂，拚命哀求。

梁采菲簡直不可思議。眞不知她哪來的勇氣，居然能夠如此異想天開？

「這太荒謬了，就算我錄用妳，也沒辦法讓妳睡在公司。」

「拜託啦，妳再考慮一下，求求妳，就當作幫我個忙……」

死纏爛打的毅力固然令人敬佩，但也令人生厭，女孩抓得梁采菲手臂陣陣泛疼，怎麼掙也掙不開。

「放手！我要叫警衛了！」

她好不容易揮開女孩的手，女孩一個踉蹌，撞上邊牆，痛得眼角迸淚，爆出一連串大吼。

「討厭討厭討厭！你們這些冷眼旁觀的大人最討厭了！你們每天都漂漂亮亮的，根本不懂我們這些在泥巴裡打滾的人是怎麼過日子的！討厭！」

她崩潰地吼完，一溜煙跑了。

梁采菲揉了揉發疼的手臂，根本沒將這件事放在心上，冷然回到座位辦公。

未料，下班時間，她才走出公司，便看見女孩蜷縮在牆角，頭埋在膝蓋裡，不知已經在那裡待了多久。

索性當作沒看見吧。梁采菲快步走過。

「好啊！整天找不到人，總算被我逮到了吧！」一名醉醺醺的中年男子衝過來，拽著女孩的頭髮往前拖。「妳還說要去找工作，結果找了大半個月都沒拿錢回來！躲？還躲？這下看妳躲去哪?!」

男人大聲咆哮，吸引路人側目，可並沒有人因此佇足。

好熟悉的對白……

「妳不是說要去賺錢？錢在哪裡？幹！妳跟妳媽都是賠錢貨！我養妳們幹麼？」

似曾相識的情景，觸動梁采菲內心的幽暗角落，令她原想離開的腳步動彈不得。

「放手啦！要錢你不會自己去賺啊！」女孩想把自己的頭髮拉回來，頭皮被扯得很痛。

「還給拎杯頂嘴?!」男人舉高手臂，一個巴掌就要搧下去，女孩性烈，張嘴咬他手臂。

「幹拎娘咧！」男人痛得哇哇叫。「再不拿錢回來，妳就給我出去賣！」

「你自己不會去賣屁股哦！」女孩和男人扭打成一團。

「我就是打妳媽，怎樣？妳不服氣哦？不服氣去找錢來啊！也不想想看要是沒有我，哪有妳？瞪？再瞪連妳一起打！」

這場景簡直太熟悉……梁采菲的雙手不自覺緊握成拳。

她還記得，她當時有多想殺了那個混帳，不只幾千幾萬次地想過，只要殺了他，她和媽媽就解脫了……

梁采菲將視線拉回眼前，喊來公司警衛，在他耳邊叮囑了幾句。

「好。」警衛點點頭。

「走！今天不好好給妳個教訓，我就不是拎老杯！」男人拉著亂踢亂踹、淚眼汪汪的女孩。

「我恨你我恨你我恨死你了！」女孩頭髮被扯亂了，妝也哭花了。

男人掄起拳頭，眼看又要揍人——

「幹！」電光石火之間，男人吃痛，叫出聲來。

啪滋滋——警衛手裡拿著電擊棒，電了男人好幾下。

「拎杯教訓女兒，還輪不到別人插手……幹幹幹！」

警衛又舉起手來電他。

二十萬伏特，不連續電擊，不足以使人昏迷，但足以給人教訓。

梁采菲站在一旁，早就將手機切換成錄影模式，將男人的惡行惡狀拍下來。

「你們是誰啊?!我叫警察來哦！」男人被電得哇哇叫，惡人先告狀。

「你叫啊！」梁采菲走近他，指著手機裡的錄影畫面，迎視他的眼神毫無畏懼。「我是梁采菲，你女兒未來的主管。」

她將女孩拉起來，護到自己身後。

對，她知道，多一事不如少一事，她根本在自找麻煩。

可是，假如、假如能拉她一把，從這與她相似的泥沼裡……

「梁三小啦?!」男人惡狠狠地瞪著梁采菲，又忌憚她身旁的警衛，不敢輕舉妄動。

「你女兒明天會來我公司上班，但是住處得由我安排。你考慮一下，讓我把她帶走，最慢從下個月開始，你每個月都能有幾千塊可以拿。」

「啊?」女孩躲在梁采菲身後，驀然間羞慚地發現，她居然連這位下午被她糾纏過，如今還跳出來解圍的主管叫什麼名字都沒記住。

「你不讓我把她帶走也可以，你剛剛說要讓她去賣、毆打她的畫面，我全都錄下來了，我現在就報警，通報社會局，社工會安置她，然後你什麼都拿不到。」

「靠妖咧!當拎杯好騙啊！」男人伸手要搶梁采菲的手機。

梁采菲動也不動，指著男人的頭頂。「你搶啊，你頭上還有監視器，再多一條侵占，我可以告你。」

「幹！」男人抬頭一看，頭頂上真的有好幾支監視器，即使他搶到梁采菲的手機，上面那些也砸不到。

「你好好想想，再繼續這樣跟她耗下去，把她逼急自殺了跳河了蒸發了，你什麼好處也撈不到，是不是？」

她太明白這種人了，就像她不願回想的父親一樣，既不聰明，又貪得無饜。

「妳說一個月幾千，要怎麼給？」果然，男人想了想，在零與幾千元之間，毫不猶豫地選擇了後者。

「一個月匯給你五千，直接轉進你戶頭。你要拿現金也可以，找我，不能找她。」

「五千太少了。」五千夠他買很多酒了，而且遠比女兒拿回來的錢多了許多，男人眼睛一亮，卻還想抬價。

「不要算了。我現在就報案。」梁采菲揚起手機。

「等欸！」男人阻止她。讓女兒去賣是違法的，有可能很快被抓，還不如安安穩穩在公司上班，每個月都有錢拿。

「妳先把這個月的五千給我！」男人毫不客氣地伸出手來。

「好。」梁采菲立即從皮包內點了五張大鈔給男人。

「哼！下個月我還會來，妳等著！」男人啐了一口，跑了。

吵嚷的周圍頓時安靜下來，女孩雙眼圓睜地看著梁采菲，不知該不該慶幸，她父親居然五千塊就把她賣了……

「妳……痛痛痛！」她掀了掀唇，想向梁采菲道謝，沒想到被毆打的嘴角卻滲出血來，痛得她直吸氣。

「妳是從家裡跑出來的？晚上要睡哪？」梁采菲遞了手帕給她。

「還不知道……」女孩接過手帕，壓住嘴角，聲音有點悶悶的。「我本來住在男朋友家，不過他昨天劈腿被我發現，把我趕出來了。」

青青紫紫的臉，配上可憐兮兮的口吻，十分慘不忍睹。

梁采菲皺起眉頭，嘆了口氣。「暫時先住我家吧。」

「啊？可以嗎？」她嚇了一跳。

「可以。」假如今天沒有發生這件事，她也不知道，原來她可以幫人幫到這種程度。

「我不會白白住妳家的，我會努力工作，也會努力還錢，絕對不會造成妳的困擾。」女孩說著說著，又開始拉起袖子。

「妳手上的傷是怎麼回事？」她實在很難不去注意她手腕上的傷痕。

「這個，就……」她抿了抿唇。「我可以不要說嗎？」

「可以。」

「咦？」女孩一愣。這個人好像……跟那些總是逼她說話的大人不太一樣。「謝謝，那我就放心了。」她露出今日的第一個笑容。

「妳先別放心得太早。」梁采菲板起臉來。

「啊？」

「妳數一數那些傷痕總共有幾條，告訴我，假使這些日子多了一條，我就趕妳出去。」假若那些傷痕是自殘，她眞心不願女孩再這麼做了。

女孩怔怔望著梁采菲，心裡有股越來越深的委屈感急湧而上，從鼻頭直衝腦門，令她眼眶裡的霧氣越來越重。

從來沒有人關心她。

老師沒有，同學沒有，男友沒有，拋下她的媽媽沒有，只會打她罵她跟她要錢的爸爸當然更沒有。

她在親近的人面前毫不隱藏，卻無人發現；她在陌生人面前遮遮掩掩，竟被看穿。

那些應該關心她的人，全都不如一個陌生人。

她越想越悽慘，悲從中來，放聲大哭。

「我也不想這樣啊！嗚嗚嗚——我想死，可是又好痛，不管我劃了幾刀，都劃不深。」她吸了吸鼻子，越哭越厲害。「有次實在痛得受不了，我還自己跑去包紮……我好沒用，連想死都不行，難怪媽媽不要我，沒有人喜歡我……」

她蹲在路邊大哭，像要把所有的委屈、不甘，全都哭出來，哭得上氣不接下氣，整張臉都哭花了。

「有勇氣尋死，不如好好活著吧。」梁采菲拍了拍她。

「嗚哇——」她一把撲進梁采菲懷裡，將眼淚、鼻涕，全都亂七八糟地哭在她身上。

那年，梁采菲二十四歲，剛升上小主管。

而亂七八糟撞進她人生裡的女孩，叫作向敏敏。

✲

她深吸口氣，將向敏敏不請自來，跑來公司應徵，接著又被她帶回家的事，一五一十全告訴程耀。

「怎麼會有這種人啊？」程耀專注地聽著，聽到激動處，還忿忿不已地罵了幾句。「那後來敏敏為什麼又搬出去了？她不是在妳家住得好好的嗎？」

「因為我家裡……有個和她爸一樣的男人。」她抿了抿唇，簡單一句話，卻說得非常吃力。「他有時候會回來要錢，每次都是又吼又踹的，我不希望他嚇到敏敏。」

「啥？」程耀眼睛睜得大大的，筷子上挾的滷味還不小心掉進盤子裡。

他是真的很驚訝，因為梁采菲看起來就是那種臉上寫著「好女孩」的乖乖牌、大小姐，由內而外都透著股端莊、斯文與教養，若說她是哪戶人家的千金，他也信。卻沒想到，她竟然有這樣的爸爸……

「就是這樣。」她聳聳肩，知道程耀已經聽見了，自嘲地笑了笑。「事實上，我和男友父母的飯局就是這樣搞砸的，我來自這種家庭……不是他們心目中的理想對象。」

「什麼啊？太爛了吧！有夠沒水準的！」程耀毫不掩飾地吐槽。

梁采菲搖搖頭，唇邊有抹微笑。「不用安慰我，我比敏敏幸運，至少有我媽和我相依為命，但敏敏的母親卻選擇拋下她。和敏敏相比，我已經過得很好了。」

這種日子怎能算過得很好？

程耀不覺摸了摸胸口，覺得那股怪異的感受又來了。

他好像有點明白了，他不喜歡看她難過。她眉頭深鎖的時候、勉強微笑的時候，都會讓他有種心臟被掐住的感覺，悶悶的。

程耀一言不發地盯著她，視線膠著在她臉上，不知凝注了多久。

「做什麼這樣看我？」時間一分一秒地流逝，梁采菲被他看得心慌，竟覺十分不自在。她清了清喉嚨，瞪他。「我警告你，我最不需要同情心了，不要同情我。」

「誰在同情妳了？我是心疼妳。」程耀燦燦笑開，露出可愛的虎牙。

她微紅的臉色瞬間炸開！

什麼心疼？這白目少年是怎麼回事？一下說小男生喜歡大姊姊，一下餵她，一下又說這種曖昧的話，簡直令人無所適從。

「我吃飽了，時間也已經很晚了，我回去陪敏敏，你早點回家休息。」梁采菲起身，決定逃跑。

「慢著，梁組長。」程耀驀然攫住她手臂。

「嗯？」她疑惑地看著他，臉上的紅潮都還沒退。

「妳要跟我交往嗎？」程耀脫口而出。

「什麼？」梁采菲呆呆地望著程耀，完完全全不敢相信耳朵聽見的。

蔣均賢得知她的家庭狀況後，立刻決定人間蒸發，而眼前這個少年，竟然馬上提出這種荒誕的要求？

「我。跟我交往。」程耀伸出一根手指頭，很快樂地指向自己。

那就是一種很想照顧她的心思，一個很想令她快樂的念頭，衝湧而上，無法抵擋。

想成爲在她身邊支持她的那個人，想成爲令她快樂的那個人；想讓她開心，也想爲她擦眼淚，沒有任何身分比男朋友更適合了，程耀毫不考慮。

梁采菲當機的腦子總算慢呑呑地恢復運轉。

「我爲什麼要跟你交往啊？我跟你又不熟，而且你還只是個少年——」

「誰規定少年不能談戀愛了？有些國中生還當爸了咧，更何況我是高中生。」程耀的虎牙又跑出來了。

梁采菲又想出拳了。「我們才剛認識不久，你根本就不了解我，怎麼可以隨隨便便說要跟我交往？」

「我才不是隨隨便便說要跟妳交往，我是眞的對妳很有好感。再說，妳不給我時間跟機會，我要怎麼了解妳？」

「總之，這個提議太草率了，你應該先好好觀察我，或是，讓我先好好觀察你。」

「哦？梁組長，妳每次談戀愛前都有好好觀察，或是被觀察過嗎？」程耀很有興味地問。

「當然。」

「那每次觀察過後的戀愛都有成功嗎？」

當然沒有，這簡直是明知故問嘛！反應這麼快，這小子該不會其實很腹黑吧？梁采菲沒好氣地白了他一眼。

「那就對了啊，既然努力觀察不一定有好結果，爲什麼不乾脆衝一波呢？妳就試試看啊，也許我很不賴啊！」

等等，這句話怎麼有點耳熟啊！敏敏主動跑來應徵時，也是這麼說的。

「這該不會是敏敏給你的靈感吧？」早知道不要跟他講了。

「學以致用。」程耀打了個響指。

「我不要！」梁采菲連耳朵都紅了，眞不知是氣得，還是因爲難爲情。

「不要排擠高中生嘛！」

「我是排擠你。」可惡！她居然想笑。

「試試看嘛！」

「別鬧了。」梁采菲拔腿逃跑。

「膽小鬼。」她驚慌失措的舉止令程耀暢懷大笑。

「晚安慢走不送。」不管是激將法還是什麼的，她才不會中計！

梁采菲心跳飛快，三步併作兩步地跑回病房。

荒謬的夜晚，有亂七八糟的意外、亂七八糟的樂樂美、亂七八糟的少年、亂七八糟的提議，還有，她跳得亂七八糟的心。

7

「梁姊，妳和程耀在談戀愛嗎？」出院後的這個上班日，向敏敏趁著午休時間，神神祕祕地將椅子滑到梁采菲身旁。

「怎麼可能？」梁采菲手中的文件不小心滑了一下，板起臉來瞪她。「向敏敏，妳現在是身體好多了，就開始想興風作浪了是吧？」

「梁組長，妳要跟我交往嗎？」

莫名其妙……這幾天只要想起程耀，胸口便熱熱的，心跳不受控，很像戀愛中的感受……可惡！她居然被一個怪怪的少年搞得怪怪的。梁采菲噘起紅唇，不知在和誰嘔氣。

「哎喲！我哪敢啊？」向敏敏求饒。「我最好最漂亮最溫柔最善良的梁姊，就算我再怎麼想興風作浪，也不敢玩到妳頭上好不好？」

這次她被學長襲擊的意外，在梁采菲的出面調解下，最終以和解落幕，而學長也在家人的要求下轉學，支付了一筆賠償金，結果不算太壞。

畢竟他們兩人都還年輕，誰都不想面對多時的纏訟。

「我就想不出妳還有什麼好不敢的。」梁采菲橫她一眼，沒好氣。「說吧，為什麼突然這麼問？」

「因爲我想找程耀幫我搬家啊！如果你們在交往的話，那我就得先經過妳的同意，不然，男朋友去幫別的女生搬家，多嘔啊！」向敏敏認眞地說。「雖然，我是覺得妳應該不會跟程耀交往啦，但爲了以防萬一，還是——」

「等等、等等。」梁采菲頭很痛，連忙伸出一隻手來打斷她。「我和程耀交往的推測是哪來的？」

「因爲你們那天一起出現在我家，我怎麼知道你們之間有沒有什麼不可告人的祕密，基於姊妹道義，當然要問一下啊！」

「我們沒有不可告人的祕密。」梁采菲清了清喉嚨。咳，程耀提出交往的要求應該不算吧？「那我『應該不會』跟程耀交往的推測又是哪來的？」

「因爲，梁姊妳認爲不錯的對象都是像蔣大哥那樣的啊，我沒辦法想像妳和藍領交往，但是，如果妳因爲蔣大哥搞失蹤，受到打擊，那又不一定了。」

梁采菲無法反駁。確實，她從沒有把程耀放在交往的選項裡，即使他不是少年……

「所以……我可以找程耀幫我搬家嗎？」向敏敏話鋒陡然一轉，眼神燦亮亮的。雖然學長已經轉學了，但她還是找好新住處了，以絕後患。

「這個問題妳應該去問他，怎麼會來問我？」梁采菲面無表情，彷彿這樣就能無視內心那股奇怪的感受。

「那我倒追他也沒問題嘍？」向敏敏問得很樂。

「向敏敏，妳還來呀？」梁采菲睜圓雙眼，眞是不敢相信。向敏敏才剛因男人吃過虧，怎麼老是記取不了教訓，反而還越挫越勇？

「哎呀！程耀不會有問題的啦！他一臉正直樣。」向敏敏打包票。

「哪一個從前跟妳約會的人不是一臉正直樣？不正直妳就不會跟他約會了呀！」梁采菲實在很難不吐槽。

「也對。」向敏敏依然笑嘻嘻的。

「到底有沒有在反省啊？」梁采菲忍不住戳了下她腦門。

「哎喲！我就是有在反省，才會想找程耀呀！我請他幫我搬完家之後，會再順便請他去吃個飯的，不然那天害他被罰錢不好意思，我一併謝罪。」

「什麼被罰錢？」梁采菲秀眉一挑。

「咦？梁姊，妳不知道嗎？」向敏敏看起來很驚訝。「就是那天，妳跟程耀不是來救我嗎？結果程耀因此延誤了好幾件包裹，被老闆罰錢了呀。」

「我不知道。」梁采菲皺眉。她當然不知道，程耀還得意洋洋地說他是配送王呢！

「好吧，那妳現在知道了。梁姊，我去吃飯嘍，順便打電話問程耀哪天有空。」向敏敏自顧自地說完，就像道風般颳走了。

他們竟然連手機號碼都交換了？不對，這不是重點，重點是程耀被罰錢了居然還騙她！不對！這也不是重點！她爲什麼要管程耀有沒有被罰錢？又幹麼管敏敏找誰搬家？

年輕人談戀愛很好，更何況程耀似乎是個不錯的對象，也許非常適合沒有安全感的敏敏，他們一定會很合得來。

可是……爲什麼她心裡有點怪怪的？

✷

梁采菲整日心神不寧，好不容易捱到下班，沒想到走出辦公大樓，卻撞到迎面走來的人，背包掉在地上，物品散落一地——

「對不起、對不起！」討厭，她究竟在幹麼啊？她急急忙忙地道歉，蹲下撿拾物品。

「梁組長，真想不到妳也有這種冒冒失失的時候。」幫她撿東西的男人似乎在笑，聲音聽來十分耳熟。

「程耀？」梁采菲倏爾抬眸，真的是他！

少年面孔依舊陽光開朗，笑出的虎牙依舊可愛，他和她的距離好近，不禁令她想起他幫她繫安全帶的時候……天啊！她到底在想什麼？

梁采菲臉色一沉，快被自己沒來由亂跳的心臟氣死，專心撿東西，不看他。

「敏敏今天有打電話給我哦。」程耀把撿起的東西還給她。

「哦。」梁采菲接過他遞來的東西，胸口跳了一下，淡淡地應。

「她找我去幫她搬家。」程耀唇邊的微笑從來沒有消失過，看起來心情很好。

「哦。」她站起身，將包包重新掛到肩上。

「只有『哦』？」程耀跟著她起身，似笑非笑的口吻彷彿在期待什麼。

「不然呢？」梁采菲望著他，搞不清楚他想聽見什麼，也搞不清楚她在彆扭什麼。總之就是，心裡不舒坦，而最不舒坦的就是，她不知道她在不舒坦什麼。

「當然是希望聽見妳吃醋，或是心裡不是滋味之類的啊。」與心思百轉千迴的梁采菲比起來，程耀眞是萬分坦蕩。

「我才沒有！」梁采菲一秒鐘就跳起來了！她才不承認她整個下午的心情亂糟糟是因爲吃醋，或心裡不是滋味什麼的！

「只是『我希望』而已，妳反應那麼大做什麼？此地無銀三百兩？」程耀笑得很開心。

「……」梁采菲突然有股拔掉他虎牙的衝動。

「好啦，不鬧妳了，其實只是剛好遇到妳，就順便提一下。我想，敏敏才剛遇過那種事，妳一定多少會擔心她吧？事先跟妳說一聲比較好，畢竟妳是她監護人嘛，哈哈！」程耀調侃她。梁組長這種有點生氣又拿他沒辦法的臉最可愛了。

「你特地跑來，就是爲了說這個？今天這麼早下班？」梁采菲狐疑地看著他。

「我今天放假，晚上跟同學約了聚餐，餐廳就在這附近，我是特地繞過來的，但不是爲了這件事。」程耀突然停頓，神祕兮兮地湊近她。「我是特地來看我女神在不在的，沒想到一來，就看見女神掉了滿地東西。」

他說得臉不紅氣不喘，梁采菲卻不爭氣地臉紅了。再繼續這麼與程耀廝混下去，她的恥力應該能夠大大提升吧？

「誰是你女神啊？胡說八道什麼！」她眞想打開他的腦袋，看看裡頭裝的是什麼。

「誰回話就誰啊！當然是最漂亮那一個。」程耀笑得很愉快。

「我並沒有很漂亮。」梁采菲皺眉。

「沒關係，妳不用知道妳在我眼中有多漂亮，只要知道妳是我女神就好了。」

「爲什麼你說起這種肉麻話可以連眼睛都不眨一下？」這眞是太驚人了，最驚人的是，她怎麼會因此隱約有點高興呢？梁采菲全身汗毛都豎起來了。

「我沒有對別的女人說過。」程耀指天發誓。

「我不相信你。」這種等級不去當牛郎簡直太可惜了，他當物流司機根本入錯行吧？

「天可明鑑啊！」少年很心痛。

「明鑑什麼？你才騙過我而已。」他這麼一說，她倒是想起要跟他算帳了。

「冤枉啊！我什麼時候騙妳了？」少年滿臉無辜。

「你那天被罰錢了吧？去找敏敏那天。」

「啊……」程耀抓了抓頭，頓時語塞。可惡，一定是敏敏那個大嘴巴！

「被罰了多少錢？我給你。」若不是為了幫她，程耀也不會耽誤到工作，她伸手就要去掏錢包。

「妳別啊！」程耀驚慌失措地阻止她。「怎麼可能拿妳的錢？每個人都要對自己的決定負責，是我決定這麼做的，沒有讓妳付錢的道理。」

程耀十分堅持，可梁采菲看起來是鐵了心要跟他僵持下去。

他心念一動，白牙一閃，亮晶晶的眼神裡有著不尋常的光。「好吧……那不然，我讓妳請一頓飯，時間地點由我決定，這樣算扯平了，可以吧？」

似乎沒什麼問題，但為什麼好像有點詭異？梁采菲眨了眨眼睛，不敢貿然答應。

「拜託，一頓飯而已，不會吃垮妳的。」程耀說得十分誠懇，露出的小虎牙似乎也很想證明他的可靠老實與無辜。

也對，一頓飯而已，他能拿她怎樣？

「好。」梁采菲衡量了一陣，答應。

「太好了！那我回去看看班表，再跟妳約時間。妳記得那天穿隨便一點。」程耀喜出望外。

「好。」穿隨便一點，大概就是去逛夜市、吃小吃之類的吧？當時，梁采菲如此天真地想。

只可惜，她錯了，少年永遠出人意表。

✲

「慢著！為什麼我要去你家吃飯啊？這太詭異了！」梁采菲死命抱著路邊的柱子。

她猜錯了，少年是無下限的，為什麼有人初次約會——假如這也能稱之約會的話——就把對方帶到家裡啊？而且他還跟家人一起住欸！莫名見爸媽是哪招啊？

「梁組長，妳冷靜一點，我爸我媽我弟我妹人都很好的。」程耀盯著梁采菲出格的舉止，簡直快笑炸了。

瞧梁組長平時那斯文端莊秀雅的模樣，原來可以被逼成這樣，哈哈哈！

「可惡！你還笑！高中生抓什麼頭髮啊?!」梁采菲氣極，動手將他明顯造型過的頭髮撥亂。他叫她穿隨便一點，她真的聽話照辦，白T恤、七分褲就來了，沒想到他自己居然特別整理過頭髮！

「好，我下次會記得穿中二T恤和破褲，當個稱職的青少年。」她嘔氣的舉止令程耀越笑越開心了。

「總之，我不要去你家吃飯。」她氣急敗壞，戳了戳他額頭，鄭重強調。

「好吧，既然妳這麼痛苦，不勉強妳，我打個電話跟我媽說一聲。可惜啊，枉費她一早就去菜市場買魚，張羅了一桌山珍海味，沒想到卻被放鴿子——」他既惋惜又心痛地拿出手機，表情說有多誇張就有多誇張。

「慢著！你已經跟他們說我會去了？怎麼這樣？我根本就沒有答應你！」這簡直是趕鴨子上架啊！太過分了！

「妳明明就答應了啊！當初就說時間、地點我決定的。」少年十分無辜。

「你——」梁采菲瞪著他，真是有理說不清。明明說讓她請客，怎麼會是到他家吃飯呢？程耀被瞪得毫不內疚，反而越說越令她內疚。「所以我媽還特地向社區土風舞課請假了，我弟我妹也不去安親班了，我爸也——」

「好好好，算了算了，我去。」梁采菲下唇一咬，壯士斷腕。他都講成這樣了，如果她不去，豈不是很罪惡嗎？

什麼少年？什麼高中生嘛？她錯看程耀了，他老謀深算，簡直太陰險！

「梁組長，妳人真好。」程耀嘻嘻哈哈地大笑。

「一點也不好！」梁采菲狠瞪他一眼，重重踩了下他的腳。

「好痛！哈哈哈哈！」程耀被踩得哇哇叫，卻一點也不生氣，看起來還很樂。

這人真的是……傻瓜欸！她真是又氣又好笑，完全拿他沒轍。

「好啦，走吧，我車停那裡。」程耀伸手往前一指。

她順著他手指的方向望去，一時愣住。

摩托車……？

「爲什麼這麼驚訝？妳該不會以爲我下班還開貨車吧？哈哈！貨車是公司的啊，我只有摩托車。這輛小黑啊，跟我上山下海很多年，還環過島咧。來，小黑，見過女神。」

「你幫摩托車取名字？」她滿臉驚駭，已經忘了要糾正女神這稱呼。

「當然啊。」他笑出虎牙，走到摩托車旁，見她一副還沒回過神來的模樣，內心一凜，驀然產生某種荒謬的聯想。「妳該不會沒坐過摩托車吧？」

她搖搖頭，臉上寫著的答案非常明顯。

「怎麼可能啊？不是應該每個人都會騎車嗎？」這下換程耀滿臉驚駭了。

「我眞的不會。」

「腳踏車？」

「也不會。」

程耀的下巴差點掉下來，簡直太吃驚了。梁組長根本該被列爲保護動物吧！

「臺北市才養得出妳這種小孩……要是在其他縣市，大眾運輸沒那麼方便，看妳怎麼辦。」不對，他講這幹麼？難道要戰南北嗎？「總有搭過同學的摩托車吧？聯誼？」

「我不參加聯誼。而且，我都在打工，打很多很多工。」梁采菲皺起眉頭。

「打工更需要騎車呀。」

「找走路或公車、捷運能到的工作。」

「好吧，凡事總有第一次。喏，這頂安全帽是新買的，沒人戴過，給妳。」他打開車廂，喜孜孜地拿出一頂粉紅色安全帽，不由分說戴到她頭上。

「太好了，果然選頭圍比較小的沒錯。」他幫她繫好扣環，滿意地左看右看。「本來想選個成熟美豔大方的顏色，後來想想還是粉紅色好了。」

青春洋溢的少年臉龐近在咫尺，無比開心，然而梁采菲卻覺得很不祥。什麼粉紅色？粉紅色只會讓她想起不祥的樂樂美。她好害怕呀啊啊啊！

她跨坐上車，雖然是第一次，但並沒有障礙，正鬆了口氣，程耀發動引擎，起步時的力道卻令她身體往後倒，立刻牢牢抓緊程耀衣角。

「哈哈哈！抱好啦！」程耀拉過她雙手，環住他的腰，緊緊交握。

無論是這般過近的距離，或是交握的雙手，都令她有點侷促，不禁出聲叮嚀：「你騎慢點……呀啊！」

「抓緊嘍！」

摩托車如同箭般發射出去，挾帶著他爽朗的笑聲。

✮

「阿耀哥哥，這是你女朋友嗎？……噢！痛痛痛！」到程耀家之後，門一打開，一個小學男生興沖沖地衝過來，亂嚷亂叫，應該就是程耀的弟弟了。後面那聲哀號是他腦袋瓜被程耀搥了一拳的痛呼。

「阿耀哥哥，我有幫你整理房間哦！這樣你女朋友才不會知道你房間有多亂！」程耀的妹妹也擠到門口來說話。

這下全世界都知道了好嗎？梁采菲因他們的童言童語失笑，已經忘了要和程耀算騎車時故意讓她嚇一跳的帳。

「兩個！不要亂說話！」程耀齜牙咧嘴地朝弟弟妹妹吼完，轉過頭來爲她介紹。「梁組長，這是我弟，這是我妹，他們是雙胞胎，今年八歲，是貨眞價實的小學生。」

不知道在梁朵菲眼中，弟弟、妹妹看起來會是幾歲，爲了避免她錯亂，他很貼心地說明。

「才不是，我虛歲已經九歲了！」弟弟不服氣地嚷嚷。

「我也是九歲！」妹妹跟著抗議。

「哎呀！誰管你們幾歲？都別吵了，快去洗手！梁小姐，來來來，妳也去洗手，洗過手之後可以吃飯了……程耀！你那麼大個人杵在那裡做什麼？快帶梁小姐去洗手啊！」程耀的母親從廚房一路喊出來。

程耀的弟弟、妹妹一聽見媽媽跑出來，嘩一聲就跑了。

「快點，我好餓。你媽說要等你們回來才能吃。」已經入座的中年男人提聲催促，想必是程耀的父親。

「欸？我爸跟我媽看起來怎樣？他們應該不臭吧？」程耀拉著梁朵菲到廚房洗手，悄聲問。

「不臭，就是很平凡的中年夫婦，而且令堂長得很漂亮。」梁朵菲一邊洗手，一邊回答。

她現在知道程耀那纖長的睫毛與秀氣的輪廓是遺傳自誰了。

「齁！不好玩！害我那麼期待！」程耀遞給她擦手毛巾。

……是有多期待爸媽走樣啊？梁朵菲眞想大笑。

「我們快去吃飯吧，我也餓了。對了，別怪我沒先提醒妳，妳等等最好保持碗內有菜，不然我媽很快會把妳碗裡的飯菜堆成一座山，到時我可不會救妳。」

「有這麼誇張？」

「有，絕對有，妳等等就知道了。」程耀大笑。

果然，入座不到兩分鐘，梁采菲的碗裡就已經堆滿了糖醋排骨、宮保雞丁、滑蛋蝦仁、涼拌竹筍……

梁采菲投給程耀一枚求救的眼神，他與她四目相對，壞心眼地聳了聳肩，她瞪他一眼，只好認命扒飯。

「梁小姐，程媽媽不知道妳喜歡吃什麼，所以隨便煮，希望妳吃得慣。」梁采菲低頭奮戰到一半，程母開口。

「伯母，別這麼說，飯菜都很好吃。」梁采菲趕緊將嘴裡的飯菜嚥進去。

「阿耀說妳是他配合廠商的主管，這孩子平時莽莽撞撞的，假如有失禮的地方，還要麻煩妳多擔待了。」程母客氣地道。

「不、不會，他沒有什麼失禮的地方，他很好。」真要說起來，爲程耀添麻煩的是她，若不是她害程耀延遲交件，她又怎會坐在這裡吃飯呢？

「那個什麼廠主管是什麼？不是女朋友嗎？」程耀的弟弟睜著圓圓的眼睛，不懂地問。

「小孩別插嘴，你再繼續這樣亂問，原本有的女朋友都要被你搞沒有了。」程父打斷小兒子的發言。不過，這句話似乎並沒有比小兒子的得體到哪裡去。梁采菲聞言差點嗆到。

「蛤？爲什麼會搞沒有？把拔你說慢一點，我聽不懂。」程耀的妹妹聞言，也以軟綿綿的童音發問。

「等妳長大以後就懂了啦，來，多吃一點才會長大。」程父語畢，挾了隻雞腿到孩子碗裡，擺明想堵住小孩的嘴。

「鼾！每次都這樣！長大明明還很久啊……」程耀妹妹瞪著碗裡的雞腿，非常委屈。

「妳不想吃，給我好了。」程耀劫走妹妹的雞腿。

「我哪有不想吃？」妹妹搶回來。

「你們都別吃，給我。」弟弟加入戰局。

「不要玩食物啦！」媽媽制止。

霎時間，你來我往，整個飯廳熱鬧烘烘，氣氛歡愉得不得了。梁采菲望著這快樂的一家人，筷子舉在半空中，遲遲沒有動作，頓時有種格格不入的感受。

她不是他們的家人，也應該不會成爲他們的家人，他們盛情款待，究竟是期望她什麼？

「賭博？拳腳相向？天啊！妳這是什麼問題家庭？我聽說像妳這種出身的孩子，情緒管理很容易出問題，遇到爭執或不愉快時，也很容易做出和父母同樣的反應。」

「采菲，妳眞是太讓我失望了。」

「妳的家庭、妳的個性，妳的應對進退，都令我失望。」

那些傷人的話驀然跳上來，狠狠揪緊她胸口，令她食不下嚥。

是，她和他們想像中的不一樣，她不是一個光鮮亮麗的公司小主管，不是一個能在事業上照拂程耀的對象，她只是一個把自己僞裝得還不錯，實則敗絮其中的平凡OL。

「嗯？梁組長，妳說什麼？」在梁采菲尚未意識到之前，一句微弱的話音悄悄從她唇畔溜出來；坐在她身旁，距離她最近，但卻聽不清的程耀問。

周遭的吵嚷因程耀的問句停下，異常安靜，每一雙眼睛都充滿疑惑地望著她。

「我……我說……」梁采菲放下筷子，當機立斷地道。「我和你們想的不一樣，我並沒有那麼好。」

她知道，她會把氣氛搞僵，把事情搞砸，可是那都沒關係，不要先對她抱持著美好的想像，然後再對她狠狠地失望，她不想再承擔任何一次別離與心碎。

爸爸走了，蔣均賢也走了，不要再有任何一個人，滿懷期望地來到她身旁，然後滿腹怨言地離開。

所以，她必須要說，她必須讓他們明白——

她嚥了嚥口水，鼓起勇氣，再度開口：「我爸媽離婚了，我爸是個賭徒，不只在外頭欠了很多錢，還時常毆打我媽。我從小到大都在不停搬家，就連現在，我都不知道我爸在哪裡，也許他會突然出現，打亂我平靜的生活，也或許他會留下一堆爛攤子讓我收拾……我一點都不好，不適合穩定交往，我的生活裡充滿未知的麻煩，我——」

討厭她吧！希望兒子與她保持距離吧！認清她並不是適合交往的對象，不要把任何人的未來寄託在她身上。

不要到她身邊來，假如有一天會遠走的話，不如一開始就不要靠近。

她握緊雙手，一句話鯁在喉頭，卻無法繼續再說下去，心慌得不知該如何是好。

「梁小姐，這些都不是妳的問題，妳爲什麼要說妳不夠好？」程母打破沉默，一臉不解。

「而且，這些事情，妳來之前，阿耀都告訴過我們了，他怕妳難過，還特別叮嚀我們，要我們別問妳家裡的事。」

怎麼會？梁采菲訝異地望向程耀。

「呃、我、那個……我就是，怕妳傷心，哈哈……是不是太多管閒事了？對不起……」程耀抓了抓頭，有點心虛，很怕梁采菲生他的氣，急忙道歉。

「妳一個女孩子，這樣長大有多不容易，我們當人家爸媽的，難道還不了解嗎？那妳媽媽現在怎麼樣了？她一個人住嗎？」程母接話，她關心的重點和蔣均賢爸媽關心的完全不一樣。

「不，沒有，她跟我一起住。」梁采菲不得不承認，程母的問句令她備感窩心。

程母不只關心她，也關心她母親。她好溫暖、好明亮，就如同程耀一樣……

「那就對了啊，妳都當到主管了，又這麼孝順，還有什麼好挑剔的？我都還嫌阿耀不懂事，配不上妳咧，對不對？」程母推了推程父的手肘，程父點頭表示贊同。

「對！阿耀哥哥配不上采菲姊姊，是青蛙想吃天鵝肉！」程耀的弟弟沒頭沒腦地補充。

「青蛙眞的會吃天鵝肉嗎？」程耀的妹妹問。

「什麼啊？去去去，你們兩個小屁孩在胡說八道什麼？」程耀立刻跳起來抗議。

「采菲姊姊，我跟妳說哦，因爲妳今天要來，阿耀哥哥昨天晚上把衣櫃裡的衣服全部都拿出來，在床上扔得亂七八糟。今天早上還在浴室裡待好久，說要把頭髮弄得刺刺的，害我在浴室外面罰站，等好久哦。」

「喂！」程耀瞅了梁采菲一眼，急急忙忙吼住妹妹，就連耳朵都急紅了。

「哈哈哈！阿耀哥哥是慢吞吞的烏龜加大傻瓜。」雙胞胎看見年長他們許多，平時威風凜凜的大哥哥居然害羞了，忍不住笑開懷。

須臾間，餐桌上的氣氛又熱鬧了起來，梁采菲睇著他們的燦亮笑顏，倏爾驚覺，在這溫暖無僞的一家人面前，她的諸多顧慮與考量都顯得太小雞肚腸。

她同時心酸也溫暖，很想說些什麼，卻不知該說些什麼才好。

「梁小姐，妳不要太有壓力，雖然阿耀帶女孩子回來，我跟妳程爸爸都很開心，但是哦，我們也很開明，你們年輕人要怎樣都可以，喜歡就在一起，不喜歡就分開，當當朋友，來吃吃飯也很好啊，有什麼要緊？不過，要是以後阿耀欺負妳，妳儘管來跟程媽媽說，不要自己悶在心裡。」程母見梁采菲在一片歡樂中沉默不語，不禁出言強調，要她放心。

「……好。」見程母眼神亮晶晶地睇著她，梁采菲只好應允。不過，這麼一來，好像掉進什麼奇怪的陷阱，令她臉頰沒來由一紅。

感覺，好像她和程耀已經在交往了一樣……

「那小子很耐打。」程父天外飛來一句。

言下之意就是她可以打程耀就是了？梁采菲不可思議揚眸，還來不及做出反應，雙胞胎又鬧開了。

「眞的哦！哥哥很好打。」咚咚！弟弟趁機搥了程耀兩下。

「而且哥哥都不會痛哦。」妹妹跟著補了兩拳。

「喂！你們兩個別太超過了！」程耀搥了兩人腦袋瓜，一人一下。

這根本就是三個小孩在吵架嘛……梁采菲緊皺著的眉頭終於舒展開，荒謬得想笑。

一見梁采菲笑，程耀擔憂她生氣的心思終於放下，更加放肆地與弟妹笑鬧了起來。

你一拳我一腳，你一言我一句。小小的屋子裡，木板隔間、水泥地，三十坪左右大小，才放進了五個人，卻歡樂奔騰得跟嘉年華會一樣。

方才消失的食欲似乎又回來了，梁采菲正想舉箸，程耀在餐桌下的手卻驀然牽住她的手，無預警湊到她耳邊來——

「我受不了他們了，妳趕快吃完，我帶妳去一個地方，我有話跟妳說。」

落在她耳邊的悄悄話帶著微熱的鼻息與無奈的笑意，烘暖的體溫煨得她耳殼發燙。

「好。」梁采菲揚眸睞向程耀，安靜地嚥下一口飯菜，無聲地嚥下過快的心跳。

8

「我眞的很喜歡妳。」

「梁組長，妳考慮跟我交往嗎？」

坦白說，梁采菲原本以爲她聽見的會是這些，甚至還在心中暗自琢磨該如何回應。

未料，程耀僅是領著她走過住家附近的巷子，邊走邊與她閒聊。

「這是我的小學，我弟和我妹現在也讀這裡，是很久的老學校，明年就要迎接百年校慶了，很厲害吧！然後，那是我以前讀的高工，校園很寬敞，體育館也很棒，我有時放假，都還會進去裡面打球。」

「嗯。」梁采菲隨他走走停停，欣賞沿途風景。

最後，程耀選在一個小公園裡落腳。「這小公園人很少，有蕩鞦韆，我平時很喜歡帶弟弟、妹妹來。走吧，我們進去逛一逛。」

「好。」她淺淺地應，與他並肩前行。

夏末的風涼涼的，每回撫過樹梢都會揚起悅耳的沙沙聲響。

她在鞦韆上坐下，程耀站在她身前，不知從哪裡變出了瓶礦泉水。

「喝水嗎？」程耀將水瓶遞到她眼前。

「好。」她一愣，點頭。他原本把水藏在哪裡啊？眞令她想笑。

程耀為她旋開瓶蓋，見她秀秀氣氣喝了口水，心滿意足地盯著她瞧，卻遲遲沒有說話。

「你找我出來，就是為了讓我看你的學校？」她只好率先打破沉默。

「不是。」來了！程耀咕咚嚥了好大一口，顯然十分緊張，方才嘰哩咕嚕說的那一長串，其實只是為了掩飾他的忐忑。

「我是要說……梁組長，對不起！」他突然鞠了個好大的躬。

「對不起什麼？」這是在演哪齣呀？

她坐他站，原本就已經有些奇怪了，這下連鞠躬都來了，難不成要她喊「平身」嗎？她滿臉疑惑。

「就是……我私自對爸媽提妳的家事，可能會讓妳覺得不太舒服。」他說得十分彆扭，也很罪惡。

「不要緊，我不介意。」即使原本有些在意，看見他如此坦蕩眞誠的道歉，哪還計較得起來？她眞心地答。

「可是我很介意，而且，還有……」

「還有？」

程耀抓了抓頭。「還有……幫敏敏搬家那天，我問了她很多妳前男友的事情。」

「啊？」

「我就是，想知道妳喜歡哪類型的男人，說不定我也可以變得讓妳更喜歡一點。」程耀心急地解釋。「結果，我越問越多，越聽越多，聽到後來卻發現——我根本沒辦法成為像他那種菁英。我讀的是普通高工，一畢業就去當兵，當完兵出來就業，做的也不是什麼了不起的工作，要學歷沒學歷，要背景沒背景，收入也未必比他高……而且，妳也看見了，我只有小黑，沒有特斯拉……不對，別說特斯拉了，我連一般轎車都沒有。」

有人這樣滅自己威風的嗎？她抿了抿唇，怎麼回話似乎都不太對勁，決定保持沉默。

雖然他正在妄自菲薄，但他說的大部分是事實，如果她硬插話安慰他，反倒顯得虛假……

「而且，敏敏也叫我不要爲難妳。」

「爲難？」

「是啊，我都問成這樣了，敏敏當然看得出來我很喜歡妳。她說，妳一直都很努力讀書，在職場上也很努力，就是爲了想擺脫底層家庭，過不一樣的生活。可是我……我做的是體力活，如果妳和我交往，不是又回到底層生活了嗎？」

她眨了眨眼睫，無法否認。

敏敏說得沒錯，一直以來，她確實都是這麼想的。更何況她已屆適婚年齡，會考慮交往的對象，已經不單是憑著一股衝動，喜歡就好，還會衡量許多現實條件。

姑且不論程耀在她眼裡只是個青澀的少年高中生，程耀的工作、年齡、家庭、薪水，甚至理財規畫等等，都會是她評估要不要投入這段感情的因素。

但是，經歷了被蔣均賢一家嫌棄的事件之後，她的想法似乎有了些改變……

這些現實考量，眞的必要嗎？即使將所有現實條件都考慮進去，又眞能幸福嗎？突然之間，她好像分不清了……

「可是，我還不想放棄。」她還沒回話，程耀卻先開口了，很堅定，很斬釘截鐵。「我想來想去，既然橫豎都比不過你前男友，現在想回去讀書或換工作也來不及了，更何況，我根本不想換工作啊！我想，至少先讓妳見過我的家人，明白我的家庭環境，讓妳知道，我不是隨隨便便就說要跟妳交往，我是認眞的。」

梁采菲抓緊了鞦韆，垂下頭，不知爲何，總覺得有點對不起他。

她說他草率，可是也許，不由分說就拒絕他的她，才是眞正草率的那一個……

「梁組長，雖然我家人有點吵，但絕對很溫暖、很貼心。而且，他們都和我一樣很喜歡妳，不介意妳有怎樣的家庭。所以，就算妳不打算跟我交往也沒關係，妳千萬別把那些沒辦法改變的事情攬在自己身上。妳很好，眞的，相信我。」

她抬起頭來直視他，說不出心中的感受是感動多還是彆扭多。

他說的每句話都充分表達了對她的喜愛，縱使她心裡早就有譜，可卻不知該如何反應。

「你到底喜歡我什麼？我們認識並不久……」沉默了良久，她好不容易才擠出這麼一句。

「唉。」程耀若有似無地嘆了口氣，在她身旁的鞦韆坐下來。

「我媽從前老跟我說，要談戀愛的話，就要找個會讓我心疼，會讓我放心不下的對象。我總想，談戀愛就談戀愛，不就是看對眼而已嗎？哪有什麼心不心疼啊？不過，認識梁組長妳之後，我好像就明白了。」他苦惱的口吻聽來像在抱怨。

「擔心她過得好不好，有沒有在哭；擔心她沒有說出口的那些，也擔心她已經說出口的那些，時時刻刻都想著她曾說過的話；只要她一個挑眉，就緊張得不得了，只要她一個笑容，就快樂得不得了……認識妳之後，通通都明白了。」

假如有舉辦什麼肉麻比賽，梁采菲絕對會把票投給程耀的。

最可怕的是，他說起這些話來理所當然、臉不紅氣不喘，反而令人感到加倍害臊，彷彿連腳趾頭都要蜷曲起來。

「有什麼事能讓你不快樂？你每天都看起來很樂。」爲了掩飾自己的緊張，她忍不住吐槽。

「當然有。我最不喜歡看妳難過了，不論是妳提起妳爸，或是妳前男友的時候。」

又是這種再自然不過的口吻，她眞心感到她輸了。

「你實在是……」她不只找不到合適的形容詞，就連頰色也無法維持正常，漫上紅霞。

「實在是什麼？」程耀盯著她，再度體認到他十分喜歡看她的事實，好像能夠什麼都不做，就這麼看她一整天。

「你到底幾歲？我是說，身分證上的年齡，實際年齡。」她非常認眞地問。

「噢……」他露出一個很想死的表情。「可以不要問這個嗎？」

「比我小？」從他的反應，她立刻就猜到了。

「嗯。」他很悲痛地點頭。向敏敏警告過他的，梁采菲應該從沒考慮過比自己小的對象。

「幾歲？」

「二十四……不，二十五……不對不對，如果虛歲加兩歲的話，應該是二十六！」

「二十五！」

「那就是二十四。」

梁采菲實在很難不被他逗笑。她抿去唇邊的笑意，正色道：「我今年二十九，所以你小我五歲。」

「好吧好吧，五歲。」程耀面露絕望，不想掙扎了。

「所以……你明知道我大你五歲，也明白我的家庭狀況，但還是想……和我交往？」她皺著眉頭問。

「對。」

「即使我們的生活環境、性格都差很多？」

「對。」他雙手握拳，點頭點得很用力。

他很堅持，而她很遲疑。

「我得先告訴你一件事，我並沒有和蔣均賢——就是我之前的男朋友——分手。」她想了想，鄭重道。

「什麼？」沒預料到會聽見這句話，程耀臉上的表情十分精采。

「他消失了，避不見面，我和他已經失去聯絡。但是，他並沒有明確地與我分手，我也找不到他。」

「所以？」

「所以，坦白說，我並不知道我是已經被他甩了，這段關係已經結束了，還是，這只是一段冷靜期？我總覺得，在還沒有釐清與他的關係之前，我好像不該貿然投入下一段感情。」

她這麼說，不就明擺著她有考慮將程耀當作「下一段感情」嗎？

說話的時候，她的耳朵甚至紅了，但是程耀的重點完全不在這裡。

「妳是說，他不見了，而他甚至連要分手或是要暫時分開還怎樣，都沒有說清楚？」程耀再次確認。

「是。」她點頭。

「而妳為了這樣沒有擔當的混帳，認為妳不應該投入下一段感情？」程耀眞是不可思議。「因為，沒有好好取得共識，做出結論，我不知道他是怎麼想的，也許他以為我會在原地等他？」

「那假如他就這樣人間蒸發十八年？」

「我暫時還想不到那麼長遠以後的事。」

程耀默然盯著梁采菲，臉色很複雜。

「你覺得我很迂腐？」他很明白寫在臉上。

「我不知道該說妳迂腐？好笨？還是是個好女人？」程耀很坦白。

「沒關係，我也不知道要怎麼形容我的心情，我只是認為，我應該要告訴你。」她聳了聳肩，據實以答。

「梁組長，妳現在看見的我，還是高中生嗎？」思忖了會兒，程耀開口。

「是。」

「好吧，看來是跟柯南一樣不會長大了。」程耀頹喪了兩秒，馬上振奮起來。「沒關係，雖然外表看似小孩，但我的功能還是很健全，不中看但很中用。」

「什麼不中看但很中用？」

「就是雖然看起來很迷你，但其實很雄偉。」程耀突然曖昧地笑了。

「你在開黃腔？」她猛地意識過來，又想拔掉他笑開的虎牙了。

「我說的是身高，什麼黃腔？梁組長，妳思想很淫蕩。」程耀誇張地摀住胸口。

「你才思想淫蕩呢！」不出拳打他眞的很難欸。梁采菲伸手搥他，卻把他搥笑了。

「男人本來就很色，妳不知道青少年滿腦子黃色廢料嗎？」

「眞好意思說……你在女孩子面前都這麼不正經？」

「只有在喜歡的女孩子面前不正經……啊，難道我是因爲這樣才交不到女朋友嗎？」程耀恍然大悟。

「傻瓜。」她燦燦笑開，兩泓清泉似的眸光閃閃動人，白皙的兩頰帶著粉色，一時令程耀看直了眼。

「梁組長，我眞喜歡看妳笑。」他不由自主地伸手觸碰她臉頰。

他掌心傳來的熱度令她羞紅了臉，赤裸裸的眼神望得她心慌無比，不知該怎麼回應，抓著鞦韆的手心彷彿都要出汗。

「妳說，在與那個混帳正式分手之前，還沒打算投入下一段感情？」

「嗯。」

「妳還說，在交往之前，應該先好好觀察對方，或是好好被觀察？」

「嗯。」

「那，在那個混帳出現之前，妳身旁的位置可以先讓給我嗎？就當作是，讓妳好好地觀察我，也讓我好好地被妳觀察？」

「什麼意思？」她一時之間沒有聽懂。

「就是，反正妳身邊現在沒有別人，男朋友又不知道蒸發去哪裡了，不如就讓我暫時當妳的男朋友。假如他有一天突然出現，妳決定回頭跟他在一起，那我就大方退出，絕不會有半句廢話。但是，如果妳覺得我比較好，我也會和妳一起面對他，給妳時間，讓妳好好結束與他的關係。」

不、不對，她並沒有與蔣均賢重修舊好的打算，她只是欠缺一個好好的道別，程耀似乎誤解她的意思，而且……

「你為什麼要這樣？這樣對你並不公平。」她不懂他為何要提出如此損己利人的提議。

「因為我喜歡妳，很喜歡很喜歡，我不要把妳讓給別人，所以，要先卡位。」程耀打了個響指。

他究竟為什麼能執拗到如此程度？不只大費周章打探她的消息，將她介紹給家人，甚至還提出這麼委屈的請求？

「假如妳討厭我的話也沒關係啦，不用勉強……哈哈。」見梁呆菲遲遲沒說話，程耀乾笑，看起來非常失望。

「我並沒有討厭你。」她想也不想。

「那是喜歡嘍？」他陰霾的表情瞬間又轉晴了。

「……」她為什麼有種上當的感覺？

「妳不說話，我就當妳答應了？」

「我——」

「可以嗎？」見她心意動搖，程耀乘勝追擊。

「……也不是不行。」到底是因為不忍令他失望，還是隱約有幾分心動，她並不那麼清楚。

「那就這麼說定了，我們來簽合約吧。」他的口吻非常輕快。

「什麼合約？」她話都還沒問完，驀然有股壓迫感，措手不及俯近她，令她本能閉上眼。

「蓋過章，就當作合約生效了。」少年微熱的體溫兜攏住她，似笑非笑。

落在她唇上的吻毫無預警，體貼、濕熱、溫暖，充滿好聞的氣味。

她在一陣驚愕之中，軟綿綿地閉深了眼……

✵

「六點？不行，我今天要加班，大概八點才能走……晚餐？我隨便買了點麵包……夜市？好啊，一起去……嗯，我等你，BYE。」

與少年的合約生效之後，午休時間，梁采菲在辦公桌前講電話。

向敏敏一臉耐人尋味地湊過來，笑得賊兮兮的。「梁姊，是程耀齁？」

「關妳什麼事？」她不自在地抿抿唇。

撇清就算是默認了啦！向敏敏臉上明明白白寫著「看吧，我就知道」。

「我就說你們兩個一定有鬼嘛！一起來找我就算了，程耀那天來幫我搬家時，也是開口梁組長、閉口梁組長的……梁姊最傲嬌了，老是嘴硬！」

向敏敏這麼一提，梁采菲倒是想起一件很重要的事了。

「敏敏妳……妳現在還想倒追程耀嗎？」假若敏敏喜歡程耀，那她不就橫刀奪愛了嗎？天啊！她怎麼會現在才後知後覺？

「怎麼可能？梁姊，妳不要這麼一板一眼啦！我本來就是開玩笑的，我才不喜歡自討沒趣呢！嘿嘿。」向敏敏回得飛快，笑得很可愛。

「妳們在聊什麼？采菲和程耀在交往？」剛回辦公室的李蘋也湊過來。

「呃……」梁采菲的肩膀猛然一僵。

她現在和程耀算是在交往嗎？應該算是吧？想起程耀嘴唇的觸感，和莫名其妙的合約，她默默臉紅了。

如果從前有人告訴她，她會和一個少年交往，她一定會覺得那人很瘋……更何況，即使程耀不是高中生模樣，也足足小了她五歲，根本沒比高中生好到哪裡去。

「妳跟均賢吹了？」李蘋關心地問。

「大概吧，我一直聯絡不上他。」她聳聳肩。

「我前幾天去總公司開會，聽見了一些他的傳聞，還在納悶是怎麼回事……雖然不知道你們怎麼了，不過，妳也有新對象就好了。」李蘋猶豫了會兒，最後還是說了實話。

「什麼傳聞？」明明告訴自己別問的，她還是問了。向敏敏也在一旁拉長了耳朵。

「聽說他前陣子搭上了協理的千金，最近正在積極追求對方，很有可能會成爲協理的乘龍快婿。」

「什麼啊？這人眞是爛死了！連分手也不敢來提，還妄想攀龍附鳳！」心直口快的向敏敏忍不住罵人。

「……這樣也好。」她停頓了會兒，嘴裡雖然這麼說，心裡卻難免有些悶悶的。

或許，這才是蔣均賢追求的吧？協理的女兒才是適合他的對象……

「大家都是成年人了，能好聚好散最好。」李蘋有感而發。

「梁姊，妳不要理那個王八蛋，我收回從前覺得他是白馬王子的話。妳不要心情不好哦，我去泡咖啡給妳喝！蘋姊，妳也要喝咖啡嗎？」向敏敏很依賴梁采菲，擔心她不愉快，連忙獻殷勤。一眨眼，人已經站在茶水間裡了。

「好，謝謝，也給我一杯。」只要有向敏敏在，辦公室永遠熱熱鬧鬧的，李蘋和梁采菲同時笑了出來。

「對了，經理，我想跟妳談談敏敏的事。」逮住獨處的機會，梁采菲對李蘋說。

「什麼事？」李蘋眉毛一挑。

「就是，敏敏在公司裡服務很久了，雖然是工讀生，但機靈勤快，表現一直不錯。最近公司業務量增加不少，我想，是不是該拉她上來當個小組長，安排幾個配合廠商給她？」

李蘋想了一想。「這個提議確實可以考慮，但是，妳突然提出這要求，和敏敏上次遇襲的事有關嗎？」

即便梁采菲不說，李蘋也有發現，自從上回向敏敏出院之後，梁采菲對向敏敏的關注便多了許多，不只親自教導敏敏許多業務，還逐漸將權力下放，很有栽培向敏敏獨當一面的意味。

「果然什麼事都瞞不住經理。」和樂樂美聊過敏敏的事之後，她想了很久，一直想找個適合的時機向李蘋開口，如今辦公室裡沒有其他人在，此時不說更待何時？

「敏敏她老是在男人身上尋找安全感，我想，不如趁這個機會讓她成熟起來。只要她能更有自信，更愛自己，在感情上可能也會順利一點。」

「最近我們的業務量確實成長不少，敏敏做事很有她自己的一套，上來做個小組長也挺好的，我會找個機會向上報。但是，坦白說，采菲，我認爲……工作成就和感情順不順利是兩碼子事，未必像妳想的那樣。」

「為什麼？」梁釆菲非常訝異，畢竟李蘋就是個工作與家庭兼顧得非常完美的實例，怎會這麼說？難道，這與李蘋驚人的老化速度有關？

「經理，妳最近有什麼煩惱嗎？」她直勾勾盯著李蘋的臉，很想從中瞧出端倪。

「我？」李蘋不自然地停頓。「我還能有什麼事？不就兒子叛逆期，又要準備升學，氣白了我不少頭髮嗎？」

「對哦……」梁釆菲一愣，都忘了李蘋有個十七歲的兒子。「經理，妳真的很早婚，也很早生小孩。」

李蘋今年三十五歲，小孩卻已經十七歲了……等等，這麼說來，高中生模樣的程耀不就和李蘋兒子差不多大嗎？天啊！梁釆菲陡然有股惡寒。

「是啊。」李蘋故作輕鬆地聳了聳肩。

「不過，小孩雖然叛逆期，但也不需要大人跟前跟後了吧？這樣的話，夫妻就有比較多時間相處了，這大概就是早婚的好處吧。」

「是啊。」李蘋臉色微微一變，旋即恢復正常。

奇怪，是她的錯覺嗎？怎麼覺得李蘋似乎有許多心事？

梁釆菲正待問清，向敏敏卻端著咖啡，快快樂樂地從茶水間跑來了。

「蘋姊、梁姊，咖啡來嘍！」

「釆菲，妳去忙吧，關於妳的意見，上頭有什麼反應，我會第一個告訴妳。敏敏，謝謝妳。」李蘋接過咖啡，若無其事地回到座位。

「梁姊，妳剛在和蘋姊聊什麼？怎麼一直看著蘋姊的背影發呆？」向敏敏將咖啡擺到梁釆菲眼前。

「聊什麼？當然是聊怎麼讓妳更忙一點，好讓妳不要成天追著男人跑。」看見向敏敏這副鬼靈精怪的模樣，梁采菲忍不住就想捉弄她。

「不是吧?!」向敏敏驚叫。

「就是。」梁采菲戳她額頭。

「哎喲，痛痛痛！梁姊，妳趕快去跟程耀約會談戀愛，就別想著要怎麼整我了。」向敏敏摀著額頭唉唉叫。

「妳哦妳，滿腦子都想著談戀愛，自己談還不夠，還要叫別人談？」她瞪著向敏敏哇哇叫的模樣，又無奈又好笑。

「當然呀！梁姊妳平時那麼忙，沒有男人調劑身心怎麼行？我看程耀體格還不錯，應該蠻好用的，妳就別客氣了！」

「在說什麼呀妳！」梁采菲兩頰緋紅，出拳打向敏敏，兩人轉瞬間笑鬧了起來。

談戀愛，就當作她與程耀是在談戀愛吧。

她原以為尚未分手的舊情人，其實早已有了新對象，將她遠遠拋下。

她不要回頭望。

9

砰——乓——飛鏢在空中畫出完美的拋物線，五顏六色的氣球應聲破裂。

「YES！」程耀興沖沖地又叫又跳。「可以選獎品了，第一排，對吧？」

「對。」老闆哭喪著臉，轉頭對梁采菲說。「小姐，妳男朋友實在太厲害了，下次別再讓他來了。」

「哈哈！老闆，你怎麼可以這樣說咧？」程耀勾著老闆的肩，對梁采菲招手。「梁組長，來來來，第一排都可以選哦！選獎品了啦！」

「我不知道要選什麼……」絨毛布偶、很大的絨毛布偶、超大的絨毛布偶……梁采菲面對著那成排獎品，看起來有點苦惱。

「選看起來最貴的就對了。」

「好。」她伸手一指——卻是被老闆藏到最邊角的遙控汽車。

程耀大笑，老闆想哭，梁采菲拿著那盒遙控汽車，感覺自己好像做了什麼天大的壞事，但又有點開心。

「梁組長，妳好會選，那輛遙控器車藏在那麼角落也能被妳看見，眞不愧是組長，哈哈哈！」離開攤位後，程耀還在笑。

「是你好會射飛鏢才對。」梁采菲跟著他笑，也覺得很愉快。

「當然啊，我不只常帶弟弟、妹妹來玩，也常和同學、朋友一起來。妳沒射過飛鏢才奇怪。」程耀越想越不可思議。「妳不只不會騎腳踏車，對夜市也很陌生，那妳小時候都在玩什麼啊？」

「就，都在打工。」她淡淡地笑。

「小時候也是？怎麼可能？」程耀瞪大眼睛。

「喏，遙控車給你，我不需要。」她不願回想童年記憶，沒有回答程耀的問題，只是把那一大盒遙控汽車塞進程耀懷裡，停下腳步，環顧四周。

難以忽略的視線，若有似無往這裡飄來，不禁令她想起，向敏敏說程耀掀起同仁們騷動，還有安靖因程耀而臉紅的事。

「梁組長，妳在想什麼？」程耀忍不住問。

「沒什麼，只是在想……你到底長什麼樣子？」路人之所以側目，是因爲他長得很好看？很高？很清秀？很帥氣？很粗獷？很有型？很怪？很少年？

「啊？我們在夜市耶，妳不是應該要想著吃什麼還是玩什麼嗎？原來……妳已經這麼喜歡我，滿腦子都是我了哦？」程耀賊溜溜地笑了出來。

「說什麼啊你！」她瞪他，趕忙澄清。「我們剛剛已經吃過好多東西了，怎麼可能還想吃啊？你根本沒資格說伯母愛幫人挾菜，你自己也很誇張。」

「不要解釋了啦，我懂。」程耀又欠打了。

她眞是有理說不清。「一直有人回頭看你，你沒發現嗎？還是，你已經習慣了？」

「有嗎？」他的目光從頭到尾都只放在她身上，哪管路人看哪裡。「他們一定是在看我女朋友怎麼這麼正吧？嘿嘿。」他的神情非常得意。

她頓時臉紅，不知道該對他這種戀愛中的盲目狀態作何反應。

他像個熱戀期的青少年。

時不時便打電話來噓寒問暖，一有空便想與她見面，一見面便無從掩飾熱烈的眸光，每天總有聊也聊不完的話題。即便各自回家了之後，也非要與她道過晚安才能睡，這簡直是青少年獨有的症狀。

「程耀，你眞的已經二十四歲了嗎？」她眞的很納悶。

「幹麼？懷疑啊？哈哈！妳想看身分證嗎？」他嘻嘻哈哈的。

咦？身分證？

他一提到身分證，她突然有個念頭——假如，有身分證的話，她是不是就能從證件照上窺見他的眞實長相？

「好，身分證給我。」她向他伸出手。

「好啊，給妳。」程耀二話不說將身分證放進她掌心。

「謝謝。」她拿起身分證，直覺要看他的證件照及年齡，沒想到程耀卻阻止了她的動作。

「梁組長，妳眞的好笨。」程耀擰眉。

「爲什麼？」

「和年齡比起來，妳更該看配偶欄吧！前陣子不是有個女星意外當了人家第三者，後來才說不知道對方已婚嗎？配偶欄比較需要確認吧？」

「好像也是……」她想了想，轉而低頭瞧他配偶欄，程耀卻在她耳邊暢懷大笑。

「笑什麼？」

「笑我女朋友好可愛。」平時機靈幹練得要命，在辦公室裡俐落從容，怎麼私下相處起來，總感她有些嬌憨呀？他隨口說說，她居然眞的照做。

「什麼好可愛？你在捉弄我？」她拿著他的身分證，後知後覺。

「當然啊，我要是已婚還帶女生回家，不是找死嗎？我爸媽怎麼可能讓我這樣做？」他越笑越開心了。

「那你幹麼這樣講啊？」可惡！他故意誤導她，然後還笑她。

她立刻低頭看了眼他空白的配偶欄，接著又轉回正面，看他的出生年次、生日，再將目光悄悄移到他的證件照上──

可惡，居然還是這副高中生的少年模樣！

樂樂美眞是半點不放水，竟然連證件照都不放過！

「好了，還你，謝謝。」她難掩失望，程耀卻仍很開懷的模樣。

「梁組長，妳有帶姓名貼嗎？我記得妳辦公桌上的文具都有貼。」程耀接過身分證，忽然沒頭沒腦地問。

「有啊，辦公室都會一起做貼紙，我好像還有幾張吧？」她說著說著，便從記事本中拿出幾張姓名貼。

說時遲，那時快，程耀立刻撕下一張，貼在他的身分證配偶欄上。

「你在幹麼啊？快撕下來啦！」她大驚失色。

「不要！妳給我了就是我的，我要貼哪都可以。」

「我哪有說要給你?!」

「不是要給我，妳拿出來幹麼？」

「你很幼稚欸！」

「我就是。」程耀嘻嘻哈哈地笑了。

真是受不了他，他這麼胡來，根本是熱戀中的中二少年。

還有她，她的心臟怦怦亂跳，明明想阻止他，卻又抵擋不住那股泛湧而上的甜蜜，根本是熱戀中的智障少女……

「你——」她伸手搶他的身分證。

「借過！」一個人急急忙忙從她後面跑來，匆忙撞過她肩頭。

她腳步踉蹌了下，失去平衡，程耀趕緊攙住她，將她圈擁在懷裡。

「忘了今天是星期五，人好多，牽好哦。」他很自然地牽起她的手，牢牢握進掌心，身分證也萬分自然地收進口袋裡。嘿嘿，都是他的。

看著他笑得彎彎的、亮亮的眼睛，她很無奈、很好笑……也有點開心。

他爲什麼可以這麼喜歡她？喜歡到將她的姓名貼上配偶欄？

「對了，我要跟你說件事。」她迎視著他柔軟的眸光，有些支吾地開口。

「什麼事？」

「蔣均……就是我從前的男朋友，聽說他已經開始追求別的對象了，對方是我們公司高層的千金。」

畢竟，程耀原本想以她的「暫時男友」自居，這麼一來的話，他應該會比較放心，比較沒那麼委屈了吧？

她本以爲會立刻聽見程耀說「太好了！」之類的，沒想到程耀卻默默盯著她，神情看來很複雜。

「怎麼了？」她被他盯得沒來由心慌。

「梁組長，妳千萬不要覺得是妳不夠好哦！」程耀牽緊她的手，心疼地摸了摸她臉頰。「他不愛妳，是他的損失，不是妳的。」

眞是的……他擔心的竟然不是能不能正名，反而小心翼翼顧慮著她的心情。

她注視著他擔憂的眉眼，明明想說些什麼謝謝他，輾轉思量，開口卻是：「高中生跩什麼呀？你今天又抓過頭髮了對不對？」

她將他的頭髮撥亂，撥出他一串笑聲。「一定要的啊！誰不想在女朋友面前瀟灑帥氣、玉樹臨風啊？都不知道我今天爲了抓髮蠟，被我妹念了多久。」

「再怎麼玉樹臨風還是未成年。」她邊笑邊吐槽。

「很不幸，梁組長，妳正跟未成年少男牽著手咧！」程耀舉高他們交握著的手，笑出快樂的虎牙。

她立即想把他的手甩掉，反倒被握得更牢。

「來不及了，哈哈哈！」他緊緊牽著她。「妳眞的不要遙控車？」

「眞的不用，我不是在客氣。」她笑了。

「那給我弟嘍？」

「好啊，他一定會很開心吧？」

「當然。」程耀笑開，伸手指向前方。「那我們進去前面那家店逛逛。既然我弟有禮物，我妹也一定得有，不然家裡屋頂絕對會被他們掀掉。」

「好啊。」梁采菲揚睫一瞧，眼前的是大型生活雜貨店，有日常用品，當然也有文具、髮飾、玩具禮品之類，確實很適合幫妹妹挑選禮物。

兩人一起走進店裡，店內商品五花八門，他們很快來到擺放玩具的區域。「其實我不知道耶……」程耀抓了抓頭。「妳們女生都喜歡什麼？」

上回送芝芝的生日禮物，是「吉貓」的吉祥物，很受小女孩歡迎，但他妹妹已經有很多了，他當然不能每次都使出同一招。

「唔……」梁采菲想了想。「絨毛娃娃、亮晶晶的東西，或是漂亮的文具、鉛筆盒、著色本之類吧？」小時候她家境不好，會羨慕同學的，大概就是這些。

「那現在流行什麼圖案啊？Kitty、美樂蒂……還吃香嗎？」程耀盯著琳瑯滿目的商品問。

她不禁聯想到高唱〈Let it go〉的樂樂美，背後隱約升起一股惡寒。

「Kitty、美樂蒂還是很受歡迎，但除了這些，迪士尼的艾莎、雪寶……人氣也很高。」她看著面前各式各樣的艾莎，覺得冰雪女王真的讓她很冷。

「梁組長，妳怎麼都知道？老說我幼稚咧，妳也不遑多讓啊！」程耀頗有興味。

「別忘了，我可是贈品部的小組長，廠商們的贈品向來與時俱進。」誰聽不出來他在挖苦她？她橫他一眼。

「知道了，梁組長。」他大笑著強調了「梁組長」三個字，傾身偷吻她臉頰。她瞪他的模樣總是好可愛。

「快去選禮物啦！」她頰色一深，驚慌失措地將他推開。

什麼嘛！這裡人很多耶！她左顧右盼，確定沒人看見，十分困窘地搧了搧發熱的兩頰。

「梁組長，妳看這個。」沒多久，程耀興沖沖地拿了一個小狗布偶來到她面前。「它會動哦，還會說話，來，妳按按看。」

程耀將娃娃放在一個平坦的貨架上，她聽話地伸手戳了戳上面的「Press Me」——

「梁組長，我喜歡妳我喜歡妳我喜歡妳——」按下按鈕的瞬間，那隻小狗筆直地朝她奔過來，高聲吶喊。

甜蜜得不得了，驚嚇得不得了，也丟臉得不得了……小狗布偶變聲過的娃娃音很有喜感，卻令她的心臟差點從喉嚨裡跳出來。

「好丟臉，快關起來！」有好幾個顧客都同時朝她這裡看，她好羞恥、好崩潰、好想死。

「怎麼會丟臉咧？明明就超級可愛的！我買來送妳，每天都錄不一樣的給妳。」這種可以播放錄音的娃娃實在太好玩了！程耀樂不可支，很愛看她被他惹得蹦蹦亂跳。

「你不是要買妹妹的禮物嗎？怎麼變成買我的？」實在很難不出手打他，她簡直羞憤得想投河了。

「妳和妹妹一樣啊。」

「哪裡一樣？我還大你五歲！」

「都家人啊。」

「別胡說八道了啦！」她困窘得不得了，既羞又惱。這人實在太不正經了！

「才沒有胡說咧，妳就我老婆啊，我配偶欄上還有妳的名字。」他伸手掐了掐她臉頰，爲著手上的細緻觸感驚豔不已。

梁組長的皮膚好好，簡直像弟弟、妹妹的皮膚一樣，白煮蛋似的，軟嫩細滑。其實，不只皮膚，她嘴唇的觸感也很好，他上次嘗過……

他直勾勾地望著梁采菲，必須十分努力，才能阻止自己像色狼一樣對著她呑口水。他想在這裡吻她，還想將她吃掉……

「肉麻死了，你快去好好選禮物啦！」梁采菲胸口一跳，完全無法直視他太過糾纏的目光，只好又推又攆地將他趕走，難爲情到快休克了。

「哈哈哈！好啦！我去那邊看看。」程耀大笑著任由她趕，眞聽話去別處逛逛。其實，不只是她，他也很需要冷靜，才能遏止那股每個細胞都想觸碰她的衝動。

呼，終於走了！她才鬆了口氣，轉瞬間又被空中的粉紅色小皮鞋嚇壞！

「樂樂美？」那個坐在最高層貨架上，雙腿在半空中踢呀踢的不是樂樂美還是誰？別人都看不見她嗎？算了，這件事一點也不重要。

「樂樂美，妳怎麼在這……好，我知道了，當我沒問，絕對是來刷存在感的吧？」梁采菲問到一半，驚覺自己的愚蠢。

「喲！凡人越來越聰明了，眞是孺子可教也。」樂樂美甚感欣慰地從貨架上跳下來，笑得很可愛。「我那麼久沒出現，妳有沒有想我？」

「沒有。」梁采菲回應得很無情。

「嘖，眞沒良心。」樂樂美癟嘴。

「說吧，妳今天來幹麼？」每回樂樂美出現都沒好事，要不她被甩，要不敏敏出意外，樂樂美幾乎等於不祥的代名詞，梁采菲心想。

「沒事不能來找妳聊天？」樂樂美甩了甩粉紅色的雙馬尾。

「可以啊，我的眼睛什麼時候能恢復正常？」她一邊問，一邊看向不遠處的程耀。其他人就算了，她眞的好想看見程耀的眞實模樣。

「每次見面都要問這題，妳煩不煩呀？」難怪凡人叫煩人，樂樂美十分不以爲然。「我不是已經說過了嗎？等妳找到眞愛的時候，就會恢復正常了啊。」

「所以……他不是我的眞愛？」依照樂樂美的說法，如果程耀是眞愛，那她現在也該恢復正常了吧？她轉頭睞了眼程耀的身影，內心不禁有點失落。

「別想套我話哦！我是不會洩漏天機的。」凡人不只煩人，還是賊人呢！樂樂美哼哼。

「姑且不論我的想法，妳現在對他有那種萬中選一、非他不可的感覺嗎？」

萬中選一、非他不可的感覺？她霎時被樂樂美問住。

她目前對程耀的感覺——熱戀的幸福感有，甜蜜的心動感有，安心的信任感有，但是，說到萬中選一、非他不可……好像又差了一點。

和程耀在一起確實很新鮮，很有趣，很像在談她年輕時錯過的那些戀愛，但是，有時她也會懷疑，程耀這麼孩子氣，眞能和她一起走向未來嗎？坦白說，她一點把握也沒有。

「對嘛！妳自己都沒有把握了，還要問別人？」樂樂美精準地讀出她的表情。

「我就是沒有把握才問妳。」如果有把握的話，幹麼還要問啊？

但是，樂樂美說得也沒錯，自己的眞愛自己不曉得，還要問別人，這不是很瞎嗎？

「呿！」樂樂美嗤之以鼻。「好了，不跟妳這不長進的浪費時間了，我要走了。」

「什麼不長進呀？真是的，好啦，ＢＹＥ。」她與樂樂美拌嘴拌得越來越習慣，揮手和樂樂美道別。

雖然樂樂美幾乎等於不祥，但她現在看見樂樂美，居然會有種碰到老朋友的感覺，真是太恐怖了。

「對了，不長進的凡人，妳等等記得到外面那家日本料理店晃晃，也許會有意想不到的巧遇哦。」樂樂美縱身一躍。

「什麼巧遇？」她都還沒問完，粉紅色的身影已經消失無蹤，而程耀拿著精心挑選的禮物走過來，與樂樂美消失的時刻簡直像是刻意安排好的一樣，分秒不差。

「梁組長，妳看這個怎麼樣？我妹會喜歡嗎？」程耀搖晃著手中的豪華公主文具禮盒——膠水、剪刀、色鉛筆、尺……上下兩層滿滿的文具，應有盡有，重點是外盒鑲滿亮片，閃亮得不得了。

「一定會吧。」哪找來這麼浮誇的東西？她忍不住笑出聲來。這絕對很符合小女生的喜好。其實，她想，有程耀這麼好的哥哥，無論他買什麼，他妹妹一定都很開心。

「好，那就決定是這個了，走吧，我們去結帳。妳還有沒有想去哪？」程耀牽著她，走向結帳櫃檯。

「沒有耶，你呢？」

「我想想……好，我們去玩投籃機！」

「還沒玩夠啊？」他體力也太好了吧？她睜大雙眼。

「當然啊，那些妳沒玩過的，通通都要玩一遍！」他舉高她的手，像在宣告。

「不用這樣……」她既驚嚇又好笑又窩心。

誰管他是不是眞愛呢？

至少她和程耀現在很開心很快樂，那就夠了。

✲

玩過了一大堆遊戲之後，時間已經晚上十點。

梁采菲與程耀走出夜市，她的眼神不禁瞥向日本料理店。

「妳等等記得到外面那家日本料理店晃晃，也許會有意想不到的巧遇哦。」

究竟，樂樂美說的巧遇是什麼？

「梁組長，妳餓了？想吃日本料理？」程耀立刻發現了她的走神。

「不是，我只是……咦？」前方有道鬼鬼祟祟的身影十分眼熟，她話音一頓。

「怎麼了？」

「我好像看到認識的人。」

程耀循著她的視線望過去。「你們部門的經理？我想想……李蘋？」

「你記得她？」她非常意外程耀能喊出李蘋的名字，程耀接洽的窗口不是她就是敏敏，根本沒見過李蘋幾次。

「當然啊，老婆的上司一定要記……好啦，不是，是因為我記憶力很好，很會認人，只要送過貨的客戶幾乎都有印象，更何況你們公司是吉貓的大客戶，不記住怎麼行？」程耀被梁采菲瞪了一眼，嘻嘻哈哈地改口。

「奇怪，經理這時間怎麼會出現在這裡？」梁采菲抬手看了看腕錶，滿臉疑惑。

李蘋雖然很有親和力，但事業有成，家境優渥，一向走名媛淑女路線，幾乎不曾靠近夜市或快炒店這種平民場所。

更何況，她還記得李蘋曾經說過，因為擔心兒子的安全，每天都親自開車接送兒子到補習班。這時間李蘋也該去接小孩了，怎會在這裡東張西望？

「妳不過去跟她打招呼？」程耀問。

「總覺得……好像有點怪怪的。」她面有難色。

「怪怪的？是怕被別人知道我們在交往？公司不准？」程耀立刻放開與她交握著的手。他沒做過辦公室的工作，完全不懂會有哪些規定。

「不是啦。」她趕緊將他的手牽回來，總覺得他事事為她著想的舉止有點令人心疼。「你沒發現嗎？她躲躲藏藏的，好像很怕被別人發現，不知道在看什麼。如果我這時候走過去和她打招呼，不是很奇怪嗎？」

「好像也是。」程耀仔細看了看，李蘋的神態確實很不自然。「不然這樣，我們假裝沒發現她，若無其事走過去，如果她有認出我們再說，沒看見我們的話就算了。」

「好，看來也只能這樣了。」她點點頭。所以，樂樂美說的巧遇，指的就是李蘋？還是另有其人？

「采菲？」沒想到梁采菲與程耀才往前移動了幾步，李蘋卻先發現他們了。

「經理？」她故作驚訝。

「李經理，真巧。」程耀抬起手來，和梁采菲交換了個心照不宣的笑容。

「你們來逛街？」李蘋注意到他們交握的雙手。「或者……該說是約會？」

「嗯，兩個都是。」梁采菲雖然有點不好意思，但並不避諱。

程耀有點意外，心頭暖洋洋的，將她握得更緊。

「經理，這麼晚了，妳怎麼會在這裡？今天不用接小孩嗎？」實在太奇怪了，梁采菲開口問李蘋。

李蘋看了她一眼，又望了望日本料理店一眼，最後再將視線拉至程耀臉上，欲言又止。

「我需要先迴避嗎？不然我先去那邊逛逛好了，妳們聊。」程耀非常識時務。

「不用了。」他如此識相，反而令李蘋放棄了猶豫。

再怎麼難堪的事她都經歷過了，何必在乎梁采菲與程耀的眼光？更何況，在意她難不難堪的人並不會令她難堪。

李蘋伸手指向日本料理店的一扇玻璃窗。玻璃是透明的，可以清楚看見裡頭有個穿著西裝的男人背窗而坐，而他對座有個女人，青春洋溢，肢體動作豐富，時不時暢懷大笑，顯然與同桌男人聊得非常愉快。

「說出來也不怕你們笑話。」李蘋指向那位西裝男性。「那是我先生，采菲妳應該在尾牙或公司聚餐時見過幾次，至於他面前那個女生……那是他的外遇，今年應屆剛畢業，才二十三歲，整整小我一輪。」

「什麼？怎麼會？」梁采菲訝異地張大了嘴，一旁的程耀則不敢做出任何反應，他雖與李蘋有過幾面之緣，但並不相熟，怎麼反應都不恰當。

「采菲，不用懷疑，確實就是這樣。我有證據，不只是猜測。」李蘋苦笑。

「我不明白，你們看起來感情很好……」她眞的很難相信，從她與李蘋共事以來，無論在總公司、在分公司，李蘋與丈夫看起來都十分恩愛。

「我也曾經這麼以爲。直到他前陣子告訴我，他和我之間只剩下責任之後，我才明白，原來事情不是我想像中的那樣子。他說他不愛我……已經很久很久了……」

聽見這種話想必很受傷吧？

梁采菲默默瞅了李蘋一眼，不知該說些什麼；而程耀將梁采菲的臉色變化盡收眼底，牽緊她的手，彷彿想安慰她的無力似的。

「他說，他本來還能說服自己，婚姻不需要靠愛情來維繫，可是，認識了那個女孩之後，他才發覺和不愛的人在一起這麼痛苦。原來這些年來，我以爲的鶼鰈情深，都只是我單方面的想像……」

「他親口說的？」這也太傷人了吧？梁采菲問。

「不，他只有和我坦承一部分，其他的是……我從他與那女孩的通話紀錄上看見的，我甚至備份了。」

梁采菲聞言更加默然。

李蘋是個自尊心多麼強烈的人，她比誰都明白。

李蘋俐落幹練，在公司極受重用，在原生家庭裡也是備受寵愛，要她偷看、備份通話紀錄，究竟得多屈折她的驕傲？

「很可笑吧？」李蘋自嘲。

「不，經理，妳一點也不可笑，是對方太過分了。」梁采菲連忙阻止她的妄自菲薄。

她現在終於明白，爲何之前李蘋會說，工作成就和感情順不順利是兩碼子事……想來，那便是李蘋的心情寫照吧？

「其實，我也不知道我在這裡究竟想做什麼？我跟蹤他，想蒐集他們侵害配偶權的證據，想讓他傾家蕩產，想讓他後悔莫及，也想讓他得到教訓，可是……捫心自問，這樣我心裡就好過了嗎？這段婚姻在我的人生裡，難道只剩下官司和輸贏？爭贏了，又怎樣？」

「經理……」

「要我赤裸裸面對丈夫外遇的事實，我辦不到；可要我放手成全他，我也做不到，我怎麼想，都想不出到底應該怎麼辦。他告訴我要出差，家事、小孩、公婆……所有的瑣事和責任全落在我頭上，結果他自己卻躲在這裡和情人幽會？憑什麼我這麼煎熬，他卻可以那麼逍遙？」

梁采菲終於明白，爲何李蘋會老化得如此迅速，這段日子以來，她的內心不知有多煎熬、多痛苦？

「妳和敏敏都羨慕我，大多數人都羨慕我，以爲我婚姻幸福、事業有成，但是我好討厭我自己……明明我這麼生他的氣，卻不能瀟灑地說離婚就離婚，甚至還要照顧他的家人和小孩，好好笑……」李蘋唇邊有笑，可話音淒楚悲涼，充滿濃濃自厭。

話才說完，她的手機便響了，她無奈地瞥了眼來電顯示，向梁采菲與程耀道別。「好了，我得走了，我兒子在催了，我要去補習班接他放學。」

即便她有多痛恨丈夫的出軌，母職卻是她永遠無法拋下的責任。

倘若她可以像丈夫一樣，無情地將對方捨棄，現在也不會如此糾結了。在愛情與婚姻裡，更在乎的那方往往是輸家。

「經理，我會保密的。」梁采菲不知該說些什麼才好，琢磨了老半天，只能如此保證。

「采菲，妳以爲我還在意這個嗎？」李蘋對她投以淡淡一笑，那笑比哭更難看，令人心疼。

梁采菲和程耀望著李蘋遠去的身影，心裡都有股說不出的沉重與難受，兩人佇立了好半晌，驀然間，日本料理店內的那對男女相繼離席。

男人走至櫃檯結帳，女人筆直往門口而來，眼看就要推開大門——

「快快快！我們先躲起來！」程耀立刻拉著梁采菲，躲在柱子後。

「爲什麼要躲起來？」她悄悄問。她躲就算了，但程耀根本沒見過李蘋的丈夫，爲什麼要躲啊？

「啊哈哈！我也不知道欸！」對啊！他躲什麼？又不是他偷情，程耀自己都笑了。

兩人話說到一半，李蘋的丈夫與年輕女孩一後一前走出日本料理店。

李蘋的丈夫西裝筆挺、容光煥發，而女孩親暱地挽著他的手，戀戀不捨地看著他。兩人不知道在聊什麼，男人低頭吻了女孩額頭，滿臉笑意。

任誰看了，都會以爲這是一對如膠似漆的情侶或夫妻吧？

相較於李蘋的憔悴與老態，梁采菲胃酸上湧，覺得眼前這雙男女噁心至極。

「梁組長，我們走！」程耀拉著梁采菲的手，亦步亦趨地跟在他們後頭。

「走去哪？」她被程耀拉得莫名其妙，很怕被李蘋丈夫發現，幸好這時間的夜市人很多。

「不知道，先看看他們要去哪。」李蘋剛剛那番話聽得程耀於心不忍，直覺跟著姦夫淫婦就對了。

「不好吧？我們這樣跟蹤他們太莽撞了，我……嚇！」梁采菲話都還沒說完，便看見李蘋丈夫挽著小情人的手，轉進一條陰暗小巷裡，巷內懸掛著花花綠綠的賓館招牌。

「啊哈！被逮到了齁！」程耀顯然很樂，二話不說拿出手機，拍了兩人在賓館巷的背影。

「雖然現在沒有通姦罪了，但如果我們再多蒐集一點證據，李經理告這負心漢侵犯配偶權的時候，就可以要求他多賠一點錢了……快、快挑一家進去啊混帳！」程耀一邊偷看，一邊鼓吹。

「別亂來啦！」梁采菲拖住磨刀霍霍的程耀。

「我才不是亂來！這種男人姑息他幹麼？就算不讓他賠到脫褲子，也要趁他正偷情時，假裝警察臨檢，讓他嚇到不舉吧？」程耀理直氣壯。

「什麼啦？」嚇到不舉？她差點笑出聲來。這都什麼時候了，他居然還能令她笑出來？

「ＹＥＳ！太好了，他們要進去了！」眼見他們已經準備走進一間賓館，程耀不由分說地往前追。

「慢著，程耀！」別鬧了，那可是愛情賓館耶！梁采菲頭痛得要命，可完全無法阻止蓄勢待發的程耀。

她和程耀這才交往多久，難道就已經要去開房間了嗎？

事情怎麼會發展成這樣？

10

多種情境選擇的燈光、加大的圓形雙人床、各種不同長短形狀的抱枕、霓虹燈光按摩浴缸、擺放在顯眼處的保險套與潤滑液，和無法視而不見的情趣八爪椅……

即便百般不願，梁采菲還是來了。

也不知道程耀是憑著多麼誠懇眞摯的笑容，或是怎樣的舌粲蓮花，竟然能說服櫃檯小姐，幫他們把房間安排在李蘋丈夫的隔壁。

這眞是太扯了！

她竟然跟未成年高中生來情趣賓館……即使她知道程耀並不是眞的未成年，心裡還是非常彆扭，坐立難安。

「我們現在要怎麼辦？」梁采菲正襟危坐。

「我剛問過櫃檯小姐，那對姦夫淫婦是過夜，不是休息，所以時間很充裕。他們現在才剛進來，可能會先聊個天、洗個澡的，總之，我們先觀察一下。」

「好，也只能這樣了。」梁采菲扭絞著雙手，緊張地應。

這裡的隔音並不是很好，而程耀爲了能清楚聽見隔壁動靜，房門沒有完全關上，還留了一道門縫，讓人更沒有安全感。

程耀是個年輕男人，他們待在這樣的環境裡，眼下又有一段空閒，他會不會突然撲上來？

梁采菲實在很難阻止自己胡思亂想，越來越忐忑。

「嗯，就等吧。」程耀瞇細了眼，盯著不斷換姿勢的梁采菲，實在很想放聲大笑。

她一下盤胸、一下支額，時而抿唇、時而皺眉，眼神不安地轉來轉去，手指也不停扭來扭去。房裡每樣露骨的擺設似乎都會嚇到她，床頭櫃上的保險套甚至能將她的耳殼染成紅色。

突然間，不知從哪裡傳來一陣細細碎碎的呻吟，似乎還夾雜著男人的喘息，清晰無比地竄入兩人耳朵裡……梁采菲不安地扭著手指，耳朵上的紅霞悄悄蔓延至兩頰。

究竟是想整誰啊？簡直可愛得要命……

程耀撇過頭去，無奈發出一聲嘆息。

她像隻驚弓之鳥，純情羞赧，身上還穿著禁慾卻充滿魅惑的OL襯衫與窄裙……考驗男人自制力不是這樣的，程耀決定做點事來轉移注意力，順便緩解她的緊張感。

「既然都來了，一定要——」程耀驀然走到她身旁。

「一定要什麼？」她一秒鐘奔到離程耀最遠的地方。

「哈哈哈哈哈！」程耀再也憋不住，暢懷大笑。「梁組長，我就說妳思想真的很歪嘛！我是要說，既然都來了，一定要把提供的點心都吃光啊，妳想到哪裡去了？」程耀打開她座位旁的零食櫃，拿了包餅乾給她，樂不可支。

「我不要吃啦！一直叫人家吃東西，哪吃得下啊？」她賭氣地將那包餅乾推到一旁。笑什麼啊？很過分欸！

她氣呼呼的模樣只是逗得程耀更樂而已，小虎牙冒出來，笑得很歡快。

「妳好緊張，不然先看個電視？」他拿起電視遙控器。

「不行！不能開電視！」她一把將遙控器奪過來。電視裡不是都只有無碼AV嗎？

「爲什麼不能開電視？」程耀挑眉。

「因爲，一打開就會是……總之，不能開就是了！」

「哦？妳開過？」他的眼神很耐人尋味。

「才不是！」

「那妳怎麼知道？」

「電視或小說都是這樣演的。」然後，因爲看太多激情、養眼的畫面，就會這樣又那樣，可她一點心理準備都沒有！

「除了AV，賓館的電視裡還是有別的節目啊。」程耀越笑越厲害了。

「哦？你看過？」梁采菲頓時很不是滋味。

「妳吃醋？」

「對，我……你才吃醋咧！」梁采菲抄起抱枕打他。

「噢，痛痛痛！」程耀被她打得很樂，拿起枕頭抵擋。「哈哈哈哈哈！梁組長，妳眞的好純情，稍微鬧妳一下，臉就紅得跟什麼似的。吃醋就吃醋，妳老實說啊！」

「我才沒有吃醋，也沒有純情，是你太惡劣了！」梁采菲變本加厲地毆打他。

「好好好，對不起，梁組長，我錯了，妳不要再打了，再打下去我就要嘔血了。」程耀大笑，任由梁采菲拿著抱枕對他揮來揮去。

一陣嬉鬧過後，不知怎麼搞的，程耀將氣喘吁吁的梁采菲壓在身下。

抱枕不知何時被拋飛去哪裡，程耀箝住她的雙手，屈膝跪在她腰側，由上而下俯瞰她。

烘熱的體溫、溫暖的鼻息、垂落在她眼前的髮絲、近在咫尺的容顏……突然間，整個鼻腔都盈滿他的氣味，全世界都充滿了他無可忽視的存在感。

「你快下去啦……」她胸口一跳，出口話音軟綿綿的，一點說服力都沒有。

程耀哪捨得放開她？他想這樣看著她，再多一會兒就好。

「等一下，妳放心，我不會強迫妳幹麼的。妳不是心甘情願的話，我不要。」程耀放開箝制著她的手，撐在她頸側，卻沒有從她身上離開。

「哦……好……」他老是用這種膠著的眼神看她，實在令她很難拒絕，只能心慌意亂地讓他盯著看。

「梁組長，妳喜歡我嗎？」他撫開她前額的髮。

「我……」她向來拘謹保守、一板一眼，想起樂樂美說的「萬中選一、非他不可」，一時之間竟不敢輕率保證。

現在這樣，眞的能算是「喜歡」嗎？「喜歡」難道不該是一種接近於天長地久、不離不棄的承諾嗎？

她有點猶豫，可是，又怕她的猶豫令程耀受傷，越想越兩難。

她還在糾結，程耀卻聳肩笑了笑，伸手刮了刮她鼻頭。

「現在答不出來沒關係啦！有一天，我一定會讓妳毫不猶豫地說妳喜歡我，很喜歡、很喜歡的。」

渾然天成的情話、眞誠坦蕩的態度，明明肉麻無比，卻被他說得那麼天經地義。

「你不去當牛郎眞的太可惜了。」這根本是種天賦，梁采菲都不知道該不該讚嘆。

「我才沒心情伺候別的女人。」他笑出快樂的虎牙。

突然間，一股無法克制的衝動湧上，她情不自禁地伸出手，緩緩觸碰他眼眉。「我好想知道你長什麼樣子……」她略冰的手指撫上他熱燙的容顏。

先是畫過他剛毅的眉，輕觸他柔軟的眼睫；再描繪他筆直的鼻梁，刷過他豐潤的唇……把這樣的五官等比例放大，就會是他的眞實模樣嗎？

她盯著他的臉揣想，卻不知她迷濛的眼神與親暱的舉止對程耀造成何等的殺傷力。

她回答不出喜歡，可她的每個動作都訴說了她的在意。她的每一次觸碰都令他心跳得亂七八糟，全身細胞都喧囂著想占有她的渴望。

他們就在情趣賓館裡，她絕對是老天爺派來毀滅他的。

「看不見我的樣子，那麼，感覺我就好了。」程耀捉住她滑膩的手，貼在頰畔。

「什麼？」她不明所以。

「妳把眼睛閉起來。」

「爲什麼？」

「閉起來就是了。」

雖然不知道他要做什麼，可他的聲音彷彿有股魅人魔力，令她軟軟地闔上眼睫。

一閉上眼，她便感受到他極具男人味的親近——

他親吻她的掌心，先是細細碎碎的親吻，再纏纏綿綿地舔舐，接著啃咬她白玉似的手指，像想把她每一寸肌膚都呑下去。

他吻她光滑的額際，吻她粉色的頰畔，吻她秀致的鼻，戀戀不捨地舔過她紅豔豔的唇，趁她張嘴時，毫無預警地將靈巧的舌探進去。

柔軟的舌交纏著她的，舔吮她芳腔，餵予她津液也吸汲她的，輕而易舉奪取她的呼吸。

她被他吻得喘不過氣，推了推他胸膛以示抗議；軟綿綿的力道其實一點威嚇性也沒有，可卻令他不得不停下來。

他睜眸，望進她霧氣氤氳的眼。她被他肆虐過的雙唇水亮亮的，沾滿他的痕跡……程耀懊惱地輕嘆一聲，將臉埋進她頸窩，平復他過快的呼息。

「妳再繼續這樣看我，我就眞的停不下來了。」沙啞的男聲在她耳畔喘息，充滿壓抑。

「我哪有怎樣看你？是你自己……」她無意識地舔了舔唇瓣，唇舌間全是他的氣味，喉頭一噤，不說了。

「妳剛剛……妳在李經理面前，承認我們在約會，我很開心。」他在她身旁躺下，將她圈抱進懷裡。

「開心什麼？」她枕在他胸膛，找到一個比較舒服的位置。

「開心妳承認我，本來我以爲，或許妳不想讓別人知道我們在一起。」

「爲什麼？」

「我沒什麼學歷，做的又是體力活，而且，我去妳公司找妳，還只能搭貨梯……」他捲纏著她的髮，聲音有點悶悶的。

「別想得這麼卑微，你這樣很好。眞的，很好很好。」原來他總是快快樂樂的模樣下，竟有著這麼纖細自慚的心思？她很意外，也很心疼。

「很好嗎？」他眼神一亮。「妳不會覺得男友不如人？」

「不會。」她微笑，搖頭。也許從前的她會，然而經歷過蔣均賢和樂樂美的洗禮之後，她現在是真的不在意。

「那……如果七夕的時候，我以男朋友的名義，請妳全辦公室的同事喝星巴克也可以？」程耀興高采烈。

「別鬧了，你知道我們辦公室有多少人嗎？光是買星巴克都可以讓你破產。」她皺眉。

「不要緊，七夕時星巴克買一送一。」他早就想過了。

「到底都在想什麼啊？」她失笑。「不用買星巴克浪費錢，也不用這麼高調，你對我好，我知道。」

「我會一直對妳很好，永遠都很好。」他指天發誓。

「就算老了醜了胖了病了窮了，也很好？」

「嗯，就算老了醜了胖了病了窮了，都很好。」

「傻瓜。」她被他認真的模樣逗笑了，伸手戳他額頭。

「才不傻，我絕不會像隔壁那個男人那樣，拋棄陪著自己大半輩子的女人。」

聊到李蘋的先生，她的眼神一黯。

「妳很擔心李經理？」

「嗯。」她點點頭，坐起身，越想越心煩。「不只是擔心而已，我還想，經理都已經說了，她還沒有心理準備面對事實，我們這樣貿然跑來對嗎？就算要找什麼侵害配偶權的證據，也該由她自己來，我們根本無法代替她做決定……我們等在這裡，會不會感覺很像在強迫她面對現實？反而令她更難堪？」

「難道妳認爲她不該面對現實？維持著婚姻的空殼會比較好？」

「我當然不是這樣認爲，只是……」她垂下眼。

「擔心她傷心？」

「嗯。」

「她已經傷透心了。」

「我明白，但……」

「早點面對現實，早點開始新人生啊！李經理看起來才三十歲出頭，人又長得不錯，離婚之後，前途還一片光明。」

「雖然理智上知道是這樣，但我還是忍不住會想……我們是不是多管閒事了？」她越說，聲音越弱。感情的事，誰也說不準。

程耀瞅著她若有所思的神情，倏然沉默下來。他明白她的顧慮，這世界上的確有許多灰色地帶，不是非黑即白，可他討厭這些模糊地帶。

鈴——陡然間，梁釆菲的行動電話響起，她拿出手機，臉色一變。

「喂？經理？」她接起電話，程耀看向她，同樣屏氣凝神。

「什麼？……有沒有看見他們去哪？唔……」她很明顯地猶豫了一下。

程耀推了推她手肘，她明白他的意思，深吸了口氣——

是的，李蘋還很年輕，一切都還可以重新開始，她可以讓李蘋親自做決定。

「經理，妳先過來就是了，我告訴妳這裡的地址。」

✲

沒多久，李蘋便趕來了。

「妳是說，我丈夫和那個小女生就在隔壁？」

「嗯。」

「他們進去很久了？」

「一個小時了。」

「休息？」

「過夜。」

李蘋忽爾感到一陣暈眩，手支著額頭，靠著床沿坐下。俗豔的床單與心形的抱枕，令她蒼白的容顏顯得格外諷刺。

「我應該先聯絡我的律師？還是我先生？」她很疲憊，身心都是。

「我不知道……經理妳……妳還想要這段婚姻嗎？」梁采菲小心翼翼地問。

「無論我要不要，他都已經不要了。」

「既然他都不要臉了，就不要給他臉啊！反正都被我們撞見了，他想賴也賴不掉，兩個一起告，不管男的還女的都別放過。」程耀義憤塡膺。

「你少說兩句啦！」梁采菲推了推程耀，差點被他直白的發言嚇死。

「不要緊，我不在意。」李蘋微微勾起唇角，勉強笑了笑。「其實，我也知道，是我自己優柔寡斷。知情的當下，我就應該立刻做出決定。他都已經跟我把話說得那麼明白了，爲什麼我還要在一段沒有愛的婚姻裡苟延殘喘？只是，有時候我會想，除了愛情之外，責任與親情難道不是家庭的一部分嗎？當初承諾的白頭偕老、不離不棄，難道就這樣算了？假如不離婚，就這麼僵持著，對我來說並沒有任何好處，既然如此，我究竟在堅持什麼？」

她在商場上向來以果決明快聞名，爲何在婚姻裡如此懦弱卑微？李蘋自嘲。

「經理……」梁采菲很想說些什麼安慰李蘋，可無論說什麼，都無濟於事。

「好了，采菲，妳不用安慰我——」

「噓——有聲音，隔壁好像有人走出來了。」程耀附耳在牆邊，做了個噤聲的手勢。

隔壁房的門扇被緩緩推開，李蘋沒能忍住好奇，探頭往外看，便看見她因客房服務而開門的丈夫。

她的丈夫身上猶帶著沐浴過後的水氣，下半身僅圍了一條浴巾。他年輕的小情人站在他身旁，披裹著薄如蟬翼的性感睡衣，美好的身體曲線一覽無遺。

「李蘋？妳怎麼會在這裡？」李蘋的丈夫驟然變臉，本能將小情人往身後藏，可惜早已來不及了。

「這句話是我該問的，你不是出差，怎麼會在這裡？」很多事情，內心明白和親眼看到是絕對不同的，李蘋的話音微微發顫。

「妳跟蹤我？」眼見東窗事發，李蘋的丈夫惱羞成怒，劈頭就罵。「還不都是妳逼我的！自從小孩生下來之後，妳就完全變了個人，重心全都擺在小孩身上，根本不在乎我的感受。妳早就不是妻子，只是一個乏善可陳的母親，明明是妳做錯事，還敢惡人先告狀？」

他理所當然的口吻立刻激起李蘋壓抑多年的怒氣。

「變？我從女人變成媽媽，身分就已經改變了，心態怎會不變？你老是把小孩扔給我，根本不曉得孩子在幹麼，當然跟我沒有共同的話題。你感受不到爲人父母的樂趣，當然只會覺得我乏善可陳。爲什麼我因爲照顧孩子累得半死，還要被你責怪不夠關心你，那你呢？你又有關心過我和小孩嗎？」

「妳看！妳就是這樣，我講一句妳應十句！妳這麼強勢，還敢怪我不跟妳溝通？我不想和妳講話，就是因爲和妳講話會令我一肚子氣！」

「你生氣是因爲你理虧！」如果不是缺乏溝通，他們怎會走到這步田地？李蘋忿忿指責。

「好，就當我理虧好了，我從一開始就不該娶妳。要不是以前年輕不懂事，以爲妳娘家有權有勢，對我的事業有幫助，我才不會娶妳。這些年來老是看妳臉色，讓妳爬到我頭上，我已經受夠了！對，妳厲害，妳會賺錢妳了不起！我瞎了眼才會娶妳！」

「就算你對我有再多不滿，也不該找別的女人來開房間。」

「妳能拿我怎樣？」李蘋丈夫雙手一盤，神情囂張。「妳想告我還需要證據，我和她只是巧遇，妳有我們開房的證據嗎？」

「誰說沒證據了？」程耀驀然插嘴，點開手機相簿。「不好意思，我剛剛不小心拍到你們手牽手走進來的照片。」

「你誰啊？」李蘋的丈夫臉色鐵青，立刻動手想搶程耀的手機。

說時遲那時快，程耀後退一步，又指著自己脖子上掛著的小型機器。「這個呢，是內建鋰電池的攜帶型行車紀錄器，從剛剛到現在都在錄影，你最好謹言慎行，不要輕舉妄動，不然恐嚇、侵占……罪名會越來越多哦。」

「為什麼會有這種東西？」梁采菲偷偷問。

「拜託！妳知道貨車司機有多怕車禍被陰嗎？」大車司機很吃虧啊！程耀笑得很愉快。

「哆啦A夢啊你？」梁采菲很錯愕，明明剛剛都沒看他帶在身上呀。

「快稱讚我很好用。」

「都什麼時候了你還玩?!」

「妳！你們！好，李蘋，妳來真的是吧？」李蘋的丈夫伸手指向他們，氣極了。

「李蘋，妳要告我也好，不告我也罷，總之我是一定會跟妳離婚的，別以為我稀罕！」

他過分的言詞與理直氣壯的態度令李蘋氣憤難當。

「你放心，我絕對會這麼做的。你說得對，我的娘家確實有權有勢，我也確實很強勢，喜歡踩在別人的頭上。所以，從明天開始，我會請我父親結束所有對你公司的挹注與投資，也會請律師全權處理我們的離婚事宜與財產分配。那個女孩是你公司的新員工吧？我會一併告她侵害配偶權，相信她未來的履歷會很精采。」

「李蘋！妳簡直欺人太甚！」李蘋的丈夫忿忿指著她的鼻子。

「你剛剛是怎麼說的？『是你逼我的』？」李蘋將這幾個字原封不動還給他。「把這些話留著去跟法官說吧，你可以開始找律師了。」

「隨便妳！反正不管怎樣，我身邊都有愛我的人，不像妳，妳不配有人愛，到死都去當妳的垃圾媽媽吧！」砰！氣極敗壞的男人一把將房門關上。

「經理，別聽他亂講，妳是很好很好的人，他才不配有人愛！」梁采菲快被李蘋丈夫的發言氣死了。

「他只是說氣話，囂張不了太久，等上法院時，他就知道要跪下求妳了。」程耀接話。

「哈哈哈……我不配有人愛……」李蘋滿腔怨氣無從發洩，太陽穴脹痛，怒極反笑。

「經理……」梁采菲上前握住她的手，眞的很擔心。

「我沒事，我得聯絡我的律師。」李蘋拿起手機，明明很想故作鎭定，發抖的雙手卻出賣了她的心神不寧。

她曾經的枕邊人如今竟是她最大的敵人。

他踐踏她、侮辱她，在她還對他抱著一絲猶豫與期盼的時候，便成爲那個全世界最不珍惜她的人。

她要對付他，她知道她會贏。

可是，她什麼都贏了，卻也什麼都輸了；她的愛情與婚姻同時死了，而她的心碎了。

李蘋的手指壓在手機通話鍵上，蹲在地上痛哭失聲。

梁采菲心疼地看著李蘋的頭髮，在一瞬間全部變白，就如同她槁木死灰的婚姻，與蒼白的愛情。

全世界彷彿都失去了聲音。

11

即使外表隱藏得再好，可是，已經發生過的事情，還是會留下難以磨滅的痕跡。

距離李蘋丈夫的偷情事件已經過了好幾天，梁采菲坐在辦公室裡，看著李蘋的身影，實在覺得很擔心。

李蘋一如既往，不遲到、不早退，工作表現亮眼，甚至比以往更加出色。可是，她那頭令人觸目驚心的白髮，實在很難令梁采菲視而不見。

「采菲，怎麼看著我發呆？」李蘋正在收拾東西，準備下班。

「沒什麼，只是覺得妳真的好厲害。」她搖頭。「這幾天不是簽了很多新客戶嗎？續約的舊客戶也不少，業務量又更大了。照這情形下去，我們部門很快就要擴編了吧？」

「是啊，總經理已經撥了人事預算下來。」李蘋打量了下梁采菲的神色，感覺這不是她真正想說的話。「嘴這麼甜，是想調薪？」

「才不是。」她連忙否認。

「鬧妳的啦！不過妳確實快調薪了。」李蘋淺笑。

「真的？」

「是啊，既然人事預算都下來了，沒理由給員工一樣的薪水吧。」

「妳真是個好主管，又很有能力。」她由衷地道。

「別再灌我迷湯了，情場失意、商場得意。」李蘋聳聳肩。

梁采菲瞅了一眼她銀白的長髮，鼓起勇氣問：「妳的官司還順利嗎？」

「還可以。對方現在想和解，提的條件越來越好，放棄的東西越來越多——」

「和解？」梁采菲很訝異，李蘋丈夫之前的態度明明那麼差。「妳會跟他和解嗎？」

「我不想。即使我想，我的律師也不想。」李蘋嘴邊的笑容有點耐人尋味。

「妳上次說正義魔人那個律師？」李蘋之前有提過，她的律師是個正義感十分強烈的人。

「對，妳都不知道他有多煩人，我整天被他碎碎念，說對方那樣是被我寵壞的，得把他榨乾一點才行，免得他又出去禍害其他女性。」

眞難以想像李蘋被碎碎念的模樣，梁采菲不禁失笑，不過……

「那個小女生呢？」

「她爸媽來找我又哭又求的，希望我不要提告，也因此對我前夫很不諒解。本來，那小女生堅持不承認知道我前夫已婚，但我提供的通話紀錄可不是這麼說的。」雖然還沒離婚，但李蘋早已不想以「丈夫」稱呼那個男人，言談間總以「前夫」替代。

「那他們現在的感情狀態是……？」

「據說一直在吵架。」

「哈哈哈！」雖然不太厚道，但梁采菲實在很難阻止自己笑出聲來。

看看這位負心漢不惜拋妻棄子追尋的眞愛搞成什麼樣子？

李蘋和她一起笑出聲。「別聊這些狗屁倒灶的事了，今天是七夕，妳怎麼還在加班？程耀沒什麼表示嗎？」

「咦？」梁采菲一愣。「原來今天是情人節啊，難怪一早就有同仁收到花……看我都忘了，大概年紀大了，對節日一點感覺都沒有。」

李蘋對年紀比自己小的人喊老這件事不予置評。

「妳不想過節，程耀未必不想過。我看他熱熱鬧鬧的，還很孩子氣，你們才剛交往，哪有放著情人節不過的道理？」

「好像也是……」他之前還說要請全辦公室喝星巴克呢，怎麼一整天都沒消息？平常這時間早就打好幾通電話來了，今天卻連訊息也沒有。

「物流很辛苦，說不定他今天光是花就送不完。妳也別總是顧著工作，讓他一頭熱，偶爾也主動一點。」

「怎麼今天換經理了？妳和敏敏怎麼老要我去談戀愛？」居然連李蘋也來了？她眞是不可思議。難道程耀把她們都買通了嗎？

「沒辦法，總要有成功的對照組令我們相信愛情。」李蘋笑了。

「妳也可以談戀愛，跟那個律師？」不甘心只有自己成天被取笑，梁采菲決定把李蘋一起拖下水。

「不跟妳瞎說了，我要走了。」李蘋不知爲何臉紅了，收拾好東西便要離開辦公室，臨走前不忘交代。「反正妳記得別喝酒就好，我永遠都忘不了妳尾牙時鬧成什麼樣子，那已經不是喝醉了，簡直是第二人格。」

「……我知道了啦！妳別再提起那件事了。」她紅了臉，揮手將李蘋趕走，不經意看見打卡鐘上的時間，已經快要晚上八點了。

拿起手機，沒有來電，沒有訊息……程耀今天在忙什麼呢？

「妳也別總是顧著工作，讓他一頭熱，偶爾也主動一點。」

其實，李蘋說得也對……

她拿起背包，決定立刻熄燈下班，去找她的少年。

✲

「你好，抱歉打擾了，請問程耀在嗎？」梁采菲走進吉貓營業所，找了個穿著制服，正準備下班的人詢問。

雖然這是她第二次造訪吉貓營業所，但上回有程耀帶路，這次是自己一個人來，不免有些緊張。

「程耀？」同事瞧了瞧梁采菲，再瞧了瞧牆上的班表和打卡鐘。「他還沒回來哦，應該貨還沒送完吧！今天七夕，中元普渡又快到了，每個人東西都超多的，我一早就兩百件了。」

「這樣啊……那，請問我可以在這裡等他嗎？」她一邊問，一邊偷偷瞥向程耀的卡，上班時間打的是七點。

現在都已經晚上八點了，他從早上七點忙到現在……得送多少東西呀？光是上樓、下樓、裝貨、卸貨……膝蓋和手臂該有多痠？

他工時這麼長、這麼忙，平時還都是他主動來找她、等她下班，她頓時非常內疚，也非常心疼。

「當然可以啊，梁組長，妳來這裡等好了，隨便找個位置坐。」同事向她招手，領著她走到員工休息區，指了指角落的沙發。

梁組長？聽見這個稱呼，她嚇了一跳。「你知道我？」

「當然知道啊，妳是梁組長嘛，程耀每天把妳掛在嘴上。」同事爽朗地笑。

「他說了我什麼？」梁采菲落座。

「還能有什麼？『我女朋友好正』、『我女朋友好可愛』、『我女朋友好傲嬌』之類的。」

梁采菲不是很想死，但也沒有很想活……程耀這傢伙到底都在跟同事胡扯些什麼呀？

「梁組長，妳要不要喝點什麼？汽水？茶？咖啡？」同事很熱心。

「謝謝，都不用。」她還在有點尷尬的情緒裡，連忙搖頭。

「免客氣啦！」程耀的同事二話不說打開冰箱門，拿出一瓶荔枝啤酒。「啊，天氣這麼熱，喝啤酒最好了，這水果口味的，適合女生。」

「呃？」全沒預料到會得到啤酒，梁采菲一愣。

「這廠商送的啦，大家嫌娘，一直放在冰箱裡，不過我剛有看，沒有過期啦！」程耀的同事伸長手，想把啤酒遞給梁采菲，不經意卻看見自己的黑色指印印在啤酒罐上，立刻尷尬地把啤酒收回來，在衣服上亂抹。

「抱歉、抱歉，我就粗人，我換一瓶給妳，等等。」同事瞅著梁采菲盤起的長髮、整齊的套裝，一副端莊嫻雅的秀氣模樣，非常困窘。

「不用換，這瓶就可以。謝謝，我喜歡水果啤酒。」她恬然地將他手中啤酒接過來，馬上開瓶，啜飲了一小口，朝他微笑。

程耀同事的態度令她聯想到程耀上次不經意流露出的自卑。

白領、藍領，又如何？

她只是多吹了很多冷氣而已，並沒有比較厲害，他不需要自慚形穢。

「妳喜歡？太好了！喜歡的話整箱都給妳，讓程耀幫妳搬回去。」程耀同事樂開懷。

整箱？她趕忙婉拒。「不不、眞的不——」

「慘了慘了來不及了！我現在才跑完，我今天一整天光是打電話給客人都來不及了，連通電話也來不及打給梁組長！爲什麼情人節大家都要送包裹？爲什麼普渡就在下週？啊——宅配司機也有女朋友啊！我的情人節泡湯了！我的禮物怎麼辦？梁組長我好想妳啊！」一連串歇斯底里的崩潰怒吼從外面奔進休息室裡來，在看見梁采菲之後，發出更大一聲驚叫。

「梁組長?!」

從外頭嚷進來的不是程耀還是誰？傻呼呼的少年一看見梁采菲竟然坐在吉貓休息室裡，雙眼瞪直，下巴簡直掉下來。

「嗨。」梁采菲垂下熱辣的容顏，這下眞的很想死。

她現在完全明白爲何程耀同事知道她了。

照他這種嚷嚷的音量與崩潰的力道，大概方圓五百里內都知道世界上有「梁組長」這號人物了吧？

她羞窘地低頭猛灌啤酒，程耀的同事則在一旁憋笑。

「眞的是妳？不是我眼花吧？」程耀一個箭步衝上前來，確認眼前的女朋友活生生、水靈靈的，並非幻影，再低頭瞧見她手中的水果酒，想也不想，轉頭對同事爆出大吼——

「讓我女朋友喝酒，你是有沒有這麼鬼畜啊?!」

「拜託，她自己說喜歡喝的，不信你問她。」好心被雷親啊！要不是看在兄弟一場，他才不要留下來招呼梁采菲咧。誰不想早點回家啊？

「眞的，是我自己要喝的，你同事人很好。」梁采菲轉頭向同事道歉。「對不起哦。」

「看！人家多懂事！梁組長，妳跟著他實在太可惜了，不如來跟我吧！」會說垃圾話的才是眞男人，同事呵呵笑。

「去你的！」程耀二話不說地搥了同事一拳。

「有老婆沒兄弟就是這樣啦！我回去了，掰。」同事鬧完程耀，很識相地閃了。

「眞是的，他沒欺負妳吧？」同事一走，程耀立刻衝上前，急急忙忙地打量她，唯恐她掉了一根頭髮、一片指甲。

「當然沒有。」他緊張的態度令她失笑。

「沒有就好。來，啤酒別喝了，給我。妳想喝什麼？我去幫妳買。」程耀直接拿走她手裡的啤酒罐，沒想到瓶身很輕，已經空了。

「咦？妳喝完了？妳已經等很久了？」程耀搖了搖啤酒罐，眞是不可思議。

「沒有，沒有等很久。」

「那妳啤酒喝這麼快？」

「這一瓶很少啊。」

「妳該不會喝醉了吧？妳臉紅了。」

「沒有，我皮膚比較白，就算只喝一口也會臉紅。」

「可是，敏敏之前說……」他曾經和向敏敏打探過梁采菲的使用手冊——好，不對，使用手冊是他隨便亂講的——總之，他問敏敏有關梁組長的事情時，向敏敏曾經告訴他，千萬不能讓梁采菲喝酒，否則會發生很嚴重的事。

雖然向敏敏沒有明確說明「很嚴重」是多嚴重，但她當時的表情很驚恐，讓他有種不好的預感。

「敏敏說什麼？」

「沒什麼，總之，別再喝就好了。妳是特地來等我的？」

「……嗯。」她猶豫了一下，點頭。酒氣蔓延，雙頰彷彿染得比方才更紅。

「我好高興。」程耀的虎牙立刻就跑出來了。「可是，妳得再等一會，我還沒忙完，還有東西要整理，不會太久。」

「不要緊，你慢慢來。」她點頭，頰色酡紅、雙唇紅豔，唇齒間都是荔枝酒的味道。好像，酒氣逐漸上湧，頭腦昏沉沉的，意識卻輕飄飄的……

「那妳在這等我，乖乖的，不要亂跑哦。」程耀揉了揉她髮心，趁四下無人，偷偷吻了下她臉頰。

「知道了，誰會亂跑呀？你快去忙吧，我在這裡等你。」又來了，明明他才未成年，還老愛拿她當小朋友，而且，這裡人來人往的，他這樣隨便亂親她，怎麼都不怕有人撞見啊？她羞惱地把他推開，很不好意思。

「好。」程耀往外走，又折回來，將一個很精緻的小禮盒放在她面前。「對了，客人剛給了我一盒巧克力，包裝看起來很高級，好像很貴，應該很好吃。給妳吃。」

「客人？又是美麗的人妻？」她皺眉。今天是七夕，居然有人送她男朋友巧克力……

「哈哈哈哈哈！哪來那麼多美麗的人妻啊？幹麼？妳吃醋？」程耀哈哈大笑。

「唔……好像，有一點點。」她思考了會，點頭，越點頭似乎越暈，還有點想笑。

糟了、慘了、完蛋了！雖然只是彆彆扭扭地承認，但只要承認了，就絕對不是梁組長啊！肯定是喝醉了！程耀很擔心。

「等我，我趕快忙完，趕快送妳回家。來，先吃巧克力，乖。不可以亂跑哦。」

「好，快去啦。」她揮揮手，很有興致地打開巧克力包裝。

✲

時間一分一秒地流逝，待程耀忙完，換下了吉貓制服，立刻衝回梁朵菲身旁。

「嘴巴張開。」她湊到他身畔，笑靨甜甜的。

「啊？」程耀滿臉莫名其妙。

「最後一個了，我餵你吃。」她立刻趁他張嘴時，將巧克力餵進他嘴裡，笑得十分甜美。

程耀受寵若驚，腦子瞬間當機，直到此時才注意到，她原本盤起的長髮早已放下，向來扣到最高的襯衫鈕釦也鬆開了兩顆，因而露出的頸部肌膚和鎖骨都呈現淡淡的粉紅色。

要命……禁慾的美感解放成性感小野貓是很恐怖的。

程耀將視線別開，努力驅趕腦海中的邪念，卻在咬下巧克力的瞬間，差點吐出來。

這味道……巧克力裡頭絕對是包著烈酒吧？

他大驚失色地看著那個空空如也的巧克力盒，果然在側面包裝上看到了酒精濃度標示——17.6%。

說高不高，說低不低，但依梁組長這一瓶啤酒就會反常的可憐酒量，再加上烈酒巧克力，混酒威力加倍，恐怕早就不知道醉到哪裡去了。

難怪她剛剛坦白承認吃醋，現在還餵他……

「梁組長，妳還好嗎？」程耀感到越來越不祥了。

「我很好呀，只是好熱。」她說完，又要動手解開第三顆鈕扣。

一點也不好！程耀連忙壓住她的手，阻止她做出任何會讓人流鼻血的事。

老天爺！要一邊制止自己流鼻血，一邊小心翼翼不要碰觸到她柔軟的胸部，一邊阻止自己色瞇瞇地朝她亂看，再一邊留心有沒有哪個王八蛋跑進休息室裡來，眞的很高難度啊！

「我送妳回家，妳可以自己站起來嗎？」程耀決定趕快將她打包帶走，她這副酒後媚態根本行動凶器。

「當然可以呀，我還可以走直線哦。」她笑了笑，立刻站起來，自以爲筆直地走到休息室門口，神情既嬌憨又甜美。

「梁組長，那不是直線，根本就是S中的S了。」程耀從來沒有想過，他這輩子會有這麼無能爲力的一天。

「我是S中的S，你要讓我M嗎？」梁采菲伸指點了點他胸口，手指甚至不安分地在他胸膛上畫起圓來。

妳想怎麼S都可以，就算要滴我蠟油都沒問題！程耀內心的獨白其實是這樣。這樣接話是哪招？還要配上這種撩人的動作?!

不過，對一個酒後的女人出手是很不道德的，即便是女朋友也不行。

程耀將那隻在他胸膛上造次的手抓下來，深呼吸了好大一口，轉移話題。

「妳今天擦了香水?」不知是因爲靠得太近，還是心理作用，總覺得她今日比往常更香。

「我每天都有啊。」她嘟唇，十分不滿。

程耀得十分努力，才能忽略她此時看來有多性感。「我知道……我的意思是，妳今天比平常更香，不是不好聞的那種哦。」

當然不是不好聞的那種，只是，假如平時的殺傷力是五十，現在就是兩百。

她笑得神神祕祕的，踮起腳尖，附耳對他說了句悄悄話。

「是誰教妳這種亂七八糟的東西?!」程耀頭很痛。

「敏敏。」她笑得很可愛，眼神燦亮迷離，漂亮的唇線像在誘人親吻。

向敏敏絕對是個妖女，而梁組長絕對是妖女派來消滅他的！

「好，別管那些了，我們回去吧。」程耀攙著梁采菲往前走，因爲沒背過心經，只好死命默背正氣歌。

天地有正氣，雜然賦流形，下則爲河月，上則……

「那是因爲，我把香水擦在乳溝上哦。」

居然還用那種可愛到不行的口吻在他耳邊說……程耀揉了揉隱隱作疼的太陽穴。

那難怪她解開了襯衫扣子，香氣就會更濃嘛！

他深深嘆了一口氣，深深明白他爲何會感到不祥了。

他有預感，今晚絕對會是他畢生最漫長，也最難熬的情人節……

12

眼前的樓梯在搖晃。

梁采菲眨了眨眼，再怎麼努力，都無法聚焦；眼前一切朦朦朧朧，每格階梯都有好幾道疊影，既虛且幻。

「住公寓五樓好討厭，我爲什麼要把房子買在這裡呢？」即便程耀攙著她，可她站在樓梯口，才走了幾階，便開始咕噥抱怨。

假若是平時的梁組長，再累都會逞強爬上去吧，哪會這麼坦白？

「那我背妳。」程耀矮下身體，蹲到梁采菲面前，感覺他奴性越來越重，但他卻奴得莫名快樂。

坦率無比的梁組長臉紅紅的，眼神迷離夢幻，超級可愛，別說背她上五樓了，上五十樓都可以。

「好呀，謝謝。」她毫不猶豫，攀上他寬闊的背，笑得十分燦爛。

程耀托抱好她嬌軟馨香的身體，信步向上爬。

他眞喜歡看她笑，從認識她以來，一直都很喜歡。

她柔軟的胸房緊貼著他的背部，不用回頭，便能聞見她的氣味；她魅人的香氣來自她美麗豐盈的溝壑，噴拂在他耳邊的氣息隱隱帶著酒香，不需嗅聞，便教人沉醉……

終於明白爲何有人要撿屍了，女孩子的身體好香、好軟又好好聞……程耀你可以再低級一點！程耀在內心不齒自己。

「奇怪，爲什麼我覺得你好像長大了？」她環抱著他偉岸的身體，盯著他的側顏，柔媚聲嗓懶洋洋的，總覺得他看起來好像和平常不一樣。

寬闊的肩膀、矯健的肌肉。短短的頭髮、曬得黑黝黝的膚色。線條漂亮的脖頸、結實的寬背、粗壯的手臂……

他渾身上下都充滿著絕對男人的陽剛氣息，和平時秀致的少年模樣截然不同。托抱著她的手強悍溫暖，她隱約能感受到他衣物下結實的肌理，好有安全感……

「是啊，柯南喝了白乾就會長大。」程耀笑了，完全把她當一個胡說八道的醉鬼。

「也是。」她想了想，點頭，將臉貼到程耀後頸。「你好高……」

「我一直都不矮好嗎？開玩笑！我可是有一八六耶！」

「可是，我平常看你，都只有高我一點點啊，頂多一六八。」她抗議。

「一六八是我十六歲時的身高吧。」他突然笑出虎牙，說得很得意。「我高中三年長了快二十公分。」

原來是一八六啊。她眨了眨眼，想仔細將他看清楚。

他的身材健碩，高大魁梧，皮膚是深麥色的，手臂肌肉很發達。

她努力望向他側顏，依稀可以看見他圓潤的耳垂、直挺的鼻梁、黑白分明的眼睛。

明明該是清俊勾人的長相，可搭配著有著小虎牙的娃娃臉，又莫名有點萌萌的，增添了幾許孩子氣……

眼前的分明是一個貨眞價實的成熟男人，不是未成年少年，而且還是很陽光、很引人注目那種。

他不該去當物流司機的，去偶像男團發展都綽綽有餘，難怪安靖看到他會臉紅……

好奇怪，這是他的眞實長相嗎？

她揉了揉眼睛，試圖想再看得更清楚一點，可越努力，頭越痛，視線反而越模糊。

討厭，還是沒辦法看得更清楚，樂樂美好討厭啊……她越想越氣惱，咬著唇瓣，不開心的模樣簡直將程耀殺得片甲不留。

可愛得要命！好想對她這樣又那樣啊！

不行！他一定得趕快把梁組長丟包才行！什麼情人節改天再過，情人節禮物也改天再送，她現在實在太危險、太引人犯罪了！

程耀用最快的速度飛奔上樓，在她家門口將她放下。「好，乖，先別管那些了，鑰匙給我，我幫妳開門。伯母在家嗎？還是我按電鈴，請她帶妳進去？」

「我媽？她跟著里活動搭遊覽車出去玩了，兩天一夜，明天晚上才會回來。」她腦子鈍鈍的，想了好半天，才終於明白程耀說的「伯母」是誰。

天要亡他！程耀都不知道老天爺究竟是對他好還是不好？

現在這情況，他怎麼可能放梁采菲單獨一個人進屋，萬一她跌倒了怎麼辦？但是，假如跟著她進門，孤男寡女的，她又這麼可愛，他會變身成狼人啊！嗷嗚——

「鑰匙、鑰匙……找到了。」她花了好一番工夫，才從皮包裡撈出鑰匙，努力想將鑰匙插入鑰匙孔，無奈怎麼努力都是徒勞。

「我來吧。」程耀接過她手中鎖匙，悲壯地為她打開大門。

好！對！就這樣！就是這股氣勢！把梁組長帶進家門，然後看著她上床睡覺，用最快的速度逃跑！

遠離圓月就不會變成狼人了！這是程耀的A計畫。

只可惜，A計畫在進門後的五秒鐘就破滅了。

程耀將梁采菲扶回房間，可她房裡的電燈卻怎麼開都開不亮。

「唔……我忘了換燈泡，已經閃好幾天了……」她揉了揉眉心，後知後覺地想起。

程耀打開手機的手電筒。

「備用燈泡在哪？」怎麼可能讓一個酒醉的女人待在一間烏漆抹黑的房間裡啊？太危險了！要是撞到了、滑倒了，或是掉了兩根頭髮怎麼辦？程耀急忙問。

「燈泡和梯子都在倉庫，我去幫你拿。」她說著說著就要往外走。

「不用，妳待在這裡，我自己找。」程耀將她扶到床沿坐下。才三十幾坪大的屋子，怎麼可能找不到東西？讓行動凶器走路更危險！

他二話不說地走出房間，再進來時，手上不只拿了梯子、燈泡，還有一杯水。

「來，先喝點水。」他將水杯遞給她。

「好。」她接過水杯，立刻湊到唇邊，喝完時，甚至還舔了舔杯緣。

核彈級的殺傷力！她露出的那截粉嫩小舌頭他嘗過，她的味道很好……他不但奴性堅強，還想當那滴被她舔進去的水……

B計畫！趕快換完燈泡趕快閃人！太恐怖了！

程耀別過臉，默默啓動B計畫，不知第幾百幾千遍地默背起正氣歌。

他認命地爬上梯子，輕輕鬆鬆拆了燈罩，將那枚壞掉的燈泡轉下來，換上新的，再將燈罩裝回去。

小小的房間，本來還顯得寬敞、單調，突然放進了一個高頭大馬的男人，竟然立刻變得擁擠且溫暖。

梁采菲凝注著程耀可靠的身影，傻傻看著他心無旁騖、全神貫注地換著燈泡，虔誠地像在爲她做件多麼神聖的事，一時間，心情十分複雜。

她都不記得上次有人幫她換燈泡是什麼時候？在這個家裡，曾有人爲她和母親遮風擋雨嗎？以往她要千辛萬苦才能完成的事，他居然三兩下就解決了。

父親或男人在家裡應該是怎樣的角色？她根本不明白。

她已經孤單了好久好久，從爸爸不負責任的時候，從她年紀小小，卻明白她得撐持一個家的時候……

一直以來，她都很想要有個能夠倚靠的人，即便只是爲她換燈泡也好，即便只是在她口渴時，給她一杯水也好，即便只是在她腳痠時，背著她也好……

那個父親的角色、男朋友的角色、寂寞時可陪伴她的角色，早已在她強迫自己獨立堅強懂事的層層僞裝下被抹去，成爲她從不曾提起過的想望。

只要有人陪伴了，就可以不再孤單了嗎？

天長地久、萬中選一該是什麼模樣？她從來都看不見未來。

不知是因爲酒精使人昏沉，抑或是程耀無微不至的關心，使她向來緊閉的心扉出現裂縫，頓時令她心頭泛湧許多情緒，脫口傾訴埋藏多年的祕密。

出口的聲音小小的，強烈的委屈卻排山倒海，幾乎將她滅頂——

「梁采菲，妳會換燈泡，妳很獨立，妳不用依靠男人，光靠妳自己就可以辦到。」她怔怔望著他，向他說出心底最深的祕密。

這是她多年以來，不斷告誡自己的諄諄提醒。今晚，她很想向眼前的男人坦白——這個背她、餵她、爲她換燈泡的男人……

他會繼續存在她的未來嗎？

「什麼？」程耀從梯子上爬下來，爲她的房間與心房同時帶來光亮。

「梁采菲，妳是堅強獨立的新女性，妳會存錢，會打蟑螂，還可以買房子、照顧媽媽，妳什麼事都辦得到。」

程耀視線緊緊糾纏著她的，唇瓣掀了掀，卻吐不出任何一句話來。

她唇邊有抹自嘲的苦笑，那枚微笑扎得他胸口發疼，令他胸臆沉重，原想換完燈泡就跑的B計畫又瞬間宣告失敗。

「梁采菲，妳雖然背了好多年房貸，可是妳還會刷油漆、補紗窗、搬家具……妳無所不能，妳很堅強，妳一個人也可以活得很好，妳可以撐起一個家，妳……」說到後來，她笑了。

「……才怪！梁采菲最討厭一個人，也最討厭蟑螂了！」

「梁采菲討厭打蟑螂，討厭刷油漆，討厭拿針線縫縫補補……她其實很散漫、很懶惰，一點也不堅強。她羨慕那些有爸爸的人，羨慕那些看起來很和樂的家庭，她學會做很多很多事，可是，那是因爲她很沒用、很沒用很沒用……」

她將臉埋進掌心裡，用力深呼吸……那些什麼美麗幹練聰慧的小組長表象都是假的，她只是一個故作堅強的平凡女人罷了。

她討厭自己、很討厭很討厭。

「梁組長……」程耀蹲到她身前，想逃走的A計畫、B計畫……早已被拋到九霄雲外。

倘若這不算心疼，什麼才算心疼？

她既自卑又寂寞，根深蒂固的孤單如影隨形；他該怎麼讓她知道，他很愛她很愛她，比她想像中更投入，也比她所知的更無可取代？

「對不起，你一定幻滅了對不對？其實我一點都不堅強，也不獨立。我很寂寞，很討厭一個人，很怕孤單。其實，我只是一個很庸俗的人，不像你以為的那麼好……我、你……你不喜歡我了？」她從掌心中仰起顏，眼鼻都紅紅的。

「不，我更喜歡妳了。」程耀坐到她身旁，將她摟進懷裡。

「是嗎？他們說，女人得獨立、聽話、持家，還得對事業有幫助……」蔣均賢和他父母是這麼講的，她從他懷裡傳出來的聲音悶悶的。

「沒用的男人才會那樣想。」程耀十分不以為然。

「是嗎？」

「是啊！我喜歡妳依賴我，也喜歡幫妳換燈泡，假如妳喜歡，我還可以幫妳刷油漆，幫妳補紗窗，也可以半夜去幫妳買消夜，接送妳上下班。我還想和妳住在一起，吃一樣的東西，用一樣的東西，讓全世界都知道妳是我女朋友。還想把其他男人都趕得遠遠的，誰敢多看妳一眼，就把他的眼睛挖出來……」

明明就是好看的五官輪廓，雋朗英挺，但說起話來，卻還是那麼孩子氣。

他很幼稚，不太圓滑，不太世故，社會化得不完全，可卻百分百的貼心，輕輕鬆鬆就能令她如沐春風；他是她無可取代的情人，是那個開朗沒藥醫的少年。

「眞的，我很喜歡妳，很喜歡很喜歡，喜歡得不得了。我剛剛說，我想跟妳用一樣的東西可不是騙人的。妳看！我買了情人節禮物給妳哦。」程耀起身，興沖沖地拿來了個小盒子，蹲到她面前。

「啊？」梁采菲疑惑地看著他手裡的方型禮盒。

戒指盒？項鍊盒？大小好像都不太對……

「人家不是說送禮要送別人想要的，而不是送自己想送的嗎？可是，我們才剛交往，我還不太明白妳想要什麼……其實，我原本超想把情人節搞得很浮誇、很浪漫，最好讓全世界都知道我們在交往。可是，我又想，妳一定不喜歡這樣，可能還會羞憤得很想死……」他嚥了嚥口水，實在因爲這件事很糾結。

「然後，我就想，不然來送成對的東西好了。但是，情侶裝絕對不行，妳可能會覺得太幼稚，而且我們的穿衣風格又差那麼多。對戒嘛，象徵性又太重，妳一定不敢收。至於對鍊嘛，手鍊或項鍊都很顯眼，又怕妳覺得太高調……想來想去，最後只好送腳鍊，戴在腳上，藏在桌底下，在辦公室裡不會太張揚。」

程耀打開盒子，指著盒子裡那一紅、一黑的秀致腳鍊，既緊張又興奮地解釋——

「這是請一個很有名的老師傅編的，他的手工很貴，很早就要預約排隊，我拜託了好幾個人，才終於問到有人願意讓出名額，不然根本來不及在七夕前拿到。喏，妳的這條是紅色的，我的是黑色的，不過，也不是那麼單純的紅和黑啦！妳看，兩條都還有互相混色，紅的裡面有黑的，黑的裡面有紅的，妳中有我，我中有妳，哈哈！」程耀說著說著，自己都笑了。

她目不轉睛地看著眼前的精緻對鍊。

成對的腳鍊傳統古典，確實很低調、很秀氣，很符合她的喜好，可這完全不是她預期之中，程耀會準備的情人節禮物。

她原本還以為，他可能會拿出夜市裡那隻回聲小狗布偶，又錄些什麼亂七八糟的告白。可見，他真的思考了很久吧……

「粉紅色？」她捕捉到腳鍊裡除了紅、黑之外的顏色。

「啊，對，也有粉紅色，都忘了……哈哈！我之前不是撿過一條用粉紅色繩結固定的紅線嗎？」程耀笑得神神祕祕的。

「嗯。」怎麼可能忘記？那是被她丟掉的樂樂美紅線呀。她就算頭腦再昏沉，也絕不可能忘記這件事。

程耀搔了搔頭。「雖然，妳說那紅線邪門，可是，我總覺得，撿到它之後，就迎來了一連串的好運。不只遇見了妳，還和妳交往，簡直像作夢一樣……就算妳覺得我迷信也好，我就是認為它很吉利，可以保佑我們的戀情順遂，或許還能白頭偕老。所以，我就把那條紅線拿給老師傅，請他一起編進去了，哈哈哈！」程耀說到最後，笑得有點難為情。

果然是青少年……

一心一意想和戀人用同樣的東西，任何傳說都相信……好純粹。

梁采菲怔怔望著他，內心感動得無以名狀；思緒飄飄，卻不禁聯想至他處——

紅線、紅繩……紅繩腳鍊。

赤繩繫足。

相傳月下老人以紅繩繫男女之足，使其婚配。

他老說自己沒讀什麼書，是真明白「赤繩繫足」的意思，還是誤打誤撞？

而那眞是月老的紅線、樂樂美的紅線……

「我什麼禮物都沒準備，你想要什麼？」過了好半晌，她才終於找回因感動而失去的聲音。

「我沒有想要妳，眞的。」這是哪門子的此地無銀三百兩啊？程耀說完之後，自己都愣了一下。

「哈哈哈哈哈！」她呆愣了幾秒之後，無預警爆出大笑。

他好可愛，眞的好可愛好可愛，她剛剛究竟是在爲了什麼心情不好？

「喂！妳笑得太誇張了！」她的笑顏總是他的快樂泉源，程耀笑得比她更開心。

「幫我戴。」驀然間，梁禾菲將左足抬到他大腿上，指了指他手上的腳鍊。

程耀的笑聲一秒鐘就消失了。

她坐在床沿，而他蹲在她眼前；她居高臨下地望著他，裸足僅隔著一層布料，熨燙著他的大腿肌膚。

他小心翼翼地將腳鍊繫在她腳踝上，不經意撫過她滑膩的皮膚，很想沿著她的小腿一路往上摸。

白玉似的足踝，線條勻稱的小腿，視線稍稍往上挪移，便能看見她柔膩的大腿、裙底的暗影；再往上，是她飽滿的胸房，和因開了釦子，可以一覽無遺的性感鎖骨……

她踩在他大腿根處一個十分微妙的位置，只要稍稍往前挪動一點，便能觸碰到他腿間正奔騰起來的慾望。

「妳到底知不知道妳在做什麼？」程耀眼色深濃地望著她，崩潰只是剛剛好而已。

「勾引你。」她居然甜甜地笑了。

程耀現在明白為何梁組長使用手冊上有不能喝酒這一項了，她的殺傷力實在太驚人。

「雖然我很不想阻止妳，但我什麼準備也沒有，我是說……保險套什麼的。」饒了他吧！程耀誠實地道。

他根本不該進門的，一步錯、步步錯，最錯的是他為何不隨身攜帶保……不對！不是這樣！他越來越挫敗了。

「可是我有。」她咬了咬唇瓣，嘴唇紅豔豔的。

「怎麼可能?!」程耀滿臉驚駭地望著她。

「真的，上次路邊發的新產品，我一直不知道要拿來幹麼。」她才說完，便從床邊櫃拿出了保險套，放進他掌心。

「哆啦A夢啊妳?!」她之前根本沒有資格說他！而且還是三枚一組那種，可以胡搞瞎搞一整晚！

怎麼辦？他覺得好棒哦！程耀你爭氣點！程耀對自己越來越無能為力了。

「妳上次喝醉是什麼時候？」程耀突然覺得很有必要確認一下。

「尾牙的時候。」

「妳做了什麼？」

「也沒什麼，就是拿高跟鞋敲行銷經理的頭。」她聳聳肩。

太出人意表了！程耀簡直不敢相信。

「還指著公關經理罵他是色狼。」還不只這樣，她補充。

這還是那個壓抑彆扭傲嬌的梁采菲嗎？程耀嘴角抽動。

「誰叫他們一個淨想些無腦企畫案，都不知道我們執行有多困難，另一個老愛摸我屁股。我只是說出眞心話而已，早就想打他們很久了。」她再眞心不過了。

「……妳沒被革職眞是太神奇了。」程耀忍不住驚嘆。

「你就知道我爲何那麼崇拜李蘋了。」

照這樣看來，她根本就不是醉到神智不清、無法控制，她其實很清楚自己在做什麼說什麼，她……

程耀神色十分複雜地瞅了她一眼，大力吞嚥了口，幾乎能聽見自己鼓譟的心音。

「吶，跟我做。」她突然俯低臉龐，直視他的眼。

她的眼色迷濛瑰麗，就快要擊潰他的最後一絲理智。「我都不知道是妳會後悔還是我會後悔……」無論再如何無視，程耀都能感到他勃發的慾望正高張。

「沒有人會後悔。」她堅定地望著他，唇邊啣著的笑容壞壞的，有些淘氣。「不是都叫我梁組長嗎？既然叫我組長，就得聽我的話……」

白皙膩滑的足踝稍稍移動，悄悄接近他胯下那團因她燒灼的火。她靜靜地將漂亮的腳趾踏上他跳動的慾望，挑勾似地輕輕踩踏。

程耀深呼吸了一口長氣，忍無可忍，握住她的足踝，將她重重壓進床鋪裡。

13

「梁組長，妳眞是太壞了！」他認輸，他投降！她太過分了，根本得寸進尺！

程耀將她壓進床褥裡，啃咬她的唇，懲罰似地搔起她癢，逗惹出她一連串輕快笑音。

他終於明白爲何她不能喝酒，她電力十足，撩人指數一百。

在A計畫、B計畫……什麼亂七八糟的逃跑計畫通通都失敗之後，他決定放棄。

蜻蜓點水似的親吻悄然變質，瞬間就充滿情慾。

他將舌頭探進她嘴裡，舔弄她每一寸芳腔；每次呼息都像要把自己的氣味深深烙進她嘴裡，逼迫她呑嚥他的每一次呼吸。

她回吻他，伸出舌頭與他的交纏。

他吻得深，她也嚥得深；她乖巧無比，任他舔遍齒齦，任他盡情吸吮，任他進攻嘴內深處，像性交似地全盤占據她感官；她嘴裡的酒氣與他的融爲一體，輾轉親吻，貪得無饜地交換彼此的氣味。

夜晚靜深，空氣中僅有親吻與呑嚥的聲音，程耀本來只是在呵她癢的手，無法自制地在她身上愛撫、游移。

她每天大半時間都坐在辦公室裡，未經風吹日曬雨淋的肌膚滑膩無比，每一次接觸都能充分挑惹他慾望；即便只是露出的手臂肌膚，都能令他呼息加促，不自禁想要索取更多。

程耀拉出她的襯衫下襬，將手伸進她的襯衫裡，她的肌膚觸感好得不可思議，令他發出一聲滿足輕嘆，不自禁拉開些距離，探看她的反應。

她的嘴唇濕濕的，眸光迷離，絲毫沒有任何想推拒他的意思；其實程耀覺得他還有機會可以喊停，她也可以，可他們之中似乎並沒有人想這麼做。

他繼續親吻她的耳朵及鎖骨，手掌情不自禁地從她的腹部一路滑至她飽滿的胸房，直到聽見她唇邊逸出一聲十分女性化的呻吟。

要命的柔軟與豐滿……他的手很大，而她卻恰恰好貼合他的掌心，微微自他的指縫溢出。

他忘情地扣住她一邊豐盈，隔著薄薄的內衣布料掐揉她，同時不忘自鎖骨一路往下親吻。

拜向敏敏那妖女什麼將香水擦在乳溝上的鬼主意之賜，越靠近她柔麗的胸部，她的香味就更顯馥郁，像在邀請他似的，令人心癢難耐。

程耀動手解起她的襯衫鈕釦，迫不及待拉下她的內衣，一雙雪白美乳瞬間彈跳進他視野。

他之前猜她是什麼罩杯？C？還是D？

他無法確實說出她的尺寸，卻清楚知道她有著他見過最美麗的胸部，即便是內衣廣告中的女明星，或是AV女優都無法比擬。

她的乳尖是玫紅色的，從頂端漸漸暈染成淺粉色，白皙的乳肉上隱隱能看見青色的血管，嬌嫩美豔得令他下腹一陣抽疼。

「妳好漂亮，是我這輩子看過最漂亮的。」他揉掐著她的飽滿。

「哦？你還看過誰的？唔……」她拉扯他頭髮，溢出一句酸味十足的發言，和輕輕淺淺的呻吟。

「當然是AV女優。」他輕輕咬了下她敏感的尖端，吻出她全身顫慄，笑得十分開懷。「妳是因爲今天喝了酒，所以才這麼愛吃醋？」

不得不承認，她難得吃味的舉止很能滿足他身爲男人的小小虛榮心，看來以後三不五時給她喝瓶酒好了。

「我本來就很愛吃醋。」她哼哼。

「所以平時那麼冷靜的梁組長是裝的？」包覆著她胸乳的五指突地一收，惹出她成串嬌吟。

「你才是裝的。」她倔強地回嘴，卻無法阻止自己呻吟。

她甜美的嗓音令他慾火焚身，隨便幾聲輕喃都能挑惹他滔天情慾。

「別哼了，我是妳一個人的，妳也是我一個人的。」他攫住她挺翹的豔蕾，含住她豐美的尖端，以齒來回囓咬輕刷，夾雜著連綿舔吮，令她渾身輕顫。

「啊……別咬……」她難耐地討饒，想他停，又不是很想他停。

那感受太刺激，她的肌膚因而浮上一層薄薄的疙瘩，呈現淡淡的粉色；乳蕾上沾滿他濕滑的液體，胸前被他吻得濕亮一片。

程耀的軀幹伏嵌在她雙腿之間，若有似無地蹭著她的腿心；他覺得他藏在褲子裡的慾望被布料磨頂得難受泛疼，喧囂吵鬧著想進入她的身體。

他離開她，跪坐在床上，信手脫去自己的上衣；她盯著他健碩的身影，一時之間竟移不開目光。

他的胸肌健碩，腹肌線條明顯，鼓起的手臂肌肉看來充滿力量；時常勞動的男人軀體陽剛結實，與她的截然不同，一舉手一投足都是強悍的男人味。

眼前的他不是那副少年的稚嫩模樣，可說話的口吻、對待她的態度，又活脫脫是同一人。

這感受太奇異，像要和一個她不認識的陌生人發生親密關係，又不全然是……

有種陌生的刺激感，莫名令她感到有些淫亂，可這種放蕩的感受卻又更加催化情慾，令她腿心顫顫，慾望油然而生。

她太勾人，望著他的眸光迷濛甜美，而躺在他眼前的身體曲線太姣好，香氣太馥郁，令他不禁吞嚥唾液，像個好色的青少年，管不住下身勃發的衝動。

他將她的足捧在手裡，眷戀地親吻，也色情地舔舐，將她吻得渾身麻顫，氣喘連連。

程耀俯在她身上，將她的窄裙推至腰間，露出她純白潔淨的底褲，令程耀瞇細了眸。

那就是一種與生俱來的侵略本能。

想弄壞她、侵入她、貫穿她，想將身下那喧囂鬧騰著想要她的慾望狠狠鑿進她體內，令她發出破碎的呻吟。

「妳好漂亮……」他撫摸她，由她線條優美的小腿一路吻上她柔膩的大腿，喉結滾動，吞嚥唾沫的力道越來越猛。

大腿肌膚軟滑細緻，越往上，越能看清她腿間的幽影，他撥動那片脆弱得不堪一擊的布料，輕輕往旁拉扯，帶著薄繭的手指滑進去，撫摸她細絨般的覆毛處，揉弄她稚嫩的蕊瓣。

「啊……」她忍不住發出呻吟。「這裡不要……」

「妳說要做，現在又說不要？」程耀笑著吻住她細細抗議的嘴，手指不忘在她柔美之處輕輕刺探。

小核挺立，早已腫脹不堪，深富彈性，他掐住扯弄，輕彈了幾下。

「不是不要做，是這……唔……哈……」她全身哆嗦，雙腿抖顫，被他撩撥得根本說不出話來，柔白酥胸上下起伏，擠壓著他堅硬胸膛，綳凜乳蕾被他男性化的觸感蹭磨得挺立不堪。

「妳明明很喜歡。」他一邊吻她，一邊將手指探入她。她好敏感，隨便一碰，便急遽吮啜，咬住他不放。「梁組長，妳好緊……」

「啊……別……」她推了推他，止不住喘息。

他的吻好溫暖，可來自下半身的侵入感又太尖銳，隱約有股刺疼，伴隨著難以言喻的快感，令她背脊僵直，纖腰不自覺隨他擺動。

她濕熱潮暖，緊緊地吸附纏絞他，甜美得不可思議。程耀不禁將手指探得更深，在她身體裡緩緩滑動，抽撤了起來。

窄緊的祕處，含咬著他的手指不停吸縮，隨著他的動作流淌汁液，沾濕他的指，也奔騰他的慾望。

光是手指就能吮絞得這麼深、這麼緊，若他將自己全部放進去，能得到多大的快感？

程耀發現光是這樣的念頭，都有點令他招架不了，兩腿之間綳得很痛。

「你……你好像很熟練……」在吻與吻的空隙之間，她開口。

「是啊，我經驗豐富。」他脫下她的底褲，隨手往旁一拋，接著卸除自己的長褲，釋放腿間難耐的根器。「我時常在腦中剝光妳，妳都不知道我忍得多辛苦，居然還挑釁我？」

他腿間的慾望昂揚凶猛，事到如今，誰能喊停？

他雄偉的陰莖從布料中彈跳出來，頂冠開口早已微微溢出晶露，粗長柱身上布滿粗繩似的糾結青筋，軸部健碩。

他拉過粱采菲的手，覆在自己賁張的硬挺之上。

「妳也碰一碰我。」沙啞男嗓聽來像哀求也像命令，他憋得難受，極度渴望被她撫觸。

她聽話地握住他，圈圍住他傲人的尺寸，感覺他在她手裡跳了一跳。

他好大，也好硬，充滿陽剛生命力，然而他即將充滿塡實她的念頭令她既興奮也害怕，腿心歙張。

「你……」她囁了囁，不知該如何說明她的迷惑。

「我早就說過的，雖然在妳眼中很迷你，但其實很雄偉。」

她頰色一深。他從前不經意的戲言，如今聽來竟催情無比，她反射性地握住他來回撫弄，微涼的掌心觸感令他輕哼出聲，再難忍耐。

「妳準備的，妳幫我戴。」他將保險套遞給她。

她咬了咬唇瓣，有點難爲情，有些笨拙地撕開包裝，臉頰和身體都紅透了。

他盯著她如此順服且熱情的模樣，忽然發現被折磨的從來只是他自己，想進入她的渴望急切凶猛，無法再等。

他接手她慢呑且磨人的動作，欺至她身前，分開她的雙腿，將慾望根源緊抵她腿心，蹭磨她早已濕熱不堪的徑口。

「我期待得都痛了……」他吻住她的同時，也挺進她甜美的窄徑。

她承接他的吻，在他嘴裡低低的呻吟。

他只是淺淺地探入，卻已經將她撐得飽脹，她呑含得辛苦，心理上卻很滿足。

他很疼她、很照顧她，明明年紀比她小，卻意外地可靠與無微不至。

她攀住他的背，緊緊地環抱他，纖白的長腿圈圍住他，攀纏在他矯健的肌肉上，交叉在他身後，纖腰款擺，一舉一動都像是無聲放浪的熱情邀請。

程耀早就無法忍耐，被她主動且熱切的舉止殺得片甲不留，下身的動作益發猛烈。越漸強烈的快感令她放蕩呻吟，她調整姿勢，下體與他深深黏合；她敞開自己，巴不得他能進來得更深一些，更多一些，好驅散她多年來心中的空虛。

「程耀、程耀……」她指甲深陷他背肌，無意識地呼喊他，香汗淋漓。

「我在這裡。」她正在吸吮他，甜美窄緊得不可思議。程耀不住地吻她，細碎的吻裡飽含疼惜。

他在這裡，一直在這裡，在她身體裡，也在她心裡。

「我喜歡妳，很喜歡妳，不要再以為妳是一個人，盡情依賴我沒關係，知道嗎？」他在她耳邊訴說承諾，也重重地鑿進她，像要把自己深烙進她體膚裡，成為她無法割捨的一部分。

「不要忘記我說的，就算妳現在真的醉得一場糊塗，明天也別忘記，嗯？」

「……好。」她在他的掘探之下應允，話音破碎，內心卻被填實。

她意識醺然地承載他的一切，心甘情願地交出自己，從不知道原來被呵疼的感受竟是如此美好。

他將她的腿屈放在她身前，粗野地捉住她如同果凍般彈跳顛晃的美乳，將最碩壯的根器軸部也全數填進她的身體裡。

她被他曲折，於是她可以清楚看見他是如何沒進她體內，是如何強悍地在她體內插挺，畫面浪蕩得令她全身都染得比方才更紅，隨著湧來的快感也更刺激、更強烈，稚嫩內部更加緊縮，吮啜他的力道也更為猛烈。

急湧而上的刺激感自敏感莖處傳來，蔓延全身，令程耀喉頭發出低哼。

他將她的腿往兩旁扳開，時而放在肩膀，時而勾掛在臂上。

他盡情鑿弄、蠻橫衝撞，令她細絨般的覆毛處與他的重合在一起，整個房間裡充斥著他們的肉體撞擊聲與喘息呻吟。

梁采菲全身發軟，腦子發暈，僅能隨他擺弄成任何他想要的姿勢，被他蹂躪得一場糊塗。

「……耀……程耀……不要了……」太多了……與他做愛的感受既痛苦又美好。

他太強壯也太磨人，她的身體被他填實充滿，早不知已到達那個歡愉的頂點幾回，浪蕩得不像自己的，快要將她滅頂的情慾令她不知該如何是好。

她緊緊抓著他，螓首在枕上不停晃搖，已經不知她究竟想說什麼。

「是要還是不要？」她啄吻她眉眼，在她耳邊輕笑也誘哄；她咬著嘴唇一副好可憐好可憐的模樣，澈底摧毀他的最後一絲理智。

「乖，再忍耐一下。」他狠狠挺入她，不斷將自己送進她深處，捏彈她的乳蕾，也壓弄她腿心發顫之處，彷彿怎麼汲取也不夠，捨不得從她身上離開。

他全力鑿穿她、填滿她，在她每個膚孔與呼吸都留下他的印記；他將她掘探得渾身是汗，意識破碎，眼前一片金茫。

高潮來得如此之快，實實在在也虛虛幻幻，他背脊僵直，傾洩熱源。

「唔……」她在他急驟的動作下喊叫出聲，兩片紅唇被他吻住，每個呻吟與吐息都被他全部嚥去。

好累，卻又好滿足，從來不知道做愛的感受竟是如此美好，好像內心缺失許久的某處，被他完全補足，居然有種鋪天蓋地的安心感，令她倦睏想睡。

他吻了吻她鼻頭與眼眉，她眼睫閉上，呼吸變得勻順，竟然立即沉沉睡著。

眞是的……射後不理哪招啊？居然就這樣睡著了？程耀笑出萬分寵溺的虎牙。

床上一片狼藉……算了，睡醒再說吧！

充實的滿足感襲來，他張臂摟著她入眠。

一室心安。

✻

凌亂的床鋪、光裸的肌膚、交纏著的雙腿、橫在她腰上的手，和兩人足踝上一黑、一紅的腳鍊……

梁采菲朦朦朧朧地睜開雙眼。

長長的睫毛、粉嫩嫩的臉頰、翹翹的嘴唇、小一號的五官……身旁這安適沉穩的睡顏，分明就是如假包換的未成年少男。

未成年？她犯罪了！犯罪了犯罪了犯罪了！

她瞬間嚇醒，大驚失色，急急忙忙將腰上那隻手拿下來，驚動了睡在身旁的少年。

「早安，梁組長。」程耀歷經一夜纏綿，全身細胞都滿足得不想動，睡眼惺忪地信手一撈，就要再度將她撈進懷裡。「我今天放假，不如我們再做一——」

她二話不說地一拳揮過去。

「噢痛痛痛！」他摀著鼻子唉唉叫，一秒清醒。「我就說妳會後悔嘛！」

「我沒有後悔，我只是……有點驚嚇。」昨夜發生的一切全部浮現腦海，她頓了頓，心虛得想死。

她想起來了！她將未成年少男吃乾抹淨了，然後現在還翻臉不認人，而且，她還記得她昨晚很熱情……

但是，昨晚和她這樣又那樣的分明是個體格健碩的男人，不是眼前這位青澀少年啊。就算她理智上知道是同一個人，情感上還是很驚嚇，這根本是欺騙社會啊！

「驚嚇？我明白了。白乾退了，新一又變回柯南了，對吧？」程耀合理地猜測，陡然拉開棉被，指著自己赤裸的下半身。「不起眼的迷你小熱狗其實是威風凜凜的擎天巨柱，確實蠻驚嚇的啦！昨晚妳很享受——」

「不是這種驚嚇！」她頭好痛，拿枕頭打他，臉龐熱辣。他到底在胡說八道什麼？

「哈哈哈哈哈！」程耀大笑。「妳記得昨晚我們做了？眞是不幸中的大幸。」

「我記得啦。」現在說忘記也來不及了，她垂下紅通通的臉，倒是答得很乾脆。

「所有的事都記得？」程耀挑眉。

「嗯……應該吧。」她其實也沒那麼醉，只是言行難以控制，尤其管不住嘴，掏心掏肺的。

「那妳還記得我說了什麼嗎？」程耀想起一件很重要的事。

「你說了很多，我怎麼知道你在問什麼？」她眼神飄了飄，有些心虛地別過臉，臉頰彷彿更紅了。

傲嬌的梁組長啊，果然酒醒了就不坦率，不過可愛度一樣一百。

程耀情不自禁湊過去，吻了口她吹彈可破的臉頰。

「記得我說喜歡妳依賴我嗎？」他的眞心表白比肉體關係更重要。

「……嗯。」她尷尬地點頭。

「也記得我說隨時可以幫妳換燈泡、刷油漆、補紗窗嗎？」他伸出手，刮了刮她鼻頭。連鼻子都軟嫩嫩的，眞可愛。

「嗯。」這些話，即便是喝醉時聽，都已經夠令人心跳怦然，更何況是如此清醒的現在？

「那也記得我說想跟妳用一樣的東西，想讓全世界都知道妳是我女朋友？」

「……記得啦！好煩哦！你到底夠了沒？」不拿東西丟他眞的很難。那似笑非笑的表情、耐人尋味的口吻，眞的讓人很難爲情很難爲情，很難以招架啊！她有點崩潰。

「還沒。」一如既往，他被她扔出大笑。

「不管你夠了沒，我都不要聽了，我──」討厭死了！她決定當鴕鳥，摀住耳朵。

程耀將她的手拿下來，猝不及防地在她耳邊輕聲道：「我愛妳。」

梁采菲瞬間石化，頰色染得比方才更紅了。

「我愛妳。聽清楚了嗎？」

「沒有，我耳鳴，我聽不見。」

「哈哈哈！妳最好是啦！」程耀很樂，決定暫且不和她計較。「我今天放假，我們去約會？還是妳想在家休息？妳想吃什麼？我去幫妳買？」

身爲工時超長、想放假得排休的物流司機，程耀難得和女朋友一起休假，當然得把握時間膩在一起。

她想了想，猶豫了好半天，才吞吞吐吐說出一句：「我媽媽今晚要回來。」

「我知道啊，去參加里民活動嘛，妳昨天有說。」程耀愣了愣，不懂地問。「然後呢？是『我們可以去約會，但妳得在伯母回來之前回家』還是『妳想待在家裡，但我得在伯母回家之前離開』的意思？」

「是……」都不是。他越追問，她越難開口。

明明就是一件很簡單的事情，怎麼程耀當初趕鴨子上架，趕得那麼光明磊落，她如今卻問得萬般艱辛？

「什麼？」程耀越來越疑惑了。

「是……不管你要去約會，或是跟我一起待在家裡，都可以留下來吃晚飯……讓我媽看看你。」她好不容易鼓起勇氣，破釜沉舟。

「留下來吃晚飯？妳和伯母提過我？妳要帶我見家人了？」程耀非常驚訝。

依梁組長這麼一板一眼的性格，既然會向母親提起他，應該就代表心裡對他有一定程度的認同與信任吧？他真的很開心很開心，有夠開心。

「嗯。」她頭垂得低低的。就是，很彆扭……

「欸，我確定一下，妳是和伯母說，我是妳男朋友吧？該不會是什麼配合廠商、公司小弟吧？」簡直快樂得像天上掉金幣，程耀傻傻地問。

「怎麼可能是什麼公司小弟啦？」到底還要她說得多白？她橫他一眼。

「YES！」程耀樂呵呵的。「妳還和伯母說了我什麼？」

「說你好幼稚，是小朋友。」看他這麼樂，她眞是又氣又好笑。

「我本來就小朋友啊，妳看迷你小熱——」他說著說著，又要拉開棉被。

「不要再玩了！」她又羞又氣地阻止他。「你到底要不要留下來陪我媽吃飯？」

「妳說眞的？」

「假的。」

「騙人！我都聽見了！」

「你聽錯了。」

「事到如今，妳想反悔也來不及了。」他大笑，伸手將她摟過來，甜甜蜜蜜地在她唇上留下了一個吻。

雖然彆彆扭扭的，可這麼一來，就代表無論是在她的職場，或是她的家庭，她都肯定了他的存在。

老是不肯明講，可她心裡確實有他。

程耀眞的很開心，非常非常開心。

梁組長是他的，他也是她的。

粉紅色繩結的紅線，果然能帶來一連串好運。

14

程耀大方健談、性格爽朗，既有穩定的工作，態度又積極，很快就在餐桌上得到了梁采菲母親的認同。

梁母曾有個不負責任的丈夫，對男人的要求唯有務實、努力、孝順，而這就是程耀最引以爲傲的人格特質，和梁母相談甚歡，快快樂樂地便吃完一頓飯，甚至相約了下次來訪的日期。

總覺得，兩人都見過了對方家長，也發生過親密關係，感情不只有顯著進展，好像也更趨於穩定。

再加上梁采菲的薪水也確實如李蘋所言，有爲數不少的漲幅，事業、愛情兩得意，在辦公室裡神清氣爽，很快便引來了向敏敏的注意。

「梁姊，這條腳鍊是程耀送妳的情人節禮物嗎？好漂亮哦！幫我問他在哪裡買的好不好？我也想要一條。」午休時間剛結束，才回到座位的向敏敏顯然還沒收心，興高采烈地滑到梁采菲身邊來。

「妳又知道是他送的？」梁采菲故作鎮定，口吻不以爲意，左腳卻悄悄藏進桌底。她本以爲坐在辦公室裡，沒有人會注意到她的腳鍊。

「怎麼不知道？妳從來就不戴首飾，不論是項鍊、戒指或耳環，全沒見妳戴過，情人節後卻莫名蹦出一條腳鍊，誰都知道是程耀送的，我已經觀察好幾天了。」嘿嘿，向敏敏胸有成竹。她就知道梁采菲不會輕易承認，可是做好了萬全準備，才來出招的。
「有時間管我的腳鍊，妳怎麼不認眞處理廠商資料啊？」她戳了戳向敏敏的額頭。
「梁姊，妳也知道我動作很快，工作進度都在掌握之中呀。」向敏敏沾沾自喜。
確實，向敏敏聰慧俐落，不過……
「嫌工作量不夠就是了？」不鬧鬧她怎麼可以？
「梁姊，饒了我吧！小的知錯了。」向敏敏立刻求饒，惹出梁采菲一串笑聲。
「梁組長、敏敏，我來取件。」兩人笑鬧到一半，背後驀然傳來一道男聲。
是程耀！梁采菲與向敏敏同時回首。
「說曹操曹操到。」嘻嘻！向敏敏賊兮兮地笑了笑。
「曹操？我嗎？說我什麼？」程耀穿著吉貓制服，推著平板推車走進辦公室，一臉茫然。
向敏敏興沖沖地盯著程耀的腳。雖然吉貓制服是長褲，但她憑著過人的眼力與想八卦的決心，硬是從程耀褲腳邊找出那條黑、紅色相間的腳鍊。
「妳在看什麼？」程耀不解地問。
「啊！原來是對鍊啊！」向敏敏恍然大悟。「欸，程耀，你和梁姊的腳鍊好好看哦，在哪買的？我也要。」
糟了！被發現了，依梁組長彆扭低調的性格，絕對會感到十分不自在的。
程耀小心翼翼地偷看梁采菲的反應，連忙轉移話題。「妳沒事往我們腳上看幹麼？」
「拜託，看你是順便，你以爲我愛看啊？至於梁姊，我看梁姊當然是因爲梁姊的腿很美啊，不只是我，每個人經過梁姊座位都會多看幾眼。」向敏敏說得十分理所當然。

對，梁采菲的腿很美，她的腿不只美，還很好摸；不只好摸，還很撩人；除了撩人，勾纏在他腰上的滋味更是美妙，她……

「誰看她的腿了?!」他要把那人的眼珠剜出來！程耀越想越不是滋味。

到底什麼跟什麼啦？這反應對嗎？

向敏敏聞言大笑，梁采菲雙頰緋紅，太陽穴跳了跳，頭越來越痛了。

讓敏敏與程耀這兩個幼稚鬼纏夾不清，不知道要鬧多久。

「走吧，程耀，我帶你去倉庫取件。」梁采菲故作鎮定，決定趕快帶著程耀離開這個是非之地。

「最近件數都蠻多的，你要記得清點——唔？」

才走進倉庫，她還在摸找牆壁上的電燈開關，程耀便將她抵在牆緣，給了她一個濃烈深長的吻。

他正值血氣方剛，對梁采菲深深著迷，再加上向敏敏那串令他打翻醋罈子的發言，一逮住無人的好機會，怎能不鄭重宣告所有權？

「別這樣……這裡是公司……」梁采菲在他懷裡氣喘吁吁地抗議，聽在他耳裡卻完全沒有嚇阻作用。

這裡是贈品小組的專用倉庫，只有梁采菲與敏敏有鑰匙，平時根本不會有人進來……

他加深這個吻，將舌頭餵進她嘴裡，大掌扣住她的腰，緊貼住她柔軟的身體，真想盡情對她這樣又那樣。

可轉念一想，理智回籠，又硬生生將所有旖旎心思都壓回去。

不行不行，梁采菲臉皮最薄了，而且，她在公司裡怎麼說也是個小主管，萬一眞有人撞見，她在下屬面前如何服眾？面子又如何掛得住？

他經過一番天人交戰，耗費了好大心力才把她放開。

「妳的口紅被我吃光了。哈哈！」他的拇指刷過自己的嘴唇，抹出她的紅色唇彩，胸膛還在急驟起伏。

「還好意思說！」等等得趕快補妝，不然誰都看得出怪怪的，她瞪他一眼，把交件清單往他懷裡一塞，打他。

「我還可以讓妳更不好意思哦。」他湊近她臉頰，嚇得她立刻彈開。

「快去收貨啦！」她躲在離他好幾步遠的地方，垂首掩飾發燙的臉頰與暈濛的眼神，順勢理了理被他弄皺的襯衫。

「好啦，哈哈！」程耀深呼吸，開始目不斜視，努力理貨、搬貨。

唉，是不是眞該背背心經？他現在業障眞的很重啊……

他可憐兮兮的，頭上彷彿長出毛茸茸的下垂耳朵，像被主人叫去旁邊自己玩的小狗，她又好笑又感動，頓時感到於心不忍。

仔細想想，他一直都很體貼。

體貼她在工作場合裡的處境，體貼她在原生家庭中的自卑，體貼她面對感情時的彆扭……

「你今天幾點下班？下班後能見面嗎？」她幫著他清點貨物，主動詢問。

「當然可以呀！」他立刻揚起臉，笑開懷。「我今天貨比較少，大概七點左右就可以跑完了，我來公司接妳？」他永遠是更積極的那個。

「不用，我去吉貓等你好了，我今天應該可以準時下班。」好像看見他頭上的喪氣的耳朵立即站了起來，她失笑。

「那妳不要跟我那些亂七八糟的同事聊天，也不要再亂喝酒了……欸，不對，我想還是喝一下好——」他叮囑到一半，不正經地改口。

「什麼啦？」她又忍不住打他了。「不過……我有東西要送你哦。」她突然神神祕祕的。

「眞假？是什麼？」程耀很意外。

「不告訴你。」她賣關子。

其實，她一直對於沒有送程耀情人節禮物心存抱歉，某天下班，就跑去夜市把那隻小狗回聲布偶帶回家了。

「眞是的，學壞了妳。那我先把這些貨拿下去，趕快跑完，就能早點見面了。」程耀捏了捏她臉頰，加快整理貨物的速度。

「好。」

「那就這樣嘍，晚點見！」程耀三兩下把貨理完，風風火火地推著平板推車走出去。

他才離開，倉庫裡卻憑空出現一道女聲，差點把梁采菲嚇死。

「梁采菲。」

「樂樂美？」她摀住胸口，無奈地抬頭看向那雙在貨架高處，不斷踢動的小腿，眞覺得她哪天中風絕對是樂樂美害的。

「哈嘍！」樂樂美精神奕奕地從高處跳下來。

老樣子，她粉紅色的蓬蓬裙張成一朵飛揚燦爛的花，梁采菲的眼皮卻不祥地跳了好幾下。

「不是說不要我的紅線嗎？怎麼又戴起來了？」樂樂美耐人尋味地望著她的腳踝，萌萌小臉上的笑容看起來非常欠扁。

「呃、那是……啊哈哈哈。」她不由自主扭了扭左腳，非常心虛，只好趕緊轉移話題。

「欸，妳來得正好，我跟妳說，我那天喝了點酒，然後眼睛竟然有一度恢復正常……」

「恭喜妳啊。」樂樂美超級敷衍地笑了兩聲。

梁采菲越來越想毆打神明了。「不能告訴我爲什麼會這樣嗎？又是天機？」

「嗯哼。」樂樂美點頭，搖晃著粉紅色的馬尾。

好吧，既然如此，她是不會問樂樂美無緣無故跑來幹麼的，免得又得到什麼刷存在感的答案。她往倉庫外看了看，沒人，索性靠著貨架，在樂樂美腳邊坐下來。

「其實……最近除了這件事之外，我想了很多。敏敏和經理的遭遇，都讓我有了些不一樣的看法。」

「哦？」樂樂美跟著在她身旁坐下。「什麼看法？」

「就是……妳也知道，我以前一直很害怕階級複製，所以，本能會避開像程耀這樣的對象。」她停頓了會，眼神望向遠方，總覺得以前的自己有點不堪。

「嗯嗯。」樂樂美玩弄著裙襬。

「雖然，我也明白敏敏在男人身上尋求安全感，把在原生家庭裡得不到的，寄託在男人身上的行爲不對。但其實，我根本沒有資格說敏敏，因爲，我自己也半斤八兩。即使我在學校和職場上比較順遂，有比較高的收入，但我也始終很孤單，很希望能找到各方面都很理想、可靠的另一半。」

「每個凡人都是這樣啦，不用在意。」樂樂美拍了拍她，小大人神氣。

「敏敏和我一樣，我們都想往高找，卻都被往低看……然後像經理，和她丈夫兩個人家世好、工作也好，我曾經認爲最美好的夫妻形象就是像他們那樣。沒想到，他們也有很多外人無法窺見的難處，不是身在好家庭裡，感情就會比較順遂。」

「就是啊，斯文敗類可多了呢！」

「所以，我想……也許以前我從來沒考慮過的程耀，反而相對適合我……」

「那妳現在對他有萬中選一的感覺了嗎？」

「其實，我還不太確定……雖然現在在一起很開心，我媽也很喜歡他，但我不免會想，他還很年輕、很孩子氣，會不會其實心性還沒定？或許他只是想談戀愛，對未來還沒有太多打算？」她轉頭看向樂樂美。

「好啦，不問妳這些不能洩漏的事了。」她也忍不住笑了。「不過，妳可不可以不要再用小孩的模樣出現了？」

「妳看我也沒有用哦，我是不會說的。」樂樂美燦笑。

「爲什麼？」

「因爲我好像在和小朋友談心，超怪。」

「哈哈哈！」樂樂美放聲大笑。「但是我沒辦法變成別的樣子啊。」

「爲什麼？妳難道不能想變怎樣就怎樣嗎？」她很訝異。

「是可以啦，但要是自己曾經有過的樣子啊。妳現在看見的，就是我最老的模樣，其他的，就更小了啊。還是妳希望我用寶包的樣子來？讓妳抱在懷裡？」

「才不要！」她不小心想像了下那畫面，不自禁打了個哆嗦，摩娑著手臂。

「這麼說……妳沒有長大？」聽懂之後，梁采菲一愣。

「對。」

「所以，妳其實是嬰……嬰……」她伸出顫抖的食指，很害怕地指著樂樂美。

「喂！妳給我放尊重一點哦！嬰什麼嬰?!」樂樂美從地上跳起來，不悅地拍了拍裙子。

「還不就你們這些智障凡人，老是搞不清楚自己要找什麼對象，胡亂選一通，婚後超不幸的，才會把小孩都賠進去。」

梁采菲跟著她站起來，有點茫然。「妳是指，虐童或是帶著小孩自盡……之類的？」

「是啊。」樂樂美皺起眉頭。「我們就是來避免這些慘劇接二連三發生的。」

「也就是說……打個比方，我嫁給蔣均賢，生下了孩子，然後不堪婆家糟蹋，帶著小孩輕生。接著，老天爺讓這些無辜枉死的孩子變成月老，幫忙智障凡人挑選適合的對象，以免類似慘劇不斷發生？」梁采菲大膽地推測。

樂樂美定定望著她，沒有承認，也沒有否認。

……那就是默認啊！梁采菲感受到一股惡寒。

「好了，我要走了。放心，妳很快就會知道答案的。」樂樂美神祕地笑了笑。

「知道什麼？」是在講程耀？還是在講月老？幹麼不說清楚啊？她一頭霧水。

「梁姊、梁姊！」安靖急急忙忙跑過來。

「安靖，怎麼了？」她匆匆回眸一望，樂樂美不知何時又消失了。

「有位社會局的陳先生說要找妳。」

「社會局？」社會局找她做什麼？

她疑惑地往安靖背後看，一名西裝革履的男人走上前來。

「梁小姐，您好，敝姓陳。請問您是梁勇成的女兒嗎？」陳先生推著鼻梁上的厚重眼鏡，聲音和表情都非常一板一眼。

梁勇成？她神情一凜。

即便這個名字已經很久沒出現在她的生活裡，卻像個甩不開、拋不去的夢魘，揮不去、掙不開，始終跟著她，如影隨形。

她深吸了一口氣，提步上前。

「是，我是。」

✻

社會局陳先生帶來了梁勇成病重的消息。

梁采菲坐在手術房外，周遭的人來來去去，熙來攘往，有家屬的聲音、病患的聲音，醫護人員的聲音……她卻始終不清楚究竟聽見了什麼。

梁勇成——她的父親，依據社會局的說法，已經當了居無定所的街友多年。

今晨他倒臥在公園裡，被晨跑的青年發現，撥打了119，將他送至醫院。

腦溢血。

雖然已經做了急救，可生命跡象仍不穩定，才剛評估到能夠開刀的程度，梁采菲便被急急忙忙地要求簽了手術同意書，眼睜睜地看著這個她已經快要認不出來的父親被推進手術室去。

「手術中」的燈光就亮在她眼前，令她感到好刺眼；她視線茫然，神情木然，手腳不自覺地益發冰冷。

她的父親已經和她記憶中的完全不一樣了。

蠟黃的膚色、凹陷的兩頰、斑駁的白髮……早就不是她印象中那個拳硬如鐵、中氣十足，總對她與母親拳腳相向、大聲咆哮的男人，即便在路上擦肩而過，她恐怕都認不出他來。

那梁勇成呢？梁勇成會認得她嗎？

又或是，他認得他身分證上配偶欄那個陌生的名字嗎？他的配偶欄上，早已不是梁采菲母親的名字。

依據社會局陳先生的說法，在找上她之前，他們先去找了梁勇成法律上的配偶。

原來，在梁勇成被送至醫院的第一時間，醫院便會同了警方，查詢患者身分。

這麼一查，才發現梁勇成數年前，曾將身分證賣給人蛇集團，進行假結婚、真拐帶女子來臺的不法行爲。

法院曾經傳喚梁勇成到案，後來不知怎地，不了了之，而梁勇成身分證上的那名外籍配偶也不見蹤影。

眼見配偶無法聯繫，警方只好又連同戶政單位協尋，通報社會局，經過一番周折，好不容易才找上她——梁勇成的女兒。

是，她是梁勇成的女兒，而這也是她之所以坐在這裡的原因。

爲什麼她是梁勇成的女兒呢？爲什麼這樣闊別多年的父女，仍算父女？

她沒有實在感，只覺非常荒謬，從沒想過，有朝一日與父親再見面，居然會是這種場面。

「梁組長。」思緒仍在惶惶漫遊，突然有人輕碰她肩頭。

她揚眸，是程耀。

一看見他的臉，便有個模模糊糊的念頭閃過，好像有什麼重要的事得告訴他，但今天發生的事情太多、太急又太快，有太多瑣碎之事得應付，令她身心俱疲，一時間竟想不起來。

「妳沒有來，手機又打不通，我很擔心。我打電話到妳公司去，已經轉成非上班時間的語音，只好打給敏敏，敏敏都告訴我了。」程耀在她身旁坐下，摸了摸她的頭。

「等我？」她一怔，倏地回神，匆匆睞向腕錶，原來已經晚上九點了。

她都忘了，她和程耀約好要去等他下班的。

「對不起，社會局的人突然來，我趕來醫院，有好多手續……對不起……」她將臉埋進掌心，非常懊惱。

「別在意啦，突然發生這種事，妳一定很慌張吧！伯父呢？伯父還好嗎？」程耀將她摟進懷裡。他才不在意等多久，反而比較擔心她。

不要叫他伯父，他不是我爸爸！程耀問話的那一瞬間，她其實很想這樣大吼。

可是，她才不要爲了那男人有任何一點點的情緒起伏，一點點也不要！

「還在手術。」她深呼吸，端出職場上訓練有成的冷靜，硬生生將胸口那股難掩的煩躁壓回去。

「吃過晚餐了嗎？」她越平靜，他越擔心，程耀小心翼翼地問。

不負責任的父親向來是她心中難解的結，他比誰都明白，而如今她瞧來冷靜淡然，內心卻不知會是如何的波濤洶湧。

念及梁矣菲壓抑的性格，那些酒後才能傾訴的真言，他既心疼又焦慮，卻又不知能為她做些什麼。

「還沒，我不餓。」她匆匆忙忙趕到醫院，來了之後又忙著辦理一大堆手續，不只晚餐沒吃，就連一口水也沒喝。可她既吃不下，也喝不下。

「不吃東西怎麼行？」他更擔心了。

「我真的不餓。」

「不餓也得多少吃一點，胃才不會弄壞。不然我去地下街，幫妳買一些好入口的食物？或是喝點東西？熱可可好不好？」他繼續殷殷切切地問。

她沉默不語，不知該如何婉拒程耀的好意，只覺胸腔內那股煩躁越演越烈。

到了醫院之後的每件事都令她心浮氣躁。

首先，是梁勇成的健保已經斷保多年，無論是醫藥費或是健保費，不管她選擇哪一項，都是一筆為數不小的數字。

再有，警方告知她，梁勇成身上背了幾個案子，除了非法拐帶人口之外，還有向房東租屋，積欠房租、破壞家具潛逃的紀錄；抑或是為人作保，對方惡意倒閉的官司……

一確認梁勇成的身分，找到身為梁勇成女兒的她之後，所有狗屁倒灶的事通通都來了，全部都擠在一起。每個人、每個單位，都爭相來向她要答案。

問不完的問題、答不完的話、繳不完的錢，簽不完的同意書……好煩，真的好煩。

「那我去幫妳買。妳在這裡乖乖的，等我一下哦。」見她不說話，程耀起身便要下樓。

「我真的沒事，什麼都別幫我買，你先回去吧。」好累，為什麼明明沒做什麼事，卻會這麼累？連說一句這麼簡單的話，都覺得非常吃力，喉嚨乾澀得不像自己的。

見她疲憊不堪，難掩疲態，程耀原還想說些什麼，未料「手術中」的燈猝然暗下，醫護人員走了出來。

「梁勇成的家屬？梁勇成的家屬在嗎？」醫護人員連聲叫喚。

「我是。」雖然她對這稱呼感到五味雜陳，雙腿卻不受控制，在第一時間衝上前。

「雖然手術已經完成，但梁先生的狀況非常不穩定，還沒脫離危險期，必須先轉往加護病房觀察。」

「好。」

「如果有什麼緊急狀況，我會通知您。院內有家屬休息室可以使用。」

「好。」

「住院手續與費用的部分就麻煩您了。」

「好，我會盡快去辦理，也會趕緊將積欠的保費繳清。」她點點頭，醫護人員將梁勇成推往加護病房，離開了。

積欠的保費？程耀聞言一凜。「梁組長，妳身上的錢夠嗎？需不需要我幫忙？妳去辦手續，我提款？」

「不用，我自己可以。」她近乎機械式的點頭。

今天一整天，她已經說過無數次「好」、「我知道」、「我明白」、「我可以」、「沒問題」，點了無數次頭，正如同以往的每一時、每一刻、每一年一樣。

從小到大，她都在處理這些接踵而來的麻煩——父親為她帶來的麻煩。

「妳今晚要留在醫院裡嗎？」程耀非常關心她，每個問句都來得又快又坦白。

「或許吧。」她神情木然，其實內心都還拿不定主意。

雖然她嘴上應承著每一個「好」，可她真的不明白，她為什麼必須做這些事情？

就因為她是梁勇成的女兒？所以，不論梁勇成以往如何毆打她與母親，不論梁勇成為她帶來多大的心靈負擔與童年創傷，她都必須為他收拾殘局？

「那，我去妳家幫妳拿換洗衣物過來？」謝天謝地，他知道她家在哪，也認得她媽媽。

這是程耀第一次發現，原來能夠走入戀人家庭，成為戀人的依靠，真的是件很棒的事。

「先不用，我、我還沒告訴我媽……」她思緒紛亂，腦子鈍鈍的，緩緩搖頭。

她要怎麼告訴媽媽，失蹤了很多年的爸爸在外惹出了一身麻煩及一身病痛，帶著一堆債務與官司出現了？而且，人在加護病房，還沒脫離危險期？

程耀想了想，好像確實蠻難啟齒的，還有點尷尬。「還是我去隨便幫妳買些盥洗用品跟衛生衣褲，今晚先將就一下？」

她望著程耀掀動的唇瓣，頭昏腦脹、耳鳴不已，頓時感到疲累至極，就連他的任何一個字都無法消化。

漸漸的，她已經越來越聽不清楚周遭的人究竟說了什麼，也並不想聽，只覺滿腔怒氣無處宣洩，胸口鬱積阻塞的不滿令她血液沸騰。

他們究竟想要她回答什麼？她今晚聽得還不夠多嗎？被問得還不夠多嗎？

那些陌生人蜂擁而至，究竟想從她身上奪取什麼？她還有什麼能夠奪取？無論是快樂的童年，或是健全的人格，她早就已經通通失去了。

「不然，我幫妳帶個睡袋過來，醫院冷，提供的毯子怕蓋不暖。」程耀還在幫她出主意，想讓她好過一點，殊不知他的每句話都只令她更難受。

「不用。」她死命咬住下唇，情緒緊繃，心臟突突亂跳，緊捏得泛白的手指微微抖顫，深怕再繼續發言，便抵擋不住排山倒海的情緒，幾乎已到臨界點。

「妳什麼都不要，這樣怎麼可……」

驀然間，一股強烈的心緒湧上，衝撞她四肢百骸。毫無預警，她苦苦壓抑下來的情緒便猛然潰堤，令她發出從不曾發出的怒吼——

「你煩不煩啊?!」夠了！她受夠了，真的已經夠了！再也不要向她勒索任何金錢、任何答案、任何親情，或任何憐憫。

她知道她的煩躁與怒氣和程耀一點關係也沒有，可她就是很氣，很氣很氣，氣到無法控制自己。

「我很好，我沒事，你完全不需要擔心我，我怎麼會因爲那個人有事呢？」她越說音量越大，唇邊的笑容也越來越諷刺。

「我告訴你，我一點也不難過，看見他在醫院，看見他神識不清，看見他受苦，我一點同情他的感覺都沒有，反而還快樂得很。」她越說，眼前浮現的往事便越來越清晰，一幕幕躍上腦海——

「每晚，我都能聽見他在隔壁房裡毆打我媽，你知道嗎？拳頭打在肚子上、頭上、手腳上的聲音都不一樣……我媽不敢讓我聽見，連喊都不敢喊，哭都不敢哭，像個沙包一樣任由他打。我媽還以為天衣無縫，可我每天都能在他們房裡找到新的血跡，無論是在電風扇上、床上，牆壁上……

「剛開始，我只能哭著求他不要這樣，可他一點也沒心軟，反而看著我，打得越來越厲害，好像很開心一樣。我媽只能和我一起哭，越哭越自責。再後來，我只好自己想辦法。我想，他老是跟媽媽要錢，於是我天眞地以為，只要有錢，媽媽就不會被打。」她五官僵凝地訴說往事，唇色泛白，語氣是從未有過的激昂憤恨。

程耀全然無法反應，僅能怔怔望著她，為她勾勒出的從前感到心痛莫名。

「所以，我國小就學會幫同學寫作業賺錢，國中就跑去巷口麵攤哀求老闆讓我洗碗打工。你之前問我為什麼不會騎腳踏車，為什麼對夜市很陌生，我哪來時間學腳踏車？哪來時間逛夜市？我的每一分鐘都得賺錢，根本不敢玩，更沒有時間羨慕別人。我戰戰兢兢，唯恐有個差池，便會為母親惹上麻煩。我還以為只要有錢，就可以讓我媽的日子好過一點，卻沒想到只是讓他變本加厲，不要臉地將我賺的每一塊錢都拿走……

「高中時，我拿了第一筆超過萬元的薪水回家，本來以為媽媽會很高興，沒想到才打開門，就看見家裡滿目瘡痍，每個櫃子都有開過的痕跡，而我媽倒在地上，身上全是傷痕，就連流出來的眼淚也全是血……」

她因回想起這段往事諷刺地笑了，那笑容既淒涼又悲苦，令程耀萬分心疼，卻又不知能回應些什麼。

那是她遍體鱗傷的過去，也是他無法參與的從前。

「他說要拿房子去抵押，媽媽不讓，他惡狠狠地把媽媽打了一頓，最後，還是把房契帶走了，而媽媽住院住了半個月……法院判決離婚，離婚有什麼用？他想到時來鬧一鬧、打一打，像隻惡鬼般纏住我們，甩都甩不掉，就連法律都幫不了我們……什麼保護令？保護令根本就沒有用，警察來時他早就跑了，等警察走了，他又來了！」她說到激動處，話音一鯁，眼眶發痛，薄淚蓄積在眼眶裡，怎麼也不願掉下來。

「所以你說，我爲什麼要管他？我爲什麼要同情他？我從小學五年級開始，每年的生日願望都是希望他趕快死掉，我爲什麼要來陪他住院?!我明明許過那麼多希望他趕快死掉的生日願望，爲什麼現在看見他躺在病床上，卻一點都高興不起來?!」

她越說越激動，音量不自覺越大聲，來往的人們頻頻往這裡注視，程耀卻捨不得打斷她。她需要說出來，她需要清楚表達她的不滿不願及不甘；她的過往太沉痛，情緒太凝重，她獨自一個人扛，不知扛了多久；她沒有人可以訴說……

「他憑什麼住院？憑什麼花我的錢手術？憑什麼昏迷不醒?!他應該醒來向我跟媽媽道歉，醒來向我們下跪說對不起！醒來看看被他毀掉的女兒有多恨他！」

「好了，沒事了，乖，總會過去的，沒事的。」程耀伸出手，試圖想安慰她，卻被她一把拍掉。

「我恨他我恨他，我最討厭他了，爲什麼他連病了都要拖累我？爲什麼他不找個安靜的角落一個人死了就算了，還要讓我善後？我要怎麼跟我媽說他現在人在這裡？討厭……爲什麼我希望他醒過來?!討厭！討厭討厭討厭！」

她的眼淚猝不及防掉下來。

一滴、兩滴……滴在她的鞋跟上，也滴在程耀的手臂上。成串跌落，熱燙驚人，也令她感到羞恥得驚人。

「可惡！我不要哭，我才不要因爲他哭！」她拚命抹掉頰畔的淚水，爲自己的脆弱感到憤恨不齒，力道之大，臉頰都被她摩擦得泛紅。

程耀從來不知道自己可以爲了一個人難受成這樣，心疼得要命，一把將她拽進懷裡。

「想哭就哭吧！妳應該要哭的，妳儘管哭、盡量哭，我在這裡，一直都在這裡。」

「不要！放開我！幹麼叫我哭?!我才不要哭，嗚……」她原本還想掙脫他懷抱，可兜攏上來的男人體溫那麼溫暖，那麼令人安心，令她全然崩潰。

「嗚哇啊啊啊——」她無法控制地放聲哭泣。

「哭吧，好乖……我的梁組長最乖了……」程耀輕撫著她的背脊，一下又一下地輕拍，帶著無盡的憐愛與耐性。

從小到大，她隱忍的眼淚有多少？

當別的孩子還在許願要各式各樣玩具的時候，她唯一的期盼竟是希望父親死掉，好讓她能保護母親；當別的孩子還在父母懷裡哭泣撒嬌的時候，她卻已經學會賺錢，學會不再掉眼淚。

她明明想要無情，甚至還說了一大堆狠話，可卻無法否認她的有情。

她很傷心，很難過，居然爲了這個她人生中的混蛋父親……

「我討厭你……」都是他，都是他太煩人也太磨人，才會逼出她這麼多情緒，流露太多眞心，她怎能向人傾訴這些？

她在他懷裡抽抽噎噎，邊哭邊抱怨，眼淚怎麼也停不下來。

「才不是，妳最喜歡我了。」他在她頭頂笑了，非常心疼的那種笑，居然令梁采菲也有點想笑，反而哭得更厲害了。

她怎會哭成這樣？

她的童年陰影終於好像快要過去了，她的兒時願望終於好像快要成眞了，可是，原來那竟不是她眞正的願望。

她拚命哭、一直哭，原來，她內心那個傷痕累累的小女孩，這麼多年來，始終沒有痊癒。

15

梁采菲已經數不清她究竟住在醫院幾天了。

梁勇成的狀況並不穩定，時而出血，時而量不到血壓，時而測不到心跳，時而有警方來問話，時而有尋來的債主。她已經記不清她進出過幾次病房，簽過多少文件，領過多少錢，又收過多少次病危通知。

只知道，每個清晨睜開眼睛的時候，與每個夜晚閉上眼睛的時候，她絕對都會看見程耀。

「梁組長，起床了。」她的鬧鐘才響了一聲，程耀便率先將鬧鈴按掉，在她耳旁溫柔地喚。

她朦朦朧朧地睜開眼，還沒回神，直到撲鼻的藥水味襲來，看見頭上那永遠都亮得刺眼的燈光，才意識到她人在醫院。

「要不要再睡會？還是我今天幫妳請假？」見她如此疲倦，程耀於心不忍。

「不，我起來。」她萬般艱難地從睡袋裡坐起來。

眼皮好沉，身體好重……醫院的空調確實很冷，幸好有程耀準備的睡袋。

她努力撐起倦睏的身體，拍拍還想睡的臉頰，將睡袋收整好，梁母也恰好走到她身旁。

「采菲，快去洗把臉，我幫妳帶了熱粥來，吃完再去上班。這幾天妳累壞了。」梁母遞給她一袋熱騰騰的早餐，慈愛地叮嚀。

「謝謝媽。」她接過熱粥，心思複雜地瞅了母親一眼。

直到現在，她仍很意外於母親的平靜。

從沒想過，當她硬著頭皮告知母親，梁勇成入院的事情之後，母親很快地便接受了這個事實，和她輪流照護梁勇成，並沒有太大的情緒波動。

她上班時，梁勇成由母親照看；她下班後，便來與母親換手。

而每天負責接送她和母親的人，就是程耀。

早上，程耀將她媽媽接來醫院，再帶她回家洗澡、換衣服，接著再將她載到公司，自己才去上班。

晚上，程耀下班後，也總會爲她帶些食物來，陪她說說話，直到她睡著後，才依依不捨地離去。

他入侵蠶食她的生活，出現得那麼理所當然，好像她與母親都成爲他的一部分，照看得義無反顧。

奇怪，他明明不是她的家人，怎能爲她做到如此程度？

他大可不用這樣，可她推拒過好幾次，他仍堅持。

堅持到她已無力推拒的現在，竟開始暗自慶幸，至少有他的早晨，她可以不必擠公車上班，也可以不用擔心母親要如何趕到醫院來。

他悄悄移走她肩上一部分重量，分擔得那麼自然且不著痕跡。

她梳洗完畢，一口接一口，機械化地吃著早餐，累過頭，根本不知嚥入口的是什麼滋味；視線不自覺停留在程耀臉上，思緒飄忽，已經不知道自己究竟在想些什麼。

「妳這麼累，眞的沒問題嗎？請幾天假好不好？我很擔心妳的身體。不只我，李經理和敏敏也很擔心妳，她們都說妳可以請假……」程耀心疼地伸出手，摸了摸她蒼白疲累的臉。

她很累，他知道，不僅身體而已，她的心靈也很累。

消耗她的不只是公司與醫院間的奔波，病房與休息室間的往返，還有每次接到病危通知時的戰戰兢兢，被索討債務時的煩躁不安。

程耀時常想，梁釆菲不過大他幾歲而已，個子還這麼嬌小，身體如此纖瘦，爲何能夠承載這麼多？他眞的很擔心，會不會哪天一眨眼，她就垮了……

「不是我不想請假，是我不能少拿一天薪水。」她抿了抿唇，說得淡淡的。

程耀緊盯著她，平時能言善道的，沒一句正經，此時卻連一句話都說不出來。

他當然明白她不能少拿一天薪水的原因，這幾天發生的事，他全看在眼裡。

爲了梁勇成，她幾乎耗盡所有存款。

梁勇成不只積欠了健保與醫藥費，還有爲數不少的債務。

理論上，她大可別管，畢竟修法過後，現在已經沒有父債子償這回事，即便梁勇成死了，她不去辦理拋棄繼承，債務也不會落到她頭上。

但又如何能不管？

債主之所以能當債主，當然有其令人還款的手腕。三天兩頭來醫院叫囂，三番兩次來糾纏她與母親，根本不堪其擾。

無論是言語威嚇，又或是苦苦哀求，無論是軟是硬，樣樣都磨折她心魂，也令她除了父親的病況之外，還得分神擔憂母親的人身安全。

法律不過是最低人權的保障罷了，防得了君子，防不了小人。從保護令沒辦法保護她和母親之後，她早就明白了。

可她的積蓄畢竟有限，無法應付接踵而來的債主與債務，最後則是李蘋看不過眼，大手一揮，請了正義魔人律師來居中調停。

約莫是律師身分尚有幾分令人忌憚之處，最後雙方各讓一步，在梁采菲能負擔的能力範圍內還款，可卻幾乎將她踏入社會後的心血全部歸零。

「這世界眞不公平。」程耀望著她，百感交集，嘆了一口氣。

「這世界本來就不公平。」她牽起一抹虛弱的微笑，堅定地訴說她的唯一想法。「我得撐著我的家。」

是啊，她得撐著她的家。她不撐，又有誰能撐？

她的願望一直很小，從小時候到現在，她想要的，始終是一個能令她與母親安穩度日的家，如此而已。

難道她不心疼多年積蓄嗎？怎麼可能？

她也會不甘心，可假若失去那些金錢，便能成就她唯一的願望，換來母親的安寧，她便不得不這麼選擇。

程耀心疼不已，情不自禁摟緊她，提供她短暫的休憩之處。「妳好堅強。」

她在他懷裡默默吞下一枚苦笑。

她不是堅強，她只是不得不。

程耀又豈會不明白她的無奈？

他雖不是出身豪門，可衣食無虞，家人間感情又好，從來只覺得世界上的事情非善即惡、非黑即白。

但認識了梁采菲之後，無論是向敏敏、李蘋，抑或是梁采菲原生家庭這些事，都讓他認清，原來人生中有許多灰色地帶，不是三言兩語可解釋清楚的。

而她在如此灰色的原生家庭中打滾，獨立強悍，什麼情也不領。所以，他什麼也不能為她做，什麼忙都幫不上，只能用他自己的方式撐著她，好讓她能撐著她的家……

以他微薄的力量，究竟能為她付出多少？又能陪伴她多久？以什麼名義，才能最順理成章？最接近天長地久？

他靜靜擁著梁采菲，兩人各有所思，誰也沒有先說話，直到梁母匆匆跑來，尖銳地劃破這片寂靜——

「采菲，妳快來，妳爸爸他……」

她臉色一變，慌慌張張掙脫程耀懷抱，邁步朝病房奔去——

✻

自入院至離世，歷時九天，最終，梁勇成還是沒能醒來。

入殮、火化、撿骨、進塔，所有儀式一切從簡，不過短短兩星期，梁采菲卻覺得好像過了一輩子那麼長。

和梁勇成相處的片段模模糊糊，她早已記不清，唯二記得最清楚的，居然只有他打人時那副逞凶模樣，和最後這段日子的孱弱病態。

有生之年，她與父親有過最親密的肢體接觸，竟是這段日子，用乳液為他擦拭乾燥手腳時的陌生觸感。

那是爸爸的手……最後，也就成了她手裡捧著的一甕冷冰冰的灰，被她放進一個小小的四方格裡；正如同關於父親的記憶，被她長年來深鎖在記憶深處的某個角落裡。

那是一種很奇異的感受，像在送別一位最親近的陌生人、最陌生的家人。

她沒有哭，她的母親也沒有哭。

倒是程耀的母親在他們治喪期間，帶著雙胞胎前來拈香，瞧見她瘦了一大圈，眼眶紅紅，急得快哭了。

「采菲，妳怎麼瘦成這樣？我千交代萬交代，要阿耀記得看著妳吃飯，他都沒有好好照顧妳……」程母拉著她的手，心疼地打量她，眼眉間擔憂的神色和程耀如出一轍。

自初次到程耀家作客之後，她後來還去過程家幾趟，與程母越來越熟稔，程母對她的關心自然不在話下。

「程媽媽，我都有按時吃飯，大概只是睡得比較少，臉頰比較瘦而已。妳放心，我過幾天睡飽就好了。」她有點心虛地微笑。

其實，這些日子，她又累又心煩，再加上睡眠不足，哪裡吃得下？每餐都隨便吃了幾口，便不再有食欲。

聽她這麼說，程母才稍稍放下心來，趕忙又從口袋裡拿出一個沉甸甸的白包，慎重地遞到她手裡。

「來，采菲，這給妳。妳程伯伯今天要上班，沒辦法過來，這是我們的一點心意。」

王子不順眼
宋亞樹——著
春光出版

梁采菲看見那白包，面容一僵。

看這厚度，即便包的是百元鈔票，或許都有好幾萬元，假若是千元鈔票的話……

「程媽媽，說好不收奠儀的。」她面有難色。

「阿耀也是跟我說妳不收，可是妳……唉、哎，妳現在什麼都要用錢，怎麼可以不收呢？」程母欲言又止，擔心得不得了。

梁采菲不用細想，就能猜到程耀一定是將她耗盡存款的事情都告知了父母。

程耀哪裡藏得住話？更何況他與父母親感情那麼好。

「程媽媽，謝謝妳和程伯伯的好意。我把這錢放進紅包袋，再請程耀拿回去給妳。」習俗上，白包出了門就不能回頭，她只好先將奠儀收下。

「哎呀，妳這孩子實在是……」兒子老說梁采菲很拗、很逞強，她原本還不相信，如今總算見識到了。程母眞是又心疼又心急。

「不然當我們借妳的，等妳賺多點錢時再還？」程母仍不放棄。

「程媽媽，假如妳眞的很想幫我，有件事我很需要妳幫忙。」她趕緊轉移話題，打斷程母的念頭。

「什麼事？」程母眼睛一亮。

梁采菲現在明白，程耀那喜形於色的天眞單純，究竟是遺傳自誰了。

「就是，我媽媽她……」她向程母簡單訴說完緣由，恰巧程耀的一雙弟妹也待不住了。

「瑪麻，我想回去了，這裡好無聊，采菲姊姊跟阿耀哥哥都不能陪我們玩。」孩子們出口抱怨。

「玩什麼玩？小孩子亂說什麼——」程母正想教訓孩子，梁采菲趕緊出面緩頰。

「不要緊的，程媽媽，別說小朋友了，就連我都覺得無聊呢。喪家畢竟不是適合久待的地方，你們快回去吧！至於我媽媽那邊，就麻煩妳多費心了。」

「好吧！那我先帶小孩回去，阿耀留下來陪妳。」程母握住她的手，依依不捨。

「對了，程媽媽，等一下。」她走到一旁，拿了一疊黃符給程母。「這是淨符，給你們除穢，謝謝你們來看我。」

程母面色複雜地瞅了梁采菲一眼。

她疼梁采菲，除了因為她是兒子的女朋友，愛屋及烏之外，更因為梁采菲非常懂事、貼心，總能面面俱到，很合她心意。

「妳注意身體，別太操勞了。」臨走前，程母不放心地交代。

「好，謝謝。程媽媽再見。」她向程母道別，程耀也恰好忙完，走了過來。

「妳和我媽剛剛在聊什麼？」他好奇地問。

「就是……」梁采菲看了眼不遠處的母親，皺起眉頭。「這些日子以來，我媽雖然看起來很平靜，也沒說過什麼喪氣話，可是，我心裡老覺得不踏實。有時候難免會想，她是不是為了不讓我擔心，所以才表現得這麼沉穩？會不會其實……她很傷心很傷心，只是在我面前，不好意思表現出來？」

「嗯……」程耀跟著她一起望向梁母。

「所以，我想，你媽和我媽年紀差不多，也許我媽比較能向她說些體己話。就請你媽有空時，多陪我媽聊聊天，或是找她出門走走。不然依她現在這樣，表面上無悲無喜的，我反而更擔心……你笑什麼？」

「笑妳現在知道妳有多令人擔心了吧？妳剛剛講的這一大串，把妳媽換成妳自己也可以，眞是有其母必有其女。」程耀實在很難不吐槽她。

天理昭彰啊這是！她現在明白教人又急又氣，在一旁卻完全使不上力這件事，有多不道德了吧！

「我、你……」她頓時被程耀堵得啞口無言，無從否認，只好悶哼。

她找了張椅子坐下，程耀也跟著坐在她身旁。

這些日子的忙碌總算告一段落，她終於能夠得到短暫休息。

她靜靜的，眼神凝望著遠方，不知在想些什麼；程耀盯著她，片刻無語，過了好半晌，才像發現新大陸似的，伸手指向地面。

「欸，看見了嗎？」程耀推了推她手肘。

「什麼？」她滿臉茫然。

「腳啊，我們的腳。」程耀食指指向兩人足踝。

「腳怎麼了？」她順著他的手指往下望。

「像不像兩人三腳？」他飛揚的口吻聽起來十分愉快。

確實，他們兩人都坐著，膝蓋自然而然地磕碰在一起；兩人的腳鍊一左一右、一紅一黑，緊緊相連，是有點兩人三腳的味道沒錯。

但是，兩人三腳這項運動，她自小學畢業之後就沒再接觸過了，一時之間還眞反應不過來。

「爲什麼會聯想到兩人三腳啊？」她超納悶。

「我怎麼知道？就剛看見，突然想到的。」程耀聳了聳肩，深睞梁采菲，念及近來發生種種，有感而發，不自禁溫柔道——

「雖然，剛開始也許會有點難走，會有點不習慣。不過，我們是一起的，就算跌倒了，也是一起的。妳可以摔在我身上，更可以扶著我，知道嗎？」

「兩人三腳，可以摔、可以扶，他們兩人是一起的。」

明明，程耀也沒說什麼，可卻有股酸意直衝眼眶，不知為何，居然令她有點想哭。哭什麼？前陣子哭得還不夠多嗎？當時，她可是在程耀懷裡崩潰了，畢生從未那樣嚎哭過。「肉麻死了，現在是說這個的時候嗎？」她用力將眼裡那股酸意眨回去，始終如一地不願示弱。

「當然是啊！看見女兒的男朋友這麼浪漫又體貼，妳爸可以瞑目了。」程耀的小虎牙又跑出來了。

「胡說什麼啊你！」她瞪他，又情不自禁想笑。一會兒被他惹得想哭，一會兒又被他逗得發笑，都快精神錯亂了。

「總之，妳既然都睡了我，就得負責到底。這輩子，都跟我兩人三腳吧。」他捏了捏她的臉，鄭重宣告。

「誰睡了你？」她的臉一秒就紅了，不是被捏的。

「妳。梁采菲。梁組長。」程耀陡然靠近她，在她面前重重強調，那上揚的眼角與明顯帶著笑意的口吻，差點令她的臉頰滴出血來。

「我……」她本想再繼續碎念他幾句，未料盯著他的臉，卻頓時冒出一句她從沒想過會說出的話。

「我……我好累……」悄悄地，從她唇間逸出來，從她心裡溜出來。她的眞心話，不知爲何，毫不設防，赤裸裸地，攤在他眼前。

爲什麼呢？她明明不想依賴任何人，可是，卻還是依賴他了。那麼自然而然，就像他是她的一部分。

或許，在她還沒意識到的時候，她就已經很依賴他、很依賴他了。

程耀先是一怔，旋即笑開。「眞高興妳是說『我好累』，而不是『我很好』。」

她終於肯卸下心防，終於肯對他坦率，終於肯老老實實地說出心中感受，他孩子氣的臉龐清清楚楚彰顯了他的好心情。

也罷，她眞的累了，身心皆是，她不想再隱藏了，至少，在他面前。

她將頭枕靠在他肩上，若有似無嘆了一口氣，良久，才悠悠吐出一句——

「我的家，眞的只剩下兩個人了。」

虛無飄渺的口吻、沒有焦距的眼神，不用低頭，程耀便能猜知她臉上神情，這些日子以來，他已見過太多次。

「雖然不是家人，但妳還有我。」他環住她的肩，將她攬得更緊。

四周明明紛亂吵嚷，她的心底卻靜悄悄的，空寂一片。

她靠在他肩頭，閉起微微濕潤的眼眸。「謝謝你……一直陪著我。」

是從什麼時候開始的呢？越來越習慣他的味道，也越來越習慣他的親近……他陪她經歷大小事，度過所有低潮……

「妳的傻瓜。」程耀笑了。怎麼不知道呢？她想哭，可又不甘願哭，既然這樣，只能逗她笑了。

「你才是傻瓜。」她睜開眼，出手彈回去。

「應該的，傻瓜。」程耀彈了下她的額頭。

「我的未成年少男。」她伸手揉亂他今天也抓過髮蠟的頭髮。

「還是妳的笨蛋。」他的虎牙冒出來與她打招呼。

「笨蛋。」

「對，妳的未成年少男。」程耀大笑。

她枕回他肩上，環視靈堂裡父親的遺照，淡淡笑了的同時，也靜靜地哭了。

一切都結束了。

她的父親終於眞正地從她的人生裡缺席。

那永遠盼不來的父愛，也終於眞正退離她的生命。

他再也不能傷害她了，也再也不能愛她了。

無論她有多恨他，無論她願不願意，她都等不到他改過自新的一天，永遠沒有被他補償的機會。

過去的都過去了，如今，她身旁有人陪，有一個與她兩人三腳的少年。

雖然，我還是會恨你，雖然，想起你的時候，仍是痛苦大於快樂，但是，有一天、有一天……那些因你而留下的傷口，一定會漸漸地好起來……

再也不見了，爸爸。

16

送走了擾攘炎熱的夏日，秋季正式來臨。

所有廠商的暑期促銷暫時告一段落，梁采菲所在的部門僅剩例行的常態活動在運行，工作強度比暑假輕鬆了些。

「吉貓，收件。」程耀推著平板推車走進立璟辦公室。

「程耀？你來了？」向敏敏率先從座位上站起，向他招手。「今天的貨單在這裡哦，我已經對過一遍了。走，我去幫你開倉庫。」

「梁組長呢？」程耀寸步未移，左右張望。

他人高馬大，偉岸身形直挺挺地矗立在辦公室裡，能將每道隔板後的人影看得清清楚楚，可卻沒有梁采菲的蹤影。

「奇怪，幹麼一定要找梁組長，向組長不行嗎？」向敏敏雙手插腰，瞪他。

好歹她現在升官了，每個人見到她，都得恭恭敬敬稱她一聲「向組長」。雖然她還是歸梁姊管，手邊廠商也還不多，但至少也是個「組長」嘛。

「所以梁組長人咧？」程耀把向組長當空氣。

可惡！這人完全沒有把她的抗議當一回事耶！

「齁，梁姊上樓開會了啦，不然咧？黏這麼緊，你乾脆在梁姊的腳鍊上裝GPS，當電子腳鐐好了。」向敏敏沒好氣。雖然現在沒有暑假那麼忙，但向上頭報告每月營收與展望的動作不能少。梁姊不在辦公室，當然就在開會啊！

程耀愣了會，滿臉「可惡，我怎麼沒想到」的扼腕。

「哈哈哈！到底在想什麼啊你？」向敏敏完全被程耀的反應逗樂，看在他這麼喜歡梁姊的分上，決定提供他一個可靠情報。

「欸，程耀，我跟你說，是兄弟才告訴你——」向敏敏陡然附耳過來。

「誰跟妳是兄弟？」程耀好笑。

「哎喲！喜歡梁姊的都是我兄弟……你到底要不要聽？」她雙手盤胸。

「好好好，要。」程耀從善如流。

「就是啊，梁姊不是上樓開會嗎？」向敏敏神祕兮兮的。

「嗯。」程耀點頭。

「然後，因為是例行月會，所以總公司也有派人來嘛。」

「嗯。」這有什麼好稀奇的？程耀繼續點頭。

「所以，梁姊的前男友也來了。」

「呃？」程耀一愣。

「而且，最不要臉的是，他還帶了新歡來哦！就是那個協理的女兒。他上樓開會前，還特地跑來我們辦公室，牽著女朋友的手晃了一圈，炫耀說他們的婚期訂在年底，看了就討厭！」

不罵那個爛人幾句真是不解氣，向敏敏抱怨。

「那梁組長……」程耀的眉心不禁聚攏。

倒不是他認爲梁呆菲會對前男友舊情難忘，只是覺得，一般人遇到這種情況，心情多少會受影響吧？

「我知道你要問我什麼，你一定要問我梁姊有什麼反應對不對？這就是最氣人的地方了！梁姊她啊，眞不愧是梁姊，一點反應也沒有，就連眉毛都沒挑一下，報表收好就上樓了。至少也罵他兩句，或者瞪他兩眼嘛。」

拜託，梁呆菲怎麼可能做這種事？不過，向敏敏會這麼生氣也完全在意料之中。

「所以，妳跟我說這個……是要我特別注意什麼嗎？」程耀突然有點困惑。

「喂！你怎麼跟梁姊一樣冷靜啊？難道全世界只有我覺得不爽嗎？」向敏敏眞是不甘心，她還以爲程耀會和她同仇敵愾呢！

「我才沒有要你注意什麼，我就是不爽、不高興、看那男人不順眼，所以想告訴你那男人有多討厭而已！都不知道他在跩什麼，看了就上火，結婚就結婚，有什麼了不起啊？程耀，我告訴你，你千萬不要輸給他，知道嗎？還有，假如梁姊罵你、打你，你都要乖乖當沙包，讓她出氣哦！我超怕梁姊心裡難受，又憋著不講。」

「什麼啊？這還用妳說？」程耀大笑。「別說當沙包了，她要踩我都沒問題。」

「這麼好？那我可以踩嗎？」向敏敏立刻就要踩他腳。

「想得美啊妳！特別待遇只有我老婆才有！」程耀迅速將腳抽開。

「眞的是盲目男友模式全開欸！」向敏敏拿橡皮擦丟他。「快去收貨啦！」

「妳不幫我開倉庫，我怎麼收貨？」程耀將飛過來的橡皮擦扔回去。「等等梁組長開完會，應該就可以下班了吧？妳幫我告訴她，我在樓下等她，送她回家。」

「好啦、好啦，眞受不了耶。」

程耀嘻嘻哈哈地和向敏敏一起走進倉庫。

他本來就很樂天，才不會因爲梁采菲和前男友一起開會感到心煩。

不過，倒是有件事，自從梁采菲的父親過世之後，他就一直在思考……隱隱約約的，總覺得好像不太對勁，然後剛才，向敏敏要他別輸的時候，那感受又更強烈了。

不要輸……可是，輸贏標準究竟是什麼？

以喜歡梁組長的心情而言，他當然絕對不會輸給她的前男友。可如果以學歷、社經地位而言，他絕對比不贏對方。

但是，薪水的話就難說了。他工時長，獎金又多，或許他的薪資還比對方多咧！不過，二十年後就不一定了，他做的是體力活，而對方可能會有退休金……

所以，這要怎麼比？標準是什麼？

情侶之間的幸福度難道能夠具體的量值化，再拿來論高低嗎？怎麼可能？這也太蠢了！

對方要結婚，那梁組長呢？她也會想結婚嗎？

上回，梁組長很傷心地說，她的家只剩下兩個人了……

她憂傷的口吻聽得他心揪，更令人心揪的是，他竟不是她的家人。

對，他居然不是她的家人！

也就是說，假若有天梁組長病了，假若梁組長有個萬一，醫院不會第一時間通知他，他也不能爲她簽那些亂七八糟的同意書……呸呸呸！梁組長長命百歲大吉大利平安又健康！他到底在胡思亂想什麼啦?!

這件事真是令人莫名不爽……

程耀越想越不愉快，一邊將貨物搬上車，一邊暗自生起悶氣。

＊

梁采菲已經站在那兒盯著程耀好一會了。

那個大男孩絲毫沒察覺她的存在。

是，那是一個約莫二十幾歲的年輕大男孩，看起來很符合程耀的實際年齡，而不是青澀的未成年少男。

最近有時會這樣，程耀突然間就變成一個大男孩了，但過沒多久，又會無預警地變回少年，而她始終抓不清規則與頻率。

縱然他的樣貌仍有些模糊，就像被柔焦處理過一般，但與她上回喝醉時相比，已經清晰了許多。

於是，她可以清楚看見他頰側的酒窩、染過的咖啡色頭髮、胸前掛著的墨鏡；也可以看見他右手的護腕、左手的大錶面機能錶與腳上的氣墊運動鞋。

他專心搬貨、理貨，凝注神情瞧來十分認真。他單手掏了掏口袋，似乎想找什麼卻沒找著，又摸了摸空蕩蕩的脖子，最後乾脆直接撩起制服衣襬擦臉上的汗，露出麥色的健壯腹肌，令她紅了臉。

「梁組長？」拉下衣服，發現梁采菲就站在眼前，程耀臉色一變，慌慌張張地解釋。「我忘了帶毛巾，所以才會拿衣服擦汗，我發誓我平時不是這樣的！」

慘了！梁組長會不會覺得他很不衛生？程耀眞的很想把自己掐死。

「辛苦了。」他亟欲解釋的模樣令她失笑，她拿出手帕，爲他拭去額角的汗。「你等很久了？對不起，今天會開得比較久。」

程耀一秒決定要丟掉他所有的毛巾！不，全世界的毛巾！

什麼電視上的女神都是浮雲，他眼前的梁組長才是貨眞價實的女神啊！他實在很難阻止自己對著梁采菲傻笑。

「沒關係，我想妳，我喜歡等。」他從傻笑中回神，抓住梁采菲爲他拭汗的手。

「想什麼？我們明明昨天才見……別鬧了，這裡是馬路旁！」她話說到一半，猝不及防被吻了一下，雙頰緋紅，出手打他。周遭明明有人經過……

「馬路旁怎麼了？馬路旁礙著妳了？馬路旁不能親我老婆？」他理直氣壯。

「有些事不適合在馬路邊進行。」她板起臉孔，義正詞嚴。

「噢？比如？」程耀饒有興味地挑眉。

「比如像你剛剛……唔?!」

他將她一把拽進懷裡，把她的話音呑沒在嘴裡。

什麼馬路旁？無論在哪裡，他永遠都超級想對她這樣又那樣的啊！

他攬過她後頸，牢牢實實封密她兩片嬌嫩的唇瓣。

她會開得晚，她的同事們早已下班，更何況這裡是側門，來來往往的人本來就比較少……

程耀放肆胡來，專心舔吮她的唇，輕易撬開她齒關，貪婪地嚥下她每一次吐息；他在她背後游移的大掌熱燙無比，戀戀不捨地撫過她內衣背釦，令她渾身戰慄。

「唔……」她被他吻得呼息急促、腦子發昏，臉頰烘暖，爲他擦汗的手帕掉落在地面。

「比如這樣嗎？」天知道程耀費了多大的力氣才終於放開她。

他抹了抹她唇，努力壓抑過快的呼吸。雖然很捨不得，但是再繼續下去，可能就要妨害風化了。

「你眞的很無賴……」她瞪他。

「妳喜歡的無賴。」程耀回給她一個十分明朗的笑。

「又臭美了你。」梁采菲忍不住也笑了。

「哈哈哈！青少年的臉皮子彈射不穿啊！」他笑出的虎牙依然稚氣又開朗。

「只有你吧？不要一竿子打翻全天下的青少年。」

「好吧，厚臉皮的青少年要綁架妳回家了。等我一下，我快好了。口渴嗎？路上買了妳喜歡喝的蘋果汁，要不要先上車，吹冷氣、喝果汁？」程耀變魔術般的，拿出一瓶裝在保冷袋裡的蘋果汁，說著說著，就要爲她開車門。

「不用了，我在這裡等你就好，你慢慢來吧。」她走到他的平板推車旁，彎下腰，準備幫他搬貨。「我來幫忙。」

「好啊！」程耀將保冷袋一把塞進她懷裡，把她趕到旁邊去。「妳拿著蘋果汁，站在那裡負責美麗。」

「這算什麼幫忙？」擺明不讓她搬貨嘛！她嘴角抽動。

「拜託，要站在那裡賞心悅目，又要讓我心情大好這種忙，可是只有妳才幫得起。」他打了個響指，振振有詞。

又來了，又在胡說八道了。

梁采菲拿他沒轍，看著手中的蘋果汁，卻又備感窩心。

她不過提過一次喜歡喝這牌子的蘋果汁，他就記住了……當初答應與他交往的時候，她其實很有被他趕鴨子上架的意味，怎能想到他竟如此周到，又如此可靠？

自從他們一同經歷過大大小小的事件，尤其是父親住院那段歷程之後，她對程耀的依賴越來越深，甚至有了或許這輩子都能與他一直走下去的念頭……

一輩子？

之前樂樂美曾說，只要找到眞愛，她的眼睛便能恢復正常，而最近她時不時會看見程耀的眞實模樣，難道這是代表……

她眨了眨眼，試圖想更看清程耀的長相，無奈眼前的大男孩卻又迅雷不及掩耳地成爲少年，只差沒有噴乾冰變身了。

可惡！她氣到差點把手中的蘋果汁扔掉！

樂樂美眞的很壞心腸，明明外表長得那麼可愛，切開來裡面應該都是黑的！

好想拔光樂樂美的粉紅色頭髮啊！

「采菲？」她正在盡情腹誹樂樂美，附近卻突然有人喊她。

她揚眸，程耀也跟著睞向音源——迎面而來的竟然是蔣均賢。

怎會忘了？蔣均賢剛剛也在樓上開會呢！

「要回家了？」既然蔣均賢都主動打招呼了，梁采菲不好意思不理他，只好說些無關緊要的客套話。

「嗯，先把車開過來，接我女朋友和岳父。」他指著不遠處的特斯拉，下巴抬得很高。

女朋友和岳父？梁采菲對他的說詞沒有任何感想，本來也不想做任何回應，但見程耀一臉狐疑，只好簡單地爲他介紹——

「這位是我總公司的同事。」她對程耀說，接著再轉頭，對蔣均賢道。「這是我男朋友。」

總公司的同事？程耀的雷達一秒鐘就豎起來了，眼前這位該不會就是梁組長的前男友吧？這麼巧？

「男朋友？他？」蔣均賢的眼神上上下下的，毫不客氣地打量程耀，輕蔑地瞪著程耀的物流司機制服。「采菲，妳是聽說我要結婚了，隨便找個人來充數？這也太自甘墮落了。」

「我聽不懂你在說什麼。」這人說話怎麼這麼尖酸刻薄？她冷冷地望著他。

「妳年紀也不小了，要懂得多爲未來打算，談沒有結果的戀愛是很浪費時間的。女人的青春啊，可是很有限的。」

前一句就已經很過分了，居然還越說越不中聽！

程耀發誓，他眞的是因爲不想讓梁采菲爲難，所以才用盡畢生修養，不對他發難的。

梁采菲握了握程耀的手安撫，什麼話都懶得對蔣均賢說。蔣均賢自討沒趣，甩著車鑰匙，愉快地哼著歌走了。

「那是妳前男友？」蔣均賢一走，程耀立刻轉過頭來問她。

「嗯。」

坦白說，這男人長得很帥、很聰明，一臉就是讀了不少書的樣子。西裝革履，公事包看起來很昂貴，連腳上的皮鞋都是亮的，開的跑車還很酷……

程耀望著他的背影，五味雜陳，他怎比得過這樣的男人？但……

「梁組長，妳之前說，妳看見的他……是禿頭油肚的中年大叔？」

「是啊。」她愣了愣，不知道為什麼程耀會突然提起這件事。

「啊哈哈哈哈！」程耀捧腹大笑，笑到眼淚都差點流出來。

天理昭彰啊！他安慰了，開特斯拉有什麼用？哈哈哈！

「你到底在笑什麼？」梁采菲皺起眉頭。

「我笑他又禿又油，還想耍帥，哈哈哈！就算我未成年，怎樣都比他強。」程耀越笑越厲害了。

「你啊，實在是……」眞是服了他，他不介意蔣均賢對他的貶損，反而為了這種小事笑成這樣，令她忍不住跟著笑。

兩人笑了好一會，程耀突然將她的手抓住，捏她臉頰。

「妳啊！妳看男人的眼光眞的很差勁。那人嘴那麼壞，妳從前和他在一起，應該吃了不少苦頭吧？」他說得悶悶的，非常心疼。

他總是這麼疼她，害她現在只要一想起他，心就軟得一塌糊塗，彷彿連心跳都難以控制。

「亂說！我看男人的眼光最好了。」她也伸手掐他臉，兩人互捏的畫面看起來充滿滑稽。

「好？那種叫好？」程耀不服氣，只差沒「呸」了。

「當然很好啊，我不是已經有你了嗎？」她戳了戳他酒窩。

「什麼？」程耀的小虎牙悄悄跑出來。

「我不是已經有你了嗎？」她又說了一遍。

「已經有什麼？」程耀繼續再問。

「已經有……」她睞著他似笑非笑的神色，恍然大悟他根本只是在捉弄她，羞窘得不得了，再次出手打他。「不說了。你已經聽見了。」

「哈哈哈哈哈！」程耀笑了一陣，陡然問。「梁組長，妳想結婚嗎？」

「別鬧了，你才二十四歲。」她秒回，完全沒想到她這麼回答，根本是已經將程耀當成了結婚對象。

「二十六！啊算了算了，這不重要。我是問妳，妳想結婚嗎？不是問妳我幾歲。」程耀聽懂她的意思，唇角飛揚，十分快樂。

「結婚有什麼好？像我媽媽那樣，嫁給一個不值得託付的人，到頭來也是一場空。再有，結婚有很多問題，我現在存款沒了，假如又有小孩……」

閃避問題核心、顧左右而言根本是彆扭梁組長的慣用伎倆嘛！

「我是問妳，妳想結婚嗎？不是那些結婚對象、存款、小孩的問題。」程耀再接再厲，盲目男友模式全開，喜歡梁采菲的心情膨脹得快要爆炸了。

「不想。我想回家。」她撇過頭，走向副駕駛座，不太想讓程耀看見她此刻表情。

她想，也許、或許可能……她是有一點點言不由衷，可她並不想讓程耀發現。

ＹＥＳ！賓果！程耀終於知道他心中那股莫名的不爽是什麼了！

梁組長之前說她家終於只剩兩個人，那是因為她心裡一直保留著爸爸的空缺，怎麼補也補不滿……既然如此，找別的東西補進去就好了，比如「丈夫」。

「丈夫」、「老公」……這世界上還有比這更美妙的詞語嗎？好像有欸，「妻子」或「老婆」。

程耀越想越樂，奔向駕駛座的腳步飛揚，腦中已有了許多盤算。

17

程耀腦中究竟有什麼盤算，梁采菲當然不知道，她只知道她的心情非常惡劣。

這已經是第二個星期了，程耀不見了。

不，嚴格地說，程耀並沒有不見，他依然每天都會打電話或傳訊息給她，也依舊對她呵護備至、噓寒問暖，可是……

「梁組長、向組長，我來收貨！」

梁采菲眼睫一抬，略微失望地垂下臉，來人果然不是程耀。

「怎麼又是你？程耀呢？」發話的是向敏敏。

這就是問題所在，梁采菲豎耳傾聽對方的回答。

前幾次，她和向敏敏都以為程耀只是突然被調去哪裡支援，所以並沒有多問，可次數多了之後，才驚覺根本不是這樣。

「學長去貼別條線了，那條線比較忙，獎金也比較多……啊，對了！」新來的物流司機拿出一個保冷袋，戰戰兢兢遞給梁采菲。「這是學長說要給梁組長的。前幾次我忘了拿，他說這次再沒有送到，我就死定了，我有送到了哦！」

「……謝謝你。」梁采菲哭笑不得。這根本是欺負新人嘛！這下「梁組長」在吉貓裡，大概更加聲名遠播了吧。

「可惡！怎麼沒有我的咧？程耀那個臭傢伙！哼，走。我帶你去倉庫。」向敏敏氣沖沖地領著新來的司機走了。

向敏敏一走，李蘋剛好與她擦肩，走到梁采菲座位旁。

「采菲，我下午不在，辦公室就交給妳了哦。」李蘋手裡拿著淑女包，顯然要外出。

「今天要開庭？」梁采菲問。最終，李蘋離婚一事還是因為兩方觀念懸殊，無法取得共識，必須走上訴訟一途。

「嗯。」李蘋頷首。她變白的長髮雖然沒有回春，但氣色已好了許多，之前總是憔悴的面容甚至隱隱透出光亮。

既然要開庭，就代表律師先生絕對也來了吧？

梁采菲回頭看向等在辦公室門口那位正義魔人先生——他西裝筆挺，穿著整整齊齊的三件式西裝，站在那裡，動也不動，像尊雕像，臉上彷彿寫著「生人勿近」。

可是，梁采菲卻覺得他一聲不響、候在那裡的動作充滿溫情。

「妳每次開庭都好像要去約會，男朋友站在門口等。」梁采菲將視線拉回至李蘋身上，笑著調侃她。

「別胡說八道了。」李蘋反駁，耳朵卻悄悄熱了，轉移話題。「吉貓業務換人了？」

「大概是吧？我也不太清楚。」她明明介意這件事介意得不得了，卻故作輕鬆地聳了聳肩。

「程耀沒告訴妳？」李蘋十分訝異。

「沒有。」她不由自主地垂下眼。

「別胡思亂想，我看程耀是道德感很高的人，他不會做出什麼對不起妳的事。好了，我該走了，BYE。」李蘋踩著高跟鞋離開辦公室，順道帶走了那尊雕像。

「我看程耀是道德感很高的人，他不會做出什麼對不起妳的事。」

是啊！她也是這樣認為的，而這就是最令她感到心煩的地方。

明明不認為程耀有什麼問題，可他卻突然難以掌握了起來。

之前總是天天說想她，天天嚷著要見面，怎麼驀然間就不見了？而她現在如此寂寞，是早已被他制約了嗎？

她嘆了口氣，拿出包包裡的東西看了看——那是她原本想送程耀的小狗回聲布偶。

那時候，恰好碰上父親住院，再之後，又忙著處理後事，處理耽擱許久的工作……好不容易忙完，這幾天隨身攜帶，就是想著要給他驚喜，結果他卻不見了。

討厭，到底去哪裡了嘛？

她將回聲娃娃塞回包包，總覺得等不到主人的小狗看起來好孤單，有點可憐……

✶

心神不寧了老半天，梁采菲決定主動出擊。

首先，尋找程耀的第一站，她來到吉貓物流中心。

「梁組長？」才走進門，一位素未謀面的吉貓先生叫住她。

「咦？你好。」梁采菲一怔，居然連她沒見過的人都認得出她來。

這是怎麼回事？難道程耀不只將她掛在嘴邊，還四處給人看她的照片嗎？

她頓時有種自己是通緝要犯的荒謬感，最荒謬的是，當中居然還摻雜了一絲詭異的甜蜜。

「我來找程耀，請問他在嗎？」既然對方都認出她來了，她便坦白說出目的。

「程耀？他下班了呀！」對方很訝異，還特別走去看了看程耀的班表與考勤卡。他還以爲程耀黏女友黏得很緊，根本不會令女友落單咧！

「這樣啊，好吧，謝謝你。」她非常失望地離開吉貓物流，拿出手機撥打程耀的號碼，毫無意外，又被第一百零一次地轉入語音信箱。

她非常煩躁地將手機扔進包包。

不行，不要胡思亂想，他是程耀，不是蔣均賢，他幾個小時前還傳了訊息給她，要她下班後好好休息的。

他絕對不會無故拋下她，就此人間蒸發的。

她握緊雙拳，重振精神，決定親自到程耀家走一趟。

「采菲？今天怎麼有空過來？」程媽媽打開大門，看見是梁采菲，喜出望外。「吃過飯了沒？來來，進來坐坐，陪程媽媽聊聊天，弟弟、妹妹也都很想妳咧！」

「我吃飽了，謝謝程媽媽。時間晚了，我就不進去了，我來拿個東西給程耀，他在嗎？」

「程耀？他還沒回來呀！他最近都很晚回來。」程媽媽一愣。

她猶豫了會，還是忍不住問了：「程媽媽……妳知道程耀最近在忙什麼嗎？」

「我不清楚耶！他沒特別說，我就沒特別問。我想說他都這麼大個人了，自己的事會自己處理，就沒管他。」

「這樣啊，好，謝謝程媽媽。那我回去了，找一天假日，我再來陪妳和弟弟、妹妹。你們早點休息。」

「采菲，等等。」程母叫住她，有點不放心。「怎麼了？妳和阿耀吵架了嗎？發生什麼事了？要不要程媽媽幫忙？」

「不用、不用，謝謝程媽媽。我們沒有吵架，真的。」她連忙澄清，畢竟這是她與程耀的私事，她不想讓老人家費心。

「我先回去嘍，程媽媽晚安。」爲了避免橫生枝節，她匆忙向程母告別。

不在物流中心、也不在家，電話又打不通……究竟在搞什麼嘛？

她摸著包包裡的回聲娃娃，沿途心情都很不好。

好不容易回到家，才打開公寓大門，竟覺背後有股視線，彷彿有人在跟蹤她。

誰？她小心翼翼地回首……沒人。

是她多心了吧？

再回身時，烏漆抹黑的樓梯間卻驀然出現一團粉紅色的小影子，黑暗中有雙圓滾滾的大眼睛，眨也不眨地瞪著她。

「樂樂美？」她驚叫，陰森森的粉紅色蘿莉比女鬼更嚇人啊！

慘了、完蛋了、死定了！這下連不祥樂樂美都出現了，程耀若不是移情別戀了就是意外身亡了！

「幹麼？看到我像看到鬼，妳虧心事做多了哦？」樂樂美始終如一的欠扁。

「下回先出個聲好不好？神出鬼沒想嚇誰啊？」看到樂樂美和看到鬼有什麼不一樣？梁采菲抗議。

「想嚇誰？不就妳嗎？」樂樂美很樂。

可惡！神明眞的很過分欸！梁采菲眞是又好氣又好笑。「說吧！妳今天又要帶來什麼不幸的消息？」

「沒禮貌欸妳！什麼不幸的消息啊？」樂樂美掉頭就走。

「喂，妳要去哪？」她提步追上樂樂美。

「既然這麼怕看見我，就當作我是來向妳道別的吧！這是我最後一次來找妳了。」樂樂美說得很輕快。

「最後一次？爲什麼？」不不不，這絕對不是什麼捨不得的情緒，梁采菲非常震驚。

「因爲我修業期滿了啊！」樂樂美甩了甩粉紅色的馬尾，自顧自地向前走，洋洋得意。

「修業期？」梁采菲的神情比方才更驚嚇。「難道妳原本是實習生？」

「哎呀！別在意這種小事啦！」樂樂美笑得很可愛。

梁采菲卻不禁打了個哆嗦。「這算什麼小事啊?!」簡直欺騙社會嘛！她被樂樂美整了這麼久，沒想到樂樂美居然是實習月老？

「本來就是小事呀，凡人不要太計較啦！」樂樂美越笑越開心了。

「那修業期滿了之後呢？妳會去哪裡？變成眞正的神明？還是投胎？」

「妳說呢？」

「又天機？」

「嗯哼。」

「好啦，不問就不問。眞是的……我被妳欺負得這麼慘，妳居然是實習生，眞不甘心。」梁采菲不平。

「誰欺負妳了？妳現在不是好得很嗎？內憂爸爸解決了，外患前男友也潦倒了；工作加薪了，現任男朋友也疼妳，妳還有什麼不滿意的？」

「還說什麼男友疼我呢？他都不見人影了。」梁采菲只關心程耀，完全沒把關於蔣均賢的部分聽進去，之前看見蔣均賢，他明明與協理女兒還好好的。

「嘻嘻！凡人眞的好笨。」樂樂美落井下石。

「笑什麼啊？神仙最沒同情心了！」梁采菲瞪樂樂美，驚覺四周的景象十分陌生。

不知不覺間，她竟跟著樂樂美走到了一個從沒來過的陌生地方。

「這裡是哪裡呀？」她左顧右盼。

「妳家附近呀。」樂樂美在一塊工地前停下腳步。「好了，我得走了，妳要幸福哦！有緣再相會。」

「慢著！樂樂美，我……」我的眼睛怎麼辦？話都還沒說完呢，哪裡還有樂樂美的影子？幸福個鬼啊？可惡！梁采菲忍不住跺腳。

她的眼睛都還沒恢復，結果程耀不見了，樂樂美也跑了，這都是些什麼跟什麼啊？她的心情更惡劣了。

她沮喪地蹲下身體，自暴自棄地將臉埋進膝蓋裡。

工地裡隱約傳來施工的聲音，大概是完工日將近，趁夜間趕些低噪音的工作。

兩名工人從工地裡走出來，一邊擦汗，一邊聊天——

「那個新來的阿弟仔還不休息哦？有夠打拚的。」

「嘿啊，伊說女朋友破產了，急著用錢，什麼工作都可以做，每天都做到這麼晚。」

「大家都苦勸他，說女人的話不可信，伊攏講不聽……實在有夠憨。」兩名工人以臺語交談的嗓音越飄越遠。

梁采菲好奇地往工地內看，不可置信地揉了揉雙眼，定睛，又再看一遍。

「施工危險，請勿靠近」的黃色封條裡，有個戴著工程安全帽，辛勤抹著汗的少年，看起來年紀很輕，很像未成年少男。

這少年不是她找了一整晚的程耀還是誰？誰會雇用未成年少男來工地做苦力？

他就是那些工人們口中的「阿弟仔」嗎？他是哪個女朋友破產了啊？簡直莫名其妙！

她有一大堆問題想問，立刻站起身，走到距離程耀最近的位置，在他眼前晃來晃去。

「程耀、程耀！」她用力揮手，朝工地裡喊了好幾聲，可是施工聲音嘈雜，程耀又非常專注，根本沒聽見。

怎麼辦？越過布條，逕自走進去？

不不不，這種破壞規矩的事情，她做不來。

請別的工人幫忙傳話？但剛剛的工人們早就走遠了，眼下也沒有其他人經過。

等？不知要等到何時？

走？找了一晚，好不容易找著了，怎麼甘心？

她進退兩難，探手伸進包包，想再打一次手機給程耀，沒想到還沒撈到手機，卻先摸到那隻毛絨絨的小狗回聲布偶。

對了！

她靈光一現，興沖沖地將那隻小狗拿出來，按下錄音鍵——

✶

程耀戴著工程安全帽，手裡拿著施工器具，渾身髒兮兮的，全身痠痛得不得了。

假如心靈之語能像漫畫那樣確實被看見的話，浮現在他頭頂的泡泡框大概是——

「好想梁組長好想梁組長好想梁組長哦」又或是「不行我要忍耐我要忍耐我只能忍耐」之類的無限迴圈與鬼打牆。

啊！眞的好痛苦哦！程耀越想越煎熬，完全沉浸在自己的世界裡，以致於梁采菲喊了他好幾聲，都渾然未覺。

「程耀是大笨蛋大笨蛋——」

腳邊突然傳來奇怪的聲音和觸感，程耀低下頭，居然看見有隻小狗布偶，窩在他腳旁，嘰哩呱啦的。

「嚇！」他立刻彈開，嚇了好大一跳。

「程耀是大笨蛋大笨蛋大笨蛋——」小狗跳針般，搖頭晃腦地叫。

工地裡怎麼會有說人話的狗？這也太驚悚了吧？

但是，這狗怎麼這麼眼熟？

程耀定下心神，仔細一看，才發現這就是夜市裡那隻小狗回聲布偶，蹲下身體，將它拿起來。小狗布偶怎麼會在這裡？人家都說工地內不乾淨，難道他撞鬼了？

他拿著布偶，疑惑地似左右張望，抬起頭，便看見了不遠處的梁采菲。

原來太思念一個人是會見鬼的！他呆住。

「程耀。」女鬼向他招手。

居然連聲音都山寨得那麼像？過去就過去，既然是長得像梁組長的女鬼，叫他做什麼都可以！程耀飛蛾撲火般地迎向女鬼，簡直感動得快要痛哭流涕。

「我叫了你好幾聲，你在發什麼呆，怎麼都沒聽見？」她皺著眉頭抱怨。

連生氣的樣子都好像，嘟嘴的樣子也一模一樣……這年頭的女鬼真不是蓋的！他直勾勾地盯著梁采菲，越來越感動了。

「回神啦！」她出手捏他臉頰，很大力。

痛痛痛痛痛！會痛欸！女鬼捏人原來會痛？

「梁組長？」他的腦袋裡終於冒出比較正常的念頭，不可置信地問。「真的是妳？」

他本想觸碰看看眼前的梁采菲究竟是不是真的，可又怕他灰撲撲的手會將她弄髒，手舉在半空中，舉了好半晌，又傻愣愣地放下。

「不然呢？」梁采菲很沒好氣。

「女鬼。」程耀顯然還在錯愕之中。

「你才是鬼咧！」千辛萬苦找了他一整晚，居然說她是鬼？梁采菲瞪他。

嗚嗚，可以瞪人瞪得這麼可愛又美麗的只有梁組長了。

「妳怎麼會在這裡？」他終於被瞪回現實。

「我才要問你怎麼會在這裡呢？你為什麼會跑來這裡施工？」總不能說是樂樂美帶她來的吧？她含糊帶過。

「因為……我要和平奮鬥救老婆。」既然都已經東窗事發了，程耀大方承認。

「救你個頭啊！」滿嘴胡說八道，想到剛剛那些工人們說的，梁采菲簡直快被他氣死了。「你是哪個女朋友破產了？你劈腿？」

「拜託！天可明鑑啊！不就是妳嗎？」他連忙澄清。

「我什麼時候破產了？」說天可明鑑的人應該是她才對吧？

「破存款也是破產的一種。」他居然十分認真。

「破的是你的腦吧？」她伸手戳他額頭。「你的工時已經夠長了，就算再怎麼想賺錢，下班後還跑來工地打工，身體怎麼受得了？」不管他這麼做的理由是什麼，太過操勞都不好。

「我還年輕，可以趁現在多做一點。眞的，我精神很好啦！就算現在要跟妳這樣又那樣也可以。」他嘻皮笑臉，想讓她安心。

「你還好意思笑？我是眞的很擔心你，你卻這麼不正經！」什麼這樣又那樣？她臉色一沉，眞的快炸裂了。「算了，不理你了，我要回家了！」

驚覺梁采菲眞的生氣了，他一時心急，飛快抱住她，急急忙忙地解釋。

「妳不要生氣，我在這裡打工，是因為我眞的很想存錢娶妳。等我存夠錢，就不會再繼續這樣兩頭燒了，我保證，妳別不理我。」

他把臉埋在她頸窩，說得可憐兮兮的，非常委屈。

「拜託別走，我好想妳……」天知道他是怎麼熬過來的？要忍耐不見她真的好難。

「你……」可惡，環抱她的這雙手充滿泥垢，髒兮兮的，看著好讓人心疼。

他說他是為了她，她相信，可也很氣他那麼難找，氣他不愛惜身體，他……討厭！想對他發脾氣，偏偏又捨不得。

「幹麼想存錢娶我？我有說要嫁你嗎？」排山倒海的火氣，最後只剩這麼弱弱的一句，她真恨自己不爭氣。

「當然有呀，妳寫在臉上。」一聽見她語調放軟，程耀得寸進尺。

「我才沒有！」她試著想掙開他，反而卻被摟得更緊。

他大笑著將她轉過身，深深望進她的眼，說得非常誠懇。

「梁組長，我說真的，無論妳想不想嫁，我都很想娶妳，很想很想。這陣子，我想了很多我們之間的事，還有我們的未來。從前談戀愛，都沒想這麼多。」

「你還年輕，沒有想過是正常的。」聽他提及未來，她心跳飛快，隱約懷抱著期待，可又不想被他發現。

「那是以前沒想過，現在不一樣了。」程耀正色。「自從妳爸過世之後，我就一直在想，到底要怎樣才能照顧妳？怎麼照顧才算數？用什麼身分才合理？我很認真地想，一直想，想到後來，才發現，雖然我們現在這樣在一起很快樂，但還不夠。」

「哦。」她吞了吞口水，竟然更緊張了。

「我想照顧妳，想要更多一點、再多一點；想當妳的家人，想讓妳再不用煩惱錢的問題，也想順理成章地陪在妳身邊，想成為妳的支柱，不論是經濟上或心靈上。我早就說過了，無論是燈泡、紗窗，我都想幫妳換。」

「那也不用這麼拚命，萬一身體累垮怎麼辦？」雖然很感動，但她不由自主皺起眉。

「妳放心啦，這種臨時工還不是想找就有咧！這只是暫時的。體力活雖然很累，但賺錢也很快，不趁年輕時多賺一點，以後就賺不到了。」

「年輕也會把身體弄壞，你不能仗著自己年輕，就這樣胡來。」

「是，梁組長，我知道錯了。我發誓，以後不會再讓妳這麼擔心了。」程耀指天發誓。

她很狐疑地盯著他。

「哎喲，相信我，下不爲例。」程耀求饒。「我也是有理由的，我就是想，我累一點沒關係，總比妳累壞好啊！」

「我怎麼會累壞？」她完全搞不懂他的邏輯。

「怎麼不會？妳不是對錢很沒安全感嗎？我早就想過了，妳現在沒有存款，假如我向妳求婚，妳一定不肯答應吧？」

「這和我累壞有什麼關係？」聽見「求婚」兩個字，她心頭一跳，不禁有點緊張。

「怎麼會沒關係咧？妳既然對錢沒有安全感，就會因爲沒有存款，把婚事往後延，那既然婚事往後延了，生小孩也會往後延啊！」依梁組長這麼一板一眼的性格，怎能接受未婚生子？奉子成婚恐怕也不是她的選項。

她緊抿雙唇，眞訝異程耀這麼了解她。

「看吧！」程耀聳了聳肩。「雖然我是不知道妳有沒有打算生小孩啦！但是，如果妳有想生的話，越晚生，對妳的身體負擔越大，照顧起來也越累。這我比誰都清楚了，看我媽照顧我弟和我妹就知道了，我媽都一把年紀了，根本帶不動他們，每天都腰痠背痛的。所以啦，如果不趕快多賺點錢，讓妳知道我有能力養家，到最後就會拖累妳，我不要那樣。」

「你累就可以，我累就不行？」他縝密的心思令她驚訝，體貼的心意也很令她動容。

「當然不行。」程耀一秒給出答案。

「什麼嘛！」其實，她怎會不知道呢？

她累，他也跟著她累，甚至比她更累。爸爸住院的時候是，現在也是。

心裡莫名有些酸酸的，眼睛似乎也朦朧了起來。

他老是這樣，只要是與她有關的，他就拚命將那些該他的、不該他的，通通都往身上攬。

她覺得她應該要說些什麼，阻止他再繼續這樣背負她的人生，但程耀想背負的，卻遠遠超乎她的預期。

「還有，我還想，像我們家這種吵吵鬧鬧的大家庭，妳偶爾來當客人是很好玩啦！但是，住在一起的話，又是另一回事，一定會有很多磨擦和不習慣的地方。我不想要妳改變妳現在的樣子，也不想要妳委屈自己，配合我的家人和生活習慣……」

他居然連這都想過了？她不發一語地盯著他，心情真的很複雜。

她曾經對樂樂美說過，擔心程耀還年輕，心性還沒定，對未來沒有太多打算，可是其實，程耀想得比她更多、更遠，比她以為的還要認真……

「所以，住的地方得再想想，或許得先租個房子，租在伯母附近，也不要離我家太遠。我弟妹還小，伯母也只有一個人，我們當中無論是誰，一定都放心不下自己的家人。住得近，彼此才好有個照應，妳說這樣好不好？」他非常自然地與粱呆菲討論了起來。

「我都還沒答應要嫁你，你想這麼多做什麼？」他的言語太誠懇，態度太眞摯，幾乎令她動搖，可是……這麼做，對他眞的公平嗎？

她也曾想過他們之間的未來。

總覺得，他還很年輕，前途似錦，還有很多時間可以拿來玩樂，可以多走走看看，或許還會找到比她更適合的對象，不需要這麼早步入家庭……他才二十四歲，眞的不用被適婚年齡的她綁住。

「怎麼可以不想咧？如果我沒有先打算好，憑什麼要妳嫁給我？」程耀點頭，很認眞。

「你……或許，你可以找一個年紀比較輕的女生，和你差不多年紀，那你就不用——」

「汪！」程耀拿著手裡的小狗，突然對她吠了一聲。「放狗咬妳哦！」

她睜大眼，嚇了一跳。

程耀難得地露出惱色。「妳以爲我是隨便想想的嗎？我早就考慮過了，我很心疼妳，也很喜歡妳，很想照顧妳，如果不是妳的話，我才不要咧！我不是隨便講講的，所以，妳也不要再說這種叫我去找別人的話了，我不喜歡聽，快跟我道歉。」

「……對不起。」她都不知道她爲何會立刻照做了。

或許是因爲他難得流露出的強勢氣場太驚人？又或許是因爲，假如立場對調，換成程耀要她另尋對象，她也會非常不高興吧？

總之，是她不對，她不該這麼說的，這麼說確實很傷人。

「好，沒關係，我原諒妳，不要再有下次了，乖。」那隻本來還要咬她的小狗瞬間對她搖了搖尾巴，程耀笑得像個孩子。

她定定望著他，內心五味雜陳，千言萬語，難以形容。

這一路走來，他爲她做的從沒少過。

他接受她原生家庭的缺憾，明白她的彆扭與不安，體貼她的脆弱與逞強，心疼她經歷的所有一切，承諾爲她遮風擋雨，甚至還不准她將他往外推……

誰還能像他一樣？這麼努力地喜歡著她，也努力地讓自己被她喜歡。

就是他了嗎？

就是他了吧！

藍領白領又怎樣？摩托車轎車貨車又怎樣？什麼外貌身材，什麼薪水高低，什麼社經地位，什麼職業門第，通通都不重要。

她現在好像有點明白了，明白樂樂美說的「萬中選一、非他不可」是什麼了。

就像現在，這裡明明是毫不浪漫的工地，一點情調也沒有，而站在她面前的人渾身髒汙，外表甚至還是未成年少男，可是，她卻覺得他耀眼得不得了，心動得不得了。

她喜歡他，很喜歡很喜歡。

假如必須與誰牽手過一輩子，那就只能是他而已，就算樂樂美消失了，就算他從今而後都會是這副模樣，都不要緊。

不會再有別人了，他就是她的萬中選一，非他不可。

她釐清思緒，整理好自己的心情，緩緩對他說道：「不是說兩人三腳嗎？你想存錢，我們可以一起存，我還可以教你怎麼理財。以後，不要再亂打工，也不要再讓我找不到人了。」

「哎喲！」他耍賴。「還不就都是因爲妳都彆彆扭扭的，萬一我告訴妳要來做粗工，妳一定不讓的啊！那不然，妳答應以後都跟我在一起，這輩子都在一起，我們一起存錢，一起理財，誰都不能讓對方找不到人，也不能把對方往外推，好不好？」

一輩子……

有何不可呢？就算目前沒有存款，就算前路還有別的風霜，只要他們兩人在一起，又有什麼好怕的？

她望著程耀，心頭暖洋洋的，打定了主意。

「……好。」她垂下頭，只是說一個這麼簡單的字，卻說得萬分辛苦，不只耳朵，就連臉頰、脖子都發熱了。

「什麼？」程耀懷疑他聽錯了。

「我說好。」她只好又說了一遍。

他傻愣愣的，慢了好幾拍，都還沒眞正反應過來。

「慢著，妳說的『好』，是那個我以爲的『好』嗎？是那個永遠跟我在一起的『好』？是那個等於『我願意』的『好』？」他小心翼翼地確認。

到底是哪個「好」？她被他說得頭昏腦脹，只覺得好笑得不得了。

他這麼傻，總是爲了她勇往直前，永遠都這麼燦爛……她是眞的眞的眞的很想永遠和他在一起，她不要再猶豫了。

「對，是那個『好』。」她點頭，深吸了好大一口氣。「是那個永遠跟你在一起的『好』，是那個等於『我願意』的『好』。我願意嫁給你，當然不是指現在，是我們一起準備好的時候，你得先問過你爸媽，我也得和我媽——」

願意嫁給他？

程耀的腦子轟一聲爆炸，有許多快樂的粉紅色泡泡飛出來。

「妳再說一遍，不、再說兩遍……不不不，再說一百遍好了！」他打斷她的話，耳朵嗡嗡嗡的，心跳得好快。

眼前那道是什麼光？工地為何突然變得好亮？他為何看見很多小天使圍繞著他唱聖歌？

「你已經聽……嚇！等等，放我下去！別這樣，我頭好暈！」梁采菲拚命搥程耀，邊搥邊尖叫，伴隨著程耀樂不可支的暢懷大笑。

程耀樂呵呵地傻笑，將她抱起來滿地亂轉。

這裡是工地，可他哪管得了這些？不只抱著她打轉，甚至還胡亂親她一通。

親她的頭髮，親她的臉頰，親她的脖子，親她每個能被親到的地方，抱著她又叫又跳。

「慘了，我把妳弄髒了！」意識到自己把泥垢沾到她身上之後，程耀懊惱地放下她，甚至還誇張地跳離她兩步，簡直想把自己掐死。

「傻瓜，才沒有。」

她走上前，甜甜蜜蜜地摟住他。

他並沒有弄髒她，事實上，是她因為他而澄淨了。

那些晦澀不堪的過往，那些難以磨滅的心理傷痕，全都因為他，變得純粹美好了。

她將頭枕在他懷裡，兩人緊緊相擁，角落裡卻突然有道身影衝出來，放聲大吼——

「梁采菲！」

他們兩人同時嚇了好大一跳，身體一震，循聲望向音源。

18

「姓蔣的？」

「均賢？」

梁采菲與程耀同時回頭，兩人都嚇了一跳。蔣均賢怎麼會在這裡？

他渾身酒氣，眼白充血，和之前意氣風發的菁英模樣大相逕庭。

雖然他外表光鮮亮麗，可他浮華虛榮，財務管理不善，積欠了許多債務，協理女兒發現他有鉅額負債之後，婚事破局，他的乘龍快婿夢碎，只好整天借酒消愁。

在酒精的催化之下，沒多久，他就想起了他有個很會存錢的前女友梁采菲，而這也是他當初追求梁采菲的最大原因——梁采菲有七位數的存款。

她向來順從又聽話，一定可以拿出積蓄，幫他解決債務危機的。

他越想越有希望，一路跟蹤她，本想跟著她回家，尋求和她復合的機會，沒想到她卻突然掉頭，跑到這工地來……接著，他就撞見了求婚現場。

怎麼可以？他不要的東西，別人也別想要！

「采菲，我都還沒跟妳分手，妳就和別的男人摟摟抱抱了，這算什麼？」蔣均賢十分理直氣壯。

「什麼？」梁采菲與程耀同時呆住。

上回跑到他們面前，刻意炫耀什麼女友、岳父、婚期的不是他嗎？這是什麼邏輯？

梁釆菲還沒反應過來，蔣均賢便發狂似地衝過來，想將她從程耀身邊拽走。

「做什麼你?!別碰我老婆！」程耀反應快，立刻把蔣均賢推開。

「什麼老婆？你不過是個送貨員，還是個工人，憑什麼叫釆菲老婆？想得美啊！」蔣均賢挽起袖子，衝上前要打程耀。

「你才想得美咧你！我是工人，你又是什麼？不過就是個穿襯衫的混帳而已，有什麼了不起！」要打架？來啊，早就忍他很久了！程耀摩拳擦掌。

「慢著，你們都冷靜點！」梁釆菲想阻止他們，可說什麼都來不及了，眼前這兩個男人已經扭打成一團。

怎麼辦？她介入也不是，不介入也不是，不知該如何是好，眼角餘光卻瞥見蔣均賢抄起鐵鍬，毫不留情往程耀身上揮。

「程耀，小心！」她想也不想地衝過去，就這麼零點零幾秒的瞬間，鐵鍬一揮，她纖瘦的身體彈出了半公尺遠。

匡噹——砰——她踉蹌一摔，成堆鋼材掉下來，發出巨大的聲響，嚇傻兩個大男人。

「梁組長！」程耀立刻朝她飛奔過去。

「好痛……」她倒在地上，太陽穴傳來劇痛，伸手去摸痛處，掌心一片滑膩，全都是血。

「不是我害的，是她自己跑過來的，不是我！」看見梁釆菲流了那麼多血，蔣均賢臉色發青，跑了。

踏馬的，真沒見過比他更沒用的男人了！程耀在心中呸了蔣均賢好大一口。

他用最快的速度跑到梁采菲身旁，查看她的傷處。

眞糟糕，她的傷口深可見骨……

「沒事、沒事，不會有事的。」他趕緊撕下一截衣角，壓住她的患處止血，努力說服自己保持鎭定。

不行，他的手機放在休息室，得趕快叫救護車才行。

他正想翻梁采菲的包包找手機，其他工人恰好回來，匆匆忙忙跑過來。

「阿弟仔，怎麼了？」

「大哥，快幫我叫救護車！我女朋友受傷了！」程耀非常心急。

「好。」工人們立刻跑去打電話。

「梁組長，妳還好嗎？妳撐著，大哥去叫救護車了，救護車等等就到了，別擔心。」怎麼流這麼多血？程耀心很慌。

「程耀，我看見你了。」沒想到梁采菲眼睛眨了眨，卻突然伸手摸他臉頰，很溫柔地笑了。

「什麼？」程耀沒有反應過來。

好清楚的臉，好深邃的五官，既不是模糊版，也沒有柔焦處理。

她看見他了，而且還是HD高清版。她的少年，長得很好看呢……

「我喜歡你，程耀，很喜歡、很喜歡。無論是未成年，或是現在這樣，都很喜歡……」她話一說完，放在他臉頰的手便緩緩垂下，在他懷裡暈厥過去。

「梁組長！」程耀的聲音響徹工地。

✻

淺粉紅色的廊柱、深粉紅色的天花板、粉白色的窗櫺布幔……各種不同深淺的粉紅色，錯落在美輪美奐的城堡裡。

躂、躂、躂的聲響在走廊上產生回音，她低頭一看，才意識聲音是從自己腳下發出來的。好似曾相識的場景……

她繼續往前走了兩步，看見擺放在桌上的紅線、鉛錢和喜糖，猛然回過神來，這不是樂樂美月老廟嗎？

她怎麼會在這裡？眸光來回梭巡，前方有道再熟悉不過的身影。

粉紅色蓬裙張成一朵花，樂樂美的小臉蛋從花心探出來，數著面前的零錢。

「五、十……兩百……」

叮鋃——兩枚五十元硬幣從天而降。

「咦？」樂樂美嚇了很大一跳，不可思議地揉了揉眼睛。「粱采菲？」

她笑了出來。「終於換妳被我嚇到了。」

「妳怎麼會在這裡？」樂樂美皺起眉頭。

「我也不知道。」她搖搖頭。「但是，看到妳之後，我就突然想起來，我還沒有給妳香油錢，幸好口袋有零錢，但是……是不是太少了？」

樂樂美的眼光在那兩枚五十元硬幣和粱采菲之間看來看去，最後停在粱采菲太陽穴的傷口上，自言自語。「啊……看來比想像中鬧得還大啊！」

「什麼？」她沒聽清楚。

「沒什麼啦！」樂樂美站起身，拍了拍小裙子，搖晃著手裡的硬幣，笑得很開心。「謝啦，香油錢。」

「應該的，幸好還來得及給妳。」

「咦？妳今天怎麼沒問我眼睛什麼時候能恢復正常了？真難得耶！」

「不重要了。」她抿唇微笑。

「真是孺子可教也啊！」樂樂美拍了拍她，非常欣慰，又流露出和長相超級不符的神氣。

想到以後可能再也沒機會見面了，她突然有點惆悵，大著膽子蹲下身體，抱了樂樂美一下。「恭喜妳修業期滿。謝謝妳。」

「哇！放肆啊，妳這混帳凡人，居然敢對月老動手動腳的！」樂樂美臉頰鼓鼓的，抱怨歸抱怨，卻沒把她推開。

「我很幸福哦。」她摸摸樂樂美的頭髮，想到樂樂美其實是個無緣長大的小孩，不禁有點心疼。「我會超級幸福的，絕不會把自己和小孩賠進去。」

「好啊，妳以後要是不幸福，我就去託夢給妳，讓妳每晚做惡夢，呵呵！」樂樂美笑得很可愛。

「妳可不可以不要用這麼可愛的臉，說這麼恐怖的話？」梁采菲大驚失色。

「好了，快回去了啦！這傷口有夠深欸，等等夠妳痛的。」樂樂美伸出手，很沒良心地往梁采菲的傷口戳。

嘶——痛痛痛痛痛！

粱采菲摀著頭慘叫，手裡卻摸到厚實的紗布，另一隻手彷彿被什麼力量拉住，沒辦法順利抬起來。

她模模糊糊地睜開眼，才發現原來她頭上纏繞著紗布，手上還吊著點滴，而樂樂美和粉紅色城堡早就不見蹤影了。

眼前是熟悉的刺眼光線、熟悉的刺鼻藥水味……

對了，她記得她去找程耀，接著蔣均賢衝出來，而她受傷了……

她環視四周，周遭亂哄哄的，人來人往，她想，這裡應該是急診室。

「爸，你忍著點哦！」有個病人躺在推床上，被風風火火地推進來，身旁跟著心急如焚的家屬。

「媽，怎麼醒了？要上洗手間嗎？我帶妳去。」隔壁床的病人不斷翻身，驚醒了坐在一旁的家屬。

不遠處還有許多張推床，全都是等著入住的病患……果然是急診室，永遠人滿為患。

粱采菲證實她的推想無誤，再定睛瞧了瞧周畔——沒人。

她想，一定是程耀把她送到醫院來的，他應該不會留她一個人在這裡，可能是去幫她辦手續、買東西之類的吧？

頭好痛，不如再睡一下好了……她才把眼睛閉起來，卻又驚駭無比地張開。

慢著！不對！通通不對！

她匆匆忙忙地坐起身，急切地打量身旁的每個人——

前面那個躺在病床上，被稱作「爸爸」的病人，鬢角發白，臉上滿是風霜，完全就是一個爸爸該有的樣子。而他旁邊被喊「爺爺」的男性，也長得十分符合爺爺該有的年紀。再來，那個被女兒攙扶著的中年女性，也是媽媽該有的模樣。

這是怎麼回事？這一切都太正常，也太不正常了！

她揉了揉眼睛，仔仔細細將每個人都再看過一遍，還是跟剛才一模一樣。

「護理師小姐。」她連忙喊住經過的護理師。

「怎麼了？」護理師停下腳步。

「請問妳幾歲？」她知道這問題很怪，可卻不得不問。

「我？二十七。怎麼了？」

「沒有，沒什麼，只是覺得……」她怔忡了好半晌。「妳長得真像二十七歲。」

護理師滿臉莫名其妙的走了。

她若有所思地撫著眼睛。

仔細想想，她昏倒前，也有看見高清版的程耀，可是，最近這幾個月，程耀總是時大時小，實在無法當作判斷標準。

但是，其他人看起來都沒有異狀……難道，她的眼睛真的恢復正常了？從今之後都恢復正常了嗎？

她不禁又看了看周圍，習慣了那雙能看見真相的眼睛，如今卻反而不習慣了，未料更不習慣的才正往她這裡來。

「梁組長，妳醒了？傷口痛不痛？還有沒有哪裡不舒服？」程耀小跑步衝過來。

太、太清楚也太立體了！她瞬間彈開，心口怦怦直跳。

他的五官深邃，麥色肌膚既健康又陽光，臂肌將短袖撐得微微鼓起，胸膛隱隱浮現胸肌線條，是時常勞動造成的精壯。一件平凡無奇的T恤被他穿得充滿男人味，加上有著虎牙與酒窩的娃娃臉，充滿各種反差萌……

「梁組長，妳怎麼了？很不舒服嗎？」慘了，梁組長怎麼看起來這麼呆滯？該不會撞壞腦子了吧？程耀越看越擔心。

她、她眞心覺得，這太刺激了……梁采菲打擊太大，別說一句完整的話，就連一個字都說不出來。

她現在完全明白程耀爲何會在辦公室及夜市裡引人注目，就連現在在急診室裡，都有幾位家屬或醫護人員，若有似無地往這裡看。

原來少年長大是很不得了的……這簡直是偶像男團的盛世美顏。

「我、你……」她試圖把眼前這男人和之前的少年連結在一起，可一時之間實在很難辦到。

「梁組長……妳該不會是失憶了，忘了我是誰吧？不會吧？」電視上都是這麼演的，程耀瞬間害怕了起來。

別鬧了！梁組長才答應要嫁給他而已，現在失憶，難不成是還要再演兩百集嗎？他已經想收工去過幸福快樂的日子了啊！

「梁組長，我跟妳說，我是程耀，是妳未婚夫。妳已經答應嫁給我了，我們明天就要去登記了。」

誰在跟他明天要結婚？

會這麼異想天開的，除了程耀沒別人了。她失笑，終於有了實在感。

「趁火打劫呀你？」她笑出聲。

好吧，無論他的外表有多麼英俊多麼性感多麼可愛多麼迷人，他骨子裡永遠都是那個一扯到她的事情，便會全心全意、勇往直前、胡搞瞎搞的未成年少男。

「沒有失憶嘛，謝天謝地。」他頓時鬆了一大口氣，在她床沿坐下，牽起她的手。「醫生說妳貧血，血糖又太低，所以才會昏倒，今晚休息一下，要是沒什麼事，明天一早就可以辦出院了。」

「好。」被他握著的手好燙，臉頰也好燙，她趕緊低下頭來。

「貧血就算了，為什麼血糖會太低？妳沒有按時吃飯？」程耀十分心疼。

「我好像忘了……」她抬起臉，不太好意思。

「吃飯也會忘？我不是都有要妳記得吃飯嗎？」拜託！他根本是照三餐傳訊息給梁采菲的，就是因為知道她忙起來會忘記吃飯，食物貼圖從來沒有少用過。

「我找不到你，跑來跑去……就忘了。」她有點困窘。

這陣子，因為找不到程耀，她很失落，連食欲也減退，哪餐有吃、哪餐沒吃，她真的不記得了。

一句話就把程耀打入罪惡感的地獄裡。

他想起來了。

梁采菲的混帳前男友，就是莫名人間蒸發、另結新歡的吧？

那他最近瞞著梁采菲，跑去工地打粗工，讓她找不到人的行為，不就和那混帳一樣嗎？程耀雙肩一垮，真的很想把自己掐死。

「對了，蔣均賢呢？他後來還有爲難你嗎？你有沒有受傷？」她不問還好，一問，程耀就有氣。

「別提了！那傢伙一看見妳受傷就跑了，別管他了。」一提及這個人，程耀就有翻不完的白眼，發不完的脾氣。「對不起，我以後絕不會再讓妳找不到了，要做什麼事，也一定會先跟妳討論，絕對不會再瞞著妳胡搞瞎搞了。」

「怎麼突然說這個？」雖然聽見他的保證很安心，但她眞是被他跳躍的思緒搞得一頭霧水。

「總之，妳受傷的事也嚇壞我了，所以，我們一人一次，就當扯平了好不好？」他緊緊地擁住梁采菲，戀戀不捨地靠在她頸窩。

看見她血流如注，昏迷不醒的時候，他是眞的很害怕失去她，就算理智上明白這並不是危及性命的重傷，情感上仍十分害怕。

「傻瓜，只是小傷而已。我很好，只是……」她支支吾吾。

「只是什麼？」

「這傷好像很深，應該會留疤吧……破相了。」她下意識摸了摸包紮起來的傷處。

「胡說八道，破什麼相？這點小傷不會留疤的啦！而且，就算有疤又怎樣，妳這麼正，永遠都是最漂亮的。」

「是嗎？」

「當然啊，就像我是最帥的未成年一樣。」程耀樂呵呵地打了個響指。

「不是未成年了。」她忍不住笑。

「啊？」程耀挑眉。

「我好像……我的眼睛好像恢復正常了。雖然不知道能維持多久，但目前是正常的，至少，從我醒來之後到現在，都是正常的。」

「眞假？這麼突然？」

「應該吧。」她點點頭。

「那妳看，妳旁邊那個人像幾歲？」程耀突然附耳過來。

「四、五十歲吧。」他吐在耳畔的鼻息令她臉紅了。

「那邊那個呢？」他鼻頭又努了努。

「二十幾吧。」

「這個咧？」

「這是小學生啦。」

接連問了好幾位，她的答案都和他看見的差不多，程耀又驚又喜。

「太好了，妳終於可以看見迷你小熱狗的眞正尺寸了！」

她無言以對，眞的被他打敗了。

然而，程耀的極限不只如此，這一秒，他驚慌失措地跳起來了。

「慘了！我今天很狼狽、很髒，而且還沒有抓頭髮耶，都被工程安全帽壓扁了啦！」

「你糾結的點眞的很莫名其妙。」她大笑。

「一點也不莫名其妙，我超認眞的，我不要活了。」程耀想死。

「什麼啦？你霍爾嗎？」她越笑越厲害，好像連點滴瓶都在晃動。

「妳不懂啦！」程耀撞牆，懊惱得不得了。

「別鬧了啦，你快回家休息吧，別陪我了，現在都已經快一點了，明天還要上班呢！」她看了看腕錶，趕他。

「我沒有要回家啊！我今天要睡這裡。我已經請好明天的假了，也幫妳請好了。」

她一愣。「你請好自己的假就算了，居然連我的都請了是怎麼回事？你跟誰請假？」

「當然是請敏敏向李經理請假啊，我告訴敏敏妳受傷了，人在醫院。敏敏要我好好照顧妳，叫妳不用擔心公司的事。」程耀講完，又補充。「還有，伯母那邊我也通知了，妳安心休息就好。」

原來他都安排好了？但……

她掀了掀唇，還想問些什麼，卻再次被打斷。

「我知道，妳要問我爸媽對不對？也都說過了，他們都知道。」

「可是你……」

「放心，我很好睡啦！在妳病床邊窩一晚沒問題的。」

「你怎麼都知道我要講什麼？」她不禁皺起眉頭。

「因爲我是妳未婚夫。」嘿嘿，程耀這回的響指打得特別響。「快睡吧，再不睡，我要在這裡對妳這樣又那樣了哦。」

「這裡是急診……嚇！」眼前的男人臉龐越放越大，嚇得她趕緊閉上眼。

他根本就沒有變成大人嘛！就算外表成熟了，內在卻完全還是那個中二未成年啊！

「好乖好乖，我的梁組長最乖了。」程耀暢然大笑，幫她蓋好被子。

可惡！他明明幼稚得要命，可在她耳畔喃喃的嗓音太溫柔，竟令她有股十分安心的感受，意識越來越飄忽，不自覺想睡。

一定是最近眞的太累了……

她本來還想和他多說幾句話，可眼皮卻越來越重，彷彿多年來的疲憊一擁而上。

也罷，就這樣吧！她已經累了好久好久，眞的，好累好累……

如今，她再也不需要擔心其他的事了。

她身旁有個人，會在她脆弱時陪伴她，會在她生病時照顧她，會萬般周全、仔細地爲她打點一切。

他雖然不是世俗價値中的王子，可卻是她最忠貞不二的騎士，能夠令她無畏風雨。

不需要再找了，她再也不是一個人了。

一直以來，飄飄無所依的心終於尋得安定，她再不是童年那個徬徨無助的小女孩。

她軟軟地闔上眼睫，沉沉地跌入夢鄉。

尾聲

「梁姊，我受夠那個總公司新來的行銷經理了，他眞的好討厭啊！」

一如往常的上班日，立璟辦公室裡依舊十分熱鬧。

「爲什麼？我覺得他很優秀，妳怎麼老是跟他有吵不完的架？」梁采菲好笑地看著剛進門的向敏敏。

距離她出院已經過了好幾個月，她早就回到工作岡位，進行著日復一日的OL日常。

「優秀？梁姊，妳在開什麼玩笑？我眞是不想再看到他了！」向敏敏剛從總公司開完會回來，包包一甩，高跟鞋一踢，氣呼呼地把自己摔進座位裡。

近來，立璟擴大業務範圍，除了總公司有新血加入之外，分公司人事也有了相當的變化。梁采菲上任經理，向敏敏接下梁采菲原本的職位，而李蘋則直升區經理。毫無疑問的，她們三人都升職了。

至於蔣均賢，聽說他後來不知哪根筋不對，跑去協理家大吵大鬧，最後協理大手一揮，便把他革職了，此後，再沒人知道他的去向。

「不想看到他？敏敏，妳話先別說太早，也許你們吵著吵著，就會吵出些什麼來呢！」李蘋走到向敏敏座位旁，說得很耐人尋味。

「只能吵出深仇大恨來啦！」向敏敏沒好氣。

「李經理，妳說像妳與律師先生那樣？」梁采菲接話。

「我們哪樣了?!」李蘋立刻跳腳。

「哦？『你們』？」梁采菲顯然覺得李蘋的措詞很有聯想空間。

原來李蘋與律師先生已經是「我們」，而不是「我」和「他」了？

經過多時的纏訟，李蘋與前夫因財產分配始終搞不定的離婚官司，終於宣告底定，拿了一筆爲數不小的賠償金，恢復單身。

而李蘋與正義魔人先生撲朔迷離的感情狀態，她與向敏敏霧裡看花，越看越有趣。

更重要的是，李蘋現在容光煥發，又恢復往昔那般精明幹練的女強人形象，老態不再，就連原本的白髮都染成了時下流行的霧灰色。

眞好，李蘋漂漂亮亮的，正在女人最好的年華。

「好啊！我把妳拉拔大了，妳現在翅膀硬了，會尋我開心了？」李蘋佯怒瞪向梁采菲。

「不敢。」她大笑，李蘋也跟著笑了。

「好了，妳快去度假吧，程耀在樓下等妳，看起來等很久了。」李蘋揮了揮手。

從明天開始，是爲期三天的連續假期，梁采菲早早就多拿了半天假，據說是要和程耀一起去旅行。

李蘋認識梁采菲很久了，明白她對錢沒有安全感，總是拚命三郎似的賺錢、存錢、加班。如今，她和程耀的感情越來越穩定，性格開朗不少，還懂得適時休息了，讓她十分欣慰。

「他已經在樓下了？啊，糟了！」梁采菲看了眼電腦，才驚覺早已超過她和程耀約定好的時間。

「快去吧，玩得開心點。」李蘋趕她。

「梁姊，掰掰。要記得帶紀念品給我哦！」向敏敏揮手。

「好。」她立刻拿起放在腳邊的行李，匆匆離開辦公室，才走到大門口，便看見程耀站在不遠處，興高采烈地向她招手。

他倚在轎車旁，胸前勾掛著太陽眼鏡，身上穿著T恤、牛仔褲，笑容燦爛。

「來，給我。」程耀大跨步走過來，接過她手上的行李。

她微微臉紅，心跳飛快。

他身形偉岸，寬肩厚實，牛仔褲包裹著的腿矯健修長，整個人看起來既陽剛又充滿力量。站在他身旁，她的頭頂居然才勉強碰到他胸口……

「對不起，你等很久了？」

「不會。」他打開後車廂，把她的行李放進去，再繞過車尾，爲她打開副駕駛座的車門。

眼前這輛車是租的，這些日子以來，他們爲了存錢買房子，梁采菲偶爾會上外包網站，接些文字工作回來兼差，程耀也時不時會跑去當臨時工賺外快。

他們研究起存款利率、基金、股票……各式各樣的理財，每一塊錢都要做最大的利用，沒有閒錢買車。

程耀說自己是機車派，難得想出門旅行時，租車就好，還可以省下保養車子的費用與牌照稅、保險費。

雖然梁采菲不知道對視車如命的男性而言，這樣是不是眞的比較好，但既然程耀這麼說了，她便這麼信了。

她坐進副駕駛座，正要將腳縮進車子裡，程耀卻突然喊住她。

「梁組長，等等。」

「怎麼了？」她疑惑地看向他。

「妳的腳鍊鬆了。」程耀想也不想地蹲到她身前，準備幫她繫繩結。

他抓過髮蠟的劉海自然地垂下來，掩住他飽滿的額頭。

他神情專注，羽扇般的長睫下藏不住溫柔，就連繫著繩結的動作都小心翼翼。

她盯著他，心頭一軟，終於沒能忍住好奇，有些遲疑地問：「程耀，你知道……男人幫女人戴腳鍊是什麼意思嗎？」

程耀抬頭看她，一頭霧水。「啊？戴腳鍊就戴腳鍊，還有什麼意思？」

「是『拴住今生，繫住來世』的意思。」

「什麼？」程耀非常驚訝。

「除了這個之外，還有種傳說，據說古時候，月老會在夫妻的腳上繫紅繩，讓他們能夠白頭到老。所以，腳鍊又稱『踝鍊』，有『懷念』的諧音，是很浪漫的定情信物。」

「妳唬我的吧？」程耀瞪大眼，半信半疑。

「眞的啦！」她沒好氣。

「怎麼可能……我眞的不曉得。」他幫她繫好腳鍊，臉上的表情十分精采。

「我猜也是。」看他這麼驚駭，她不禁笑了。

程耀眞心覺得很尷尬，因爲他根本是誤打誤撞。

假如他當初挑選情人節禮物時，知道原來送腳鍊有這層含義，他才不會送咧，因爲這簡直和送戒指一樣貴重了啊！

那時他才和梁采菲交往不久，哪敢這麼囂張啊？怎知他選了，而她還眞聽話戴了？

「但是，我知道哦，從你第一次幫我戴的時候，我就知道了。」她深深望著他，有點難爲情地笑了。

她不只知道，而且，還是她主動要求他戴的，雖然她當時喝醉了。

她想，或許，這一切都是樂樂美安排的吧！

所以，紅線才會被她扔了之後，被程耀撿回來，接著又歪打正著，訂製成了兩條腳鍊。

她與他之間，有太多巧合、太多緣分、太多默契，她想，他們就是彼此的命中注定。

程耀靜靜注視著她，不發一語，內心卻感到十分澎湃。

他回到駕駛座，砰一聲關上車門，迅雷不及掩耳地攬過她後頸。他輾壓她的唇，實實在在地將舌頭餵進她嘴裡，痛痛快快地吻個澈底。

「唔……哈啊……」她伸手抵住他胸膛，卻反而被他纏抱得更緊。他放在她腰際的大掌往上游移，扣住她胸前的柔軟。

「外面的人會看見……」她好不容易推開他，氣喘吁吁地抗議。

「才不會咧，不然妳以爲我爲什麼要選隔熱紙這麼黑的車子？」程耀額頭抵著她的，忍不住伸出舌頭，舔了她唇瓣一下。

「什麼嘛！難道這是你選車的理由？」她氣惱地推他，眞是不敢相信。

「當然，就連前擋玻璃也是，從外頭看可是鏡面效果，完全看不見裡頭的人在幹麼。梁組長，妳完蛋了，誤上賊車，連續三天都要跟我綁在一起，只好盡情被我這樣又那樣了。」他越說越樂，小虎牙愉快跑出來。

「我已經不是梁組長了。」她眞是哭笑不得。

「對齁！妳是經理了。」他發動引擎，滿臉笑容。「我老婆又正又可愛，而且還是經理。眞是的，這麼好的老婆哪裡找？」

雖然兩人還沒結婚，但程耀這句「老婆」倒是越喊越順口。

什麼女性社會地位比男性高，男性自尊心會受損，導致情侶或夫妻失和這種莫名其妙的煩惱在他身上顯然不管用，他是眞的很爲梁采菲開心，驕傲得不得了。

「冷氣會太冷或太熱嗎？」他一手搭在方向盤上，另一手在冷氣出風口前探了探。

「不會。」她搖頭。

「好。」他又俯身過去，繫好她的安全帶，正如同以往的每次那樣。「那我們上路了哦。」他敲敲方向盤

「嗯。」她點頭。

轎車往前行駛，窗外景色一格格地往後退，風和日麗，陽光明媚。

她的眸光不自覺被窗外景色抓住。

仔細想想，除了員工旅遊之外，她好像從來沒有自己出門旅行過，即便只是像這樣不用搭飛機的小旅遊，也令她感到十分不可思議。

無論是第一次坐摩托車，第一次逛夜市，第一次玩投籃機，第一次旅行，第一次走進工地……都與他有關。

總覺得，認識了程耀之後，經歷了好多好多事，縱然不是事事如意、樣樣順遂，可她卻能

夠清楚地感覺到，她的人生正在走向一個前所未有的美好之境。

她心中感動莫名，望著窗外的視線拉回來，再看向程耀一邊轉動著方向盤，一邊輕快哼著歌的模樣，頓時有種感受，覺得她人生所有的燦爛都在他身上。只要他們兩人在一起，就能無所畏懼。

「我愛你。」輕飄飄的，有句萬分溫柔的話語從副駕駛座飄出來。

程耀恰好因紅燈而停下動作，偏眸看著她的眼神充滿不可思議。

「你已經聽見了，我不要再說了。」她抿了抿緊張乾澀的唇，先聲奪人。

「沒有，我什麼都沒聽見。」他伸手摸向駕駛座後面的置物袋，慌慌張張的，不知在找什麼。「再說一次，一次就好。」終於！他像變魔術般的，從置物袋裡撈出了小狗回聲布偶，一把推到梁采菲面前。

「這樣我怎麼說得出來啦！」她滿臉驚駭地瞪著那隻狗。到底誰會隨身攜帶回聲布偶啦？

「拜託啦！」他苦苦哀求。

「不要。」她堅決搖頭。

「不然妳分次說，一次說一個字，我自己去後製。」

「你好煩。」

「拜託啦！」

「笨蛋。」

兩人笑鬧之間，紅色燈號變換成綠燈，程耀換檔，踩下油門，一路前行。

座位下，他們成對的赤繩腳鍊隱隱輝映。

這是他們兩人的兩人三腳。

今天、明天，從今而後的每一天，都會永遠、永遠地，一起走下去。

——全文完

番外篇

婚前恐懼症

梁采菲和程耀還沒有結婚。

還沒結婚的理由，是由於梁采菲父喪，在習俗上，如果沒有在百日內完婚，就必須等到三年後。百日，她和程耀早就錯過了，所以，只好把時間拉長至三年後。

本來，梁采菲認爲三年還久，反正程耀還很年輕，他們也才剛交往不久，乾脆就把這三年當作觀察期。

她非常審慎地思考過，三年後，程耀二十七歲，她三十二歲，若是懷孕，她也還不到高齡產婦的年紀，兩人甚至還能有一段蜜月期，這樣的規畫十分理想。

想著想著，一晃眼，兩年半就過去了。

如今，他們買了房子，付了頭期款，彼此的家人也越加熟稔，交友圈重疊。看似一切都順利得不得了，只缺臨門一腳，可是，她卻沒來由地焦躁了起來。

「欸，梁組長，我們以後也用這種喜帖好不好？」程耀手裡拿著同事的個性化喜帖，興高采烈地湊到梁采菲眼前。

就像這種時候，她總有股難以言說的心浮氣躁，不知該回應些什麼。

「妳不喜歡這種啊？」程耀盯著她靜默的側顏，納悶地問。

「不是。」她搖頭。

「那是怎麼了？妳最近怎麼時常發呆？」程耀十分擔憂地望著她。

「沒什麼，只是在想，我們……真的就要結婚了嗎？」她若有似無地嘆了口氣。

「妳不想嫁我？」程耀一愣。

不像啊！他們一起去找房、看房、買房時，她看起來都對他們的新生活很期待，眼神亮晶晶的，也討論得很熱烈。

「不是啦……」她立刻否認，但是否認完，又覺得自己很矛盾。

既然不是不想嫁他，那這種惶惶不安的感受是從哪裡來的？

「我有哪裡做得不好嗎？妳告訴我，我可以改。」程耀上前握住她的手。

「不是，你很好，什麼都很好。」她低下頭，就是說不清這種焦躁感是什麼。

難道這就是婚前症候群嗎？抑或是，因爲她從小到大都沒見過什麼幸福婚姻的美好範本，朋友們的婚姻也多有狀況，所以，才會裹足不前？

「很好就不會讓妳猶豫了，妳在害怕嗎？妳在怕什麼？」

「我也不知道我在怕什麼。」她只好坦白回答。

「妳啊妳，是仗著我很愛妳，不怕我跑掉，所以才胡思亂想，拖延時間？」程耀掐了掐她臉頰，半開玩笑。

「不是。」她想了想，有些遲疑。「說不定恰好相反，或許……我是太怕你跑掉……」

「啊？爲什麼？」

「怕你來了，又走了。怕習慣身旁有人在了，又孤單了。怕已經不能沒有你了，卻被拋下了。怕……」

「那就更該抓緊我啊，笨蛋。」程耀笑了。

「你才是笨蛋。誰像你，天生大神經，天塌下來都不怕。」她不服氣。

「欸，我才不是天生大神經，我也很怕好不好？」程耀比她更不服氣。

「你也有這種煩惱嗎？」她非常訝異。

「妳沒有感覺嗎？我也很怕妳不要我，所以很努力在抓緊妳，什麼招數都用上了，結果反而讓妳怕得要命，我好失敗哦！」他說得很委屈。

「我怎麼會不要你？」她摸摸他的頭，感覺像在摸他毛茸茸的下垂耳朵。

「怎麼不會？其實我不是妳的型對吧？」程耀一針見血。

「呃？」

「我很早的時候就知道了。假如可以選擇的話，妳的理想對象一定是白領菁英或公務員吧？妳根本就不喜歡我這種傢伙。」他早就有這種覺悟了。

她無法否認。「可是，我現在很喜歡你啊！」

「那就對了啊，我也很喜歡妳，妳有什麼好擔心的？」程耀捏了捏她的臉。「而且啊，萬一我哪天對妳不好，那就代表妳值得更好的人，像李經理找到律師先生那樣，更沒什麼好擔心的，妳說是不是？」

她垂下臉，安靜地看著自己的手指。

「別擔心了啦！杞人憂天是沒用的，看看妳眼前的我，這麼愛妳超級愛妳有夠愛妳——」

他努力逗她開心。

她覺得自己好糾結、好煩，竟然讓程耀這麼費心，可她卻無法控制。

如果能再次遇見樂樂美就好了，就算只是被樂樂美念句「你們凡人就是愛煩惱」也好，說不定她就會因此安心多了。

「你們凡人就是愛煩惱。」程耀驀然說出這麼一句。

「你說什麼？」不是吧？這麼神？她驚愕地抬起頭。

程耀哈哈大笑。「我跟妳說哦，前幾天啊，我在路上看見一座粉紅色的城堡，有個綁著雙馬尾的小女孩站在城堡門口，她就是這麼說的。」

梁采菲嚇到說不出話來。

怎麼會？她之前明明還曾經去找過樂樂美的城堡幾次，可是那裡明明什麼也沒有。難道是搬家了嗎？

「妳能想像一個小女孩說這種老氣橫秋的話嗎？眞是太可愛了，而且，她的頭髮居然是粉紅色的耶！不知道是染的，還是假髮？」程耀興味盎然。

「……她怎麼會跟你說這個？她在那裡幹麼？」她不由得好奇。這絕對是樂樂美沒錯，誰這麼瘋啊？

「哦，她手裡拿著個粉紅色的撲滿，叫我給她香油錢。」

又香油錢？到底多缺香油錢啊？

她不禁笑了出來。「你給她了？」

「對啊，我把身上的銅板通通都給她了。」

「然後呢？」

「然後，她就說『你的婚事大概還要等一等，唉，你們凡人就是愛煩惱』，好好笑！」

可惡，樂樂美是藉著程耀說給她聽的嗎？她完全可以想像樂樂美說這句話時的表情。好久沒看見樂樂美，眞是有點想她，有點懷念，又有點感動。

不知道她畢業後生意好不好？大概不太好吧？才需要站在城堡前拉……招攬信徒。

「對了，那個粉紅色的小女孩還說『要是你老婆再對婚事龜龜毛毛的，你就跟她說，再不結婚，樂樂美就要投胎去當她女兒哦』。」

「嚇！」她手裡的蘋果汁差點被嚇掉。

「很好笑對不對？」

「一點都不好笑！」她都快魂飛魄散了。樂樂美當女兒，跟懷異形種有什麼不一樣？

「明明很好笑啊，她怎麼知道我有女朋友，準備要結婚，又怎麼知道我老婆會龜龜毛毛？都不知道她到底在Cosplay什麼角色？」

「月老。」她斬釘截鐵地答。

「啥？月老？」程耀放聲大笑，他第一次發現梁采菲這麼幽默。「假如她是月老的話，我們的紅線該不會就是歸她管的吧？哈哈哈哈！」

孩子，你眞相了！梁采菲眞是欲哭無淚，不過，更欲哭無淚的還在後頭。

「好啦，不管那個小女孩在Cosplay什麼，我都已經想好了，以後我們如果生女兒，就叫『程樂美』怎樣？很不賴吧？」

「不行！」她斷然拒絕，再度被嚇到魂飛魄散。

「爲什麼？快樂又甜美很好啊！」程耀一頓，想了想。「噢，我知道了，妳不用煩惱，從母姓，叫『梁樂美』也可以啊。」

「不是那個問題！」

「那不然呢？」

「總之，『樂美』就是不行，不行就是不行。」太不祥了！樂樂美絕對是來整她的。

「那不然，我們去那個城堡拍婚紗好不好？或許他們願意出借場地？」

「不要！」怎麼可以？萬一城堡在照片裡變成墓碑或土堆怎麼辦？她搖頭搖得好暈。

「這也不行，那也不要，齁，你們凡人眞的很愛煩惱。」程耀挖苦她。

什麼婚前恐懼症？再怎麼恐懼也沒樂樂美令人恐懼，梁采菲決定投降。

「那……我們找個時間去登記。婚紗、宴客，那些都之後再說吧。只要小孩不叫『程樂美』或『梁樂美』，只要不借城堡拍婚紗，其他都隨便，你決定就好。」誰想要樂樂美投胎來當女兒，趕快結婚就對了。

「眞的？」他喜出望外。

「眞的。」她點頭如搗蒜。

「太好了！其實，我有想過哦，假如妳不想要宴客的話，那我們隨便找間燒烤店或火鍋店，揪一些親朋好友來聚聚，熱鬧一下就好了。至於我爸媽那邊，我們就——」程耀興奮極了，絮絮叨叨，不斷訴說著關於婚禮的想法，以及兩人未來的藍圖。

梁采菲越聽越想笑，都不知道他何時已經考慮了這麼多。

好吧，就結婚吧，也該結婚了。

那全是些與永遠有關的保證。她不要再做無謂的煩惱了。

粉紅色月老爲她帶來的情人，一切都好。

家庭的模樣

婚後一年，梁采菲懷孕了，就如同刻意安排好的一樣，她在成為高齡產婦前，順利搭上懷孕列車，免除了做羊膜穿刺的困擾。

唯一令她困擾的，是孩子的爸爸。

「我去找位置給妳坐。」一上捷運，程耀便忙著四處張望。

「不用，我們只搭兩站而已，站一會就到了，而且，我都還沒有肚子，也沒有任何不舒服。」梁采菲已經重複過至少一百遍了。

「我榨檸檬汁給妳喝。」這是程耀不知道看了什麼奇怪的雜誌之後突然冒出的點子。

「我不喜歡喝檸檬汁，檸檬汁太酸了。」蘋果汁已經是她的極限了。

「那酸梅？」

「酸梅也是酸的。」她沒好氣。

「那喝豆漿？」

「我更討厭豆漿了。」八成也是那本雜誌上的主意吧？

「人家說孕婦要吃珍珠粉。」這不知道又是哪裡聽來的。

「說不定含重金屬？」她的白眼快要翻到後腦杓了。

「我幫妳按摩腳。」

「我根本就還沒水腫。」

「妳不能再穿高跟鞋了。」

「這雙鞋的跟只有一公分。」

「那——」

「夠了你！我是病人不是孕婦！」神經質的準爸爸絕對會造就崩潰的準媽媽，她真心覺得她快瘋了。

病人？「妳生病了？」程耀聽見世界末日。

「不是！我是要說，我是孕婦不是病人！」天啊，她都崩潰到語無倫次了。

「好啦，抱歉，我不是故意想煩妳的，不過，妳這麼有朝氣真好，可以吼我，不錯、不錯。」沒有孕吐、飲食習慣沒有改變，臉色也依舊紅潤，只是稍微嗜睡了點，程耀非常欣慰。

她總算知道什麼叫作溺愛無極限。

「你啊……都不怕把我寵壞嗎？」她忍不住戳程耀腦門。

「寵壞也不要緊啊！更何況，從我有記憶以來，我爸就是這樣對我媽的，我媽也沒壞，妳想太多了。」程耀呵呵笑。

梁采菲偏首想了想。

也對，他家庭和睦，家庭觀念很重，與家人之間的羈絆也很深。

他知道一個美好的家庭是什麼模樣，知道一個丈夫該如何疼愛妻子，知道該如何維繫一家人的感情，他和她不一樣。

「吶，假如我太煩的時候，你要告訴我哦。」她突然對程耀感到有些抱歉，她心裡的傷口與殘缺的童年經驗，時常化作身上的刺，無意間螫疼程耀。

「放馬過來吧，才沒在怕妳。」程耀根本沒放在心上，笑得快快樂樂的。

既然早就想要照顧她一輩子，怎麼會介意這種小事？

「那，我想吃甜甜圈。」既然程耀都這麼說了，她就從善如流了。適時的依賴丈夫也是妻子的義務。

「我去買。」

「還想喝珍珠奶茶。」

「我也去買。」

「鹹酥雞……」

「一起打包。」

「我會變成大胖子。」

「我也喜歡。」

「小孩太大會難產。」

「我會跪著拜託醫生讓妳好好生下來。」

「什麼啦？」她大笑，難得地主動窩進他懷抱。「有你眞好。」

「妳才知道啊？」他摸了摸她的頭髮，眞喜歡她來撒嬌。

「才不是，我早就知道了。」她枕在他胸膛，笑得甜甜的。

✶

九個月後，她平安產下一對雙胞胎。

程耀坐在她的病床旁，盯著她的睡顏，心情激動，無法自己，竟久久不能成眠。

「你好，我是梁采菲，來，我帶你去看我們的倉庫，以後還請多多關照。」

其實，初見梁采菲時，他僅覺得她長得很清秀罷了。

她皮膚很白，秀秀淨淨的，有股幹練俐落的氣質，漂亮是漂亮，不過，和心動、一見鍾情之類的全然沒有關係。

不過，倒是有件事很奇怪，她看見他時，很明顯地嚇了一跳。

那個嚇一跳，並不是覺得他很帥氣、很好看，或是碰上故友、同學那種嚇一跳。他也說不清那是種什麼感覺，總之，他就是非常確定，梁采菲看見他時，嚇了一跳。

雖然很奇怪，可是，反正，他想，這些每天都坐在辦公室裡養尊處優的人還能想什麼？他們總歸是兩個世界的人。

「我跟你說，我好像有病，前幾天發生了一點事，所以，我現在看到的你，其實是國中……不不，大概是高中生吧？十六、十七歲的樣子。」

可是，自從她說了這句話之後，一切都不一樣了。

他開始覺得梁采菲很有趣。

每回收、送貨時，總是不由自主地找尋她的身影，探究地盯著她。

她的頭髮很長，看起來十分細軟，可總是死氣沉沉地盤起來，或是綁成馬尾。不過，因而露出的頸線卻很漂亮，肌膚上的青色血管隱隱可見，白皙肌膚吹彈可破。

她總是穿著襯衫、窄裙、高跟鞋，很典型的OL裝扮。有時裙長及膝，有時裙長過膝，唯一不變的，是她的小腿弧度修長優美，搭配高跟鞋，很引男人遐想。

而他要求與她交往的動機，除了對她的好感與日俱增之外，更因爲她坦承尚未與前男友釐清關係的那段發言。

他覺得她傻、固執透頂、無可救藥，竟爲了一個落跑的男人，拒絕別的異性追求，可是……卻無法放下她不管。

及至兩人交往後，及至她父親的出現……他不禁開始思考起未來的意義，思考起他之於她的意義。

想陪伴她，陪伴得最天經地義，也陪伴得最天長地久。

想將她納入羽翼之下，想爲她遮風擋雨，想成爲她的天與地。

爲了她，得加緊腳步，努力茁壯起來才行。

程耀撫過梁采菲沉穩的睡顏，心疼不已地看著她因剖腹生產顯得有些蒼白的臉色，在她耳畔輕聲道：「妳老說有我眞好，其實，我才覺得有妳眞好。」

他知道，其實，她還是會害怕。

她還是對愛情有些遲疑，還是對婚姻有些自小養成的陰影，可是，她卻願意爲了他，克服內心對婚姻的恐懼，步入家庭。

甚至，為了孕育他們兩人的生命結晶，甘願承擔孕期的不適，甘願承擔生產的風險……她的家不再只有兩個人，有他、有她，還有他們的孩子。

而他會拚死守護她。

她總說，她不明白一個美好的家庭該是什麼模樣，而他會竭盡所能，在未來的時光裡，具體展現給她看。

將她人生上半場錯失的幸福通通還給她。

矢志不渝。

吃醋這回事

「對了，程耀，上回春酒見過你太太一面，下回有空，帶你太太過來營業所走一走呀！」

「哦，好。」別鬧了！我老婆那麼漂亮，誰要帶來讓你看啊？程耀嘴上那麼應，心裡卻是這麼想的。

他換下制服，打好卡，和朱經理道別，怎麼都無法發自內心喜歡朱經理。

這位前幾年上任的朱經理，據說是大老闆的親戚，在國外讀的是很厲害的研究所，有著程耀聽不懂也搞不清楚的學歷。

總之，大老闆覺得朱經理是個人才，所以，就讓朱經理來吉貓大展長才。

朱經理年紀輕輕，不過才二十七、二十八歲，就掛了個響噹噹的經理頭銜，管轄著吉貓北區所有的營業所。

朱經理年輕，上任後對物流司機也不錯，福利、獎金甚至都發放得比以往更多、更好，還真沒什麼可挑剔的。

可是，程耀就是跟朱經理處不來。

朱經理比較像是梁采菲那個辦公室世界的人，和他們這種拋頭露面、風吹雨打、上山下海的物流司機不一樣，沒辦法打打鬧鬧，沒辦法說垃圾話，有道看不見的隔閡。

所以，朱經理的話他聽聽就算了，從沒有想過有一天，當他回營業所準備下班時，竟然會在吉貓休息室裡看見梁采菲，身旁還坐著朱經理。

桌上有兩杯咖啡，杯子已經空了，可見梁采菲已經來了好一會。

他瞪著與梁采菲並肩而坐的朱經理，望著朱經理穿著西裝、打著領帶的模樣，再看看梁采菲乾淨清爽的襯衫、窄裙，對比自己身上有著搬貨痕跡、灰塵、汙漬、汗水的制服，一時之間竟感到無地自容。

他灰頭土臉，一身狼狽，和他們不同階層。

妳怎麼來了？簡單一句話，鯁在喉嚨，他看著兩人身影，喉嚨乾澀，竟問不出口。

「程耀，你回來了？快去準備下班吧，采菲已經等你很久了，我也回去忙了。采菲，有空再來坐。」朱經理看見程耀，趕緊起身，將桌上的杯子拿去清洗，很客氣地走出了休息室，一點經理派頭也沒有。

坐什麼坐？坐你個頭啦！「采菲」也是你叫的嗎？

可惜，雖然朱經理甚至還洗了杯子，可是程耀依舊覺得他很刺眼。

程耀滿肚子腹誹，眞想拿杯子扔那道走遠的背影。

「你們朱經理人很好。」完全不知道程耀內心小劇場已經演到掐朱經理的脖子，梁采菲雪上加霜。

「妳才見過他幾次，哪知道他人好不好？」程耀湧起一陣醋意，口氣非常不好。

「因爲他很關心你啊。」她一愣，皺起眉頭。

怎麼了？程耀平時對她呵護備至，婚後多年從未改變，何時口氣這麼差過？

「我有什麼好讓他關心的？關心到需要私底下找別人老婆？」他聽起來更火大了。

他打開置物櫃，換上便服，露出的寬肩、窄腰與精實體魄十分迷人，乒乒乓乓製造出的聲響卻藏不住滿腔火氣。

她不太明白他為什麼生氣，只好說得更加詳細。

「朱經理說，他很想把你轉為管理職，可問過你幾次，你都不願意。他覺得很奇怪，所以想來問問我的意思，想知道你是怎麼想的。」

原來是為了這件事！朱經理都已經找他談過好幾回，幹麼還要找到他老婆頭上？

「那也不用偷偷摸摸，至少要先跟我講一聲吧！」他連把卡片插進打卡鐘裡的聲音聽來都爆裂無比。

「沒有人偷偷摸摸，我們就坐在人來人往的休息室裡。」

避嫌歸避嫌，他也知道，可他還是不高興、很不高興，悶悶的，一句話也不說，和平時總愛纏著她說天道地的快樂模樣差好多。

梁采菲看著他賭氣的眼眉，仔細推敲一番，忽然有些明白程耀的怒火從何而來。

他在吃醋？是在吃醋吧！她不禁感到有些好笑。

結婚都已經幾年，老夫老妻了，還像個小孩子似的，吃這種莫名其妙的飛醋。

她一方面覺得有點煩惱，一方面又覺得他有點可愛，心裡甜甜的。

「我並沒有你想像中的那麼受男性歡迎。」她走過去，見休息室裡沒有別人，便拉了拉他的手，親了他臉頰一下，主動示好。

「才不是，分明是妳警覺性太低，妳都不知道妳辦公室裡有多少人在看妳。」難得被老婆主動親了一下，程耀顯然心情大好，可又有點不甘心。

「他們是在看你，不是看我。」她失笑。難道他不知道他長得很好嗎？

「噢，最好是啦，我還同志情人咧！」最好那麼多男人都在看他啦！程耀哼哼。

「你在說什麼啦？」她笑了。

他才不想笑，越想越不爽快。「反正我就是沒讀書，比不過什麼經理、老闆啦！」

噢，原來不只是吃醋，重點是經理、老闆嗎？眞是的……怎麼這麼傻啊？

「我很愛你，很愛、很愛。」她掐了掐他臉，朝他笑得甜甜的。

「少來！妳以爲跟偶像劇一樣，隨便說句『我愛你』就可以打發啊？」太陰險了！程耀想傻笑，又不能傻笑，滿臉悲憤。

「三字妖言難道不是這樣用的嗎？」和他在一起久了，死皮賴臉的誘哄本事眞是學了不少，她笑盈盈的。

「當然不是，妳至少要身體力行才可以。」他說著說著就要撲上來。

「別鬧了，這裡還是你營業所耶！」她笑著推他，邊推邊解釋。「傻瓜，你要不要轉管理職，或是想做什麼工作，只要是你的意願，我都不干涉。我來，只是因爲朱經理說想談談你的事而已。」

「嗯……」程耀順勢將她摟過來，將臉埋進在她頸窩，聲音聽來有些悶悶的。

「其實……我也不知道我到底想不想轉管理職，我一方面覺得很不錯，但另一方面，又捨不得獎金和客人。和客人相處久了，也是有感情的，更何況我還是好幾區的配送王，說轉就轉，總有點過意不去。」

「嗯。」她點點頭，完全可以理解。她看過程耀與許多客戶的互動，那已經不是單純的將對方當客戶了，甚至像是朋友、家人。

「可是，我也會想，轉眼都三十出頭了，體力活還能做多久？再不轉管理職，我還能撐多久？以前年輕時不覺得，現在身體開始有負擔了，反而對未來越來越害怕，總覺得，自己好像一事無成，很不爭氣，很配不上妳……」

雖然，梁采菲與他的父母對他的工作都沒什麼意見，可是，隨著年齡漸長，他也會對未來感到迷惘及不安。

「你想爭什麼氣？」她反問他。

「啊？」他抓了抓頭，一時之間有種被問倒的感覺。「就是，有車有房有錢有地位……那些吧？」

「我們有房啊，雖然還有房貸，可也算不錯了。你有老婆、小孩，妻與子的部分都有了。至於錢，我們雖然不是大富大貴，也算小康之家。至於地位……你不是都說你是配送王了嗎？那麼多客戶喜歡你，哪裡沒地位了？還有，什麼配不上我，假如沒遇見你的話，我只是個因原生家庭感到很自卑的女人罷了，我的世界根本一團糟。」

她摸了摸程耀的頭髮，很希望能在他對未來感到徬徨時，給予他力量，就如同他每次爲她做的一樣。「不要想爭什麼奇怪的氣，我們一家人好好在一起，健康平安就好。雖然，我們目前還有房貸，可是經濟狀況還算過得去，不管你決定怎麼做，我都支持你。你不用擔心獎金、職銜或地位那些的，專心做自己想做的事就好。我很喜歡你現在的樣子哦，不論你將來變成什麼樣子，也一樣喜歡。」

「梁組長……」程耀望著她，內心一陣柔軟與感動。

他情不自禁抬起她下顎，傾身便要吻她——

「程耀學長！那家太太果然跟你說的一樣，眞的一早會穿透明薄紗睡衣來開門收件欸！三點全部看光了，超爽的！害我今天送貨精神超好……嚇！大嫂，妳也在啊？」休息室外，有個不長眼的衝進來了，邊衝還邊大吼，吼的亂七八糟內容全被梁采菲聽見了。

「透明薄紗睡衣？」她捕捉到關鍵字，秀眉一挑，很危險地瞥了程耀一眼，說出口的話酸得不得了。「配送王眞不愧是配送王，每家每戶的作息清清楚楚，情報很可靠嘛。」

「不、不是這樣的，梁組長，妳聽我解釋！」程耀瞬間汗了好大一下，惡狠狠地瞪了白目學弟一眼。

明天他就死定了！不，假如他今天沒死定的話，他明天才會死定，這是什麼繞口令啊？哪個「他」是哪個「他」啊？程耀緊張得都汗流浹背了。

「聽你個頭啦！我要回家了。」梁采菲轉頭離開營業所，高跟鞋喀喀喀的，彷彿能在地上踩出窟窿。都不知道稍早時，誰還在覺得吃飛醋的行爲很幼稚。

「不是的，梁組長，妳聽我說，那只是一個很平凡的太太，怎麼能跟妳比？她的身材沒妳好，薄紗睡衣也沒我送妳的那件透明！老婆，聽我解釋——」程耀滿頭大汗地追出去。

吵嚷的吉貓休息室裡瞬間只剩下一個人。

唔……關於吃醋這回事嘛……總之就是吃醋了。

學長，祝你平安。

釀禍的學弟默默心想。

一家人的遊樂園

幾年後，梁采菲已然來到一枝花的年紀，程耀已經三十五歲，而他們的一對雙胞胎兒子也已經六歲，再過不久，即將正式成爲小學生。

謝天謝地，幸好生的是兒子，完全打消了程耀將孩子取名爲「程樂樂」及「程美美」的念頭。梁采菲不止一次這麼想。

這一天，他們一家四口特地請了假，在非假日時間來到兒童遊樂園，本想趁著人潮比較少的時候大玩特玩，卻沒想到事情與想像中的完全不一樣。

「把拔，我想坐那個！」雙胞胎哥哥見到想搭乘的遊樂設施，眼睛一亮，拉著程耀的手不停搖晃。

「好啊。」程耀點頭，牽著孩子的手往遊樂設施走去。

他身著船領衫、牛仔褲，雖然已經三十五歲，可長得一副娃娃臉，再加上虎牙與酒窩的加持，完全不顯老，仍舊是一副朝氣蓬勃的大男孩模樣。

「先生，不好意思，自由落體要身高滿一百四十公分的小朋友才能搭乘哦！」工作人員非常抱歉。

「這樣啊？好，謝謝。」程耀無奈地向兒子攤了攤手。

「把拔，那我們去坐那個——」雙胞胎弟弟伸出胖胖的小手，往前一指。

「好。」程耀再度牽著一對小兄弟的手前往。

「先生，抱歉，碰碰車要滿一百三十公分的小朋友才能駕駛哦！」工作人員讓雙胞胎兄弟站到身高尺前，充滿歉意。

「好吧，謝謝。」程耀再度領著小孩離開。

「這個也不行，那個也不行。」兩個小男生同時癟嘴，委屈得不得了。

「誰叫你們那麼矮？哈哈哈哈哈！」爸爸哈哈大笑，一點同情心也沒有。

「嗚，瑪麻，把拔是討厭鬼！」

恰好，去洗手間的梁采菲此時回來了，雙胞胎哥哥立即撲向母親的懷抱，淚眼汪汪地痛訴爸爸的惡行。

雙胞胎弟弟雖然也很想撲向媽媽，可是又覺得這樣爸爸好像有點可憐，只好很有同情心地繼續讓爸爸牽著。

「告狀告狀，就知道找我老婆告狀！」程耀嘖了聲。

「你讓著孩子一點會怎樣？」梁采菲摟住孩子，不禁失笑。

生完孩子的她身材依舊穠纖合度，眉宇間雖有歲月的洗鍊，可還是清秀溫雅、風姿綽約，更添了分母親才有的溫柔與沉穩。

難得不用上班，她身上穿的不是襯衫、窄裙，而是針織衫與牛仔褲，腳上踩著運動鞋，站在程耀身旁，足足矮了他許多，看來十分小鳥依人。

「哼哼，我誰都不讓。」他老婆疼的只能有他一個而已，想爭寵的都滾到旁邊去。

把拔眞是太幼稚了！他決定不要同情把拔了。「瑪麻，把拔剛剛偷吃我的冰淇淋！」雙胞胎弟弟衝向媽媽，和哥哥一人抱一邊，跟著告狀。

「臭小子，誰偷吃了？我只是嘗嘗味道而已，只是一口！」程耀不可置信。這兩個沒良心的傢伙！剛才明明還黏著他不放，梁采菲一出現，居然就拋棄他了。

「一口也是偷吃！」弟弟忿忿指著他。

「把拔笑我們矮！」哥哥忿忿指著他。

「好呀，造反了！把你們剛剛吃的冰淇淋通通吐出來還我！」程耀忿忿指著他們。

「都別鬧了，你們三個，接下來想玩什麼？我們趕快去排隊吧。」梁采菲哭笑不得，被他們父子三人搞得又好氣又好笑。

有了孩子之後，這個家裡總是雞飛狗跳。

本來，孩子還不太會說話時，她想，等孩子大一點、懂事了，能溝通了，這個家裡應該就不會如此吵嚷了。

沒想到隨著孩子年齡漸長，有了表達能力，逐漸有了自己的想法與意見，聊天、拌嘴是家常便飯，最可怕的是，總和爸爸一起玩得無法無天，家裡根本就比從前熱鬧百倍不止。

「我覺得我一定被雙胞胎詛咒了，才會在家被弟弟、妹妹欺負，有自己的孩子之後，也要被雙胞胎折磨。」程耀突然發出感慨。

「齁！不可以說叔叔跟姑姑壞話哦！我要跟叔叔還有姑姑講。」小兄弟的耳朵豎起來，不甘示弱地回嘴。

程耀的雙胞胎弟妹今年已經二十歲了，完全是小雙胞胎胡鬧的好搭檔。

「去說呀，才沒在怕你們咧！早知道讓你們叔叔跟姑姑帶你們來就好了，我剛好可以和老婆去約會，不用帶你們兩個電燈泡。」可惡！他怎麼沒有早點想到？

「不可以單獨跟瑪麻去約會。」雙胞胎弟弟馬上宣告主權，緊緊抱住媽媽的手。「瑪麻，我要坐摩天輪。」

「臭小子。」鬼靈精的咧，程耀嘀咕。

「好啊。」她溫柔地點了點頭。

「蛤？摩天輪好無聊哦。」雙胞胎哥哥不太樂意。

「哥哥不想坐嗎？」梁采菲蹲到他面前，摸了摸他鼓鼓的臉頰。

「也不是不想啦……而且，爲什麼只有弟弟能玩到自己想玩的啊？」他更想坐刺激一點的，可是刺激一點的又不能坐。

「沒有啊，我們先一起坐摩天輪，然後等等看哥哥想玩什麼，誰都不能拒絕。大家都能玩到自己想玩的，好不好？」

「好。」雙胞胎哥哥馬上就高興起來了。

這年紀的小孩最講究公平了，程耀與弟弟、妹妹從小相處到大，早就習以爲常，拆招拆得駕輕就熟。

他快快樂樂地笑出晴天，牽起梁采菲的手，一家人走向摩天輪。

「哇噢！好高哦！」

「怎麼動得這麼慢？好無聊哦！」一搭上摩天輪，雙胞胎做出截然不同兩種反應。

「這裡看得到我們家嗎？」

「不知道耶。」

「把拔，我要坐到你肩膀上。」雙胞胎哥哥纏向爸爸。

「我也要。」雙胞胎弟弟見狀，也跟著過去。

告狀找媽媽，玩樂找爸爸，孩子們自然而然發展出這種生態。

「這裡是摩天輪耶，你們兩個坐好，現在不是坐在把拔肩膀上的時候。」梁采菲將雙胞胎弟弟拉回來。

「可是……嚇啊！」弟弟動來動去，心不甘情不願想討價還價，突地一聲嘎嘰聲響，摩天輪便靜止不動了。

「嚇！怎麼了？」哥哥緊緊摟住爸爸的脖子。

「瑪麻，發生什麼事了？」弟弟也緊緊抱住媽媽。

梁采菲與程耀抱住孩子，還沒反應過來，摩天輪內的廣播倒是先響起來了。

大意是說，因爲陣風過強，導致電腦安全鎖上鎖，需要時間排除狀況，請乘客不要擔心。

程耀馬上以淺顯易懂的句子爲孩子們解釋，雖然已經盡量說得清楚明白，但孩子們還是一知半解。

「把拔，我們會掉下去嗎？會死掉嗎？」

「傻瓜啊，不會掉下去，也不會有人死掉。來，把拔抱。」程耀摟緊孩子。「沒事啦！你們看，別人搭摩天輪，幾分鐘就要下來了，我們卻可以搭這麼久，簡直超幸運的！來，不是要找我們家在哪裡嗎？我們一起找。」

「瑪麻，把拔說的是眞的嗎？」弟弟有點懷疑，轉頭問媽媽，還是有點害怕。

「是啊，把拔說的是眞的。」她握住孩子的手，柔軟地笑。

這種時候，程耀不慌不亂，沒有咒罵工作人員，也沒有對小孩失去耐性，眞的十分可靠。

「那是我們家嗎？」雙胞胎哥哥很快就被轉移了注意力。

「哪裡？」雙胞胎弟弟湊過去看。

程耀摟著兩個一坐一站的小孩，握住她的手。「別怕，沒事，有我在。」

「我不怕。」她回握他，感受他掌心傳來的熱度。

她說不怕，是眞的不怕。

她望向窗外，瞇眸望著腳下臺北。

這是她從小住到大的城市，街景好像每年都在改變，卻又好像什麼都沒改變。

小時候，她從沒想過自己有朝一日，能夠搭乘摩天輪，俯瞰這片景色。

小時候，那才是眞正的害怕。

總是毆打她們的爸爸、總是獨自傷心的媽媽，總是無所不用其極，拚命賺錢的自己……

誰願意、誰又捨得花錢來遊樂園？她每日都過得膽戰心驚，夜不能眠。

而如今，她有一個和樂融融的家。

他們一家人被困在摩天輪裡，可她的丈夫讓兩個孩子輪流坐在他膝上，變著花樣逗孩子笑，另一隻手則緊緊牽著她。

她從小沒見過的好父親、好丈夫，在她身旁男人的身上，全部都看見了。

她被他牽著、牽著，望著窗外景色，望著眼前一切，忽然之間，鼻子就酸了。

假如二十歲時，有人告訴她，她四十歲時會是這副模樣，有愛她的丈夫、愛她的孩子，她一定怎麼也不會相信。

如果有一天，還能再見到樂樂美的話，眞想讓樂樂美看看她、她的孩子、她如今的生活。她有遵守諾言，過得很好很好，超級幸福。

原來，她可以離幸福這麼近……

「妳怎麼哭了？」程耀轉過頭來，突然看見她眼裡有淚光，很緊張地問。

「不是我哦！」雙胞胎哥哥大驚失色。

「也不是我！」弟弟也嚇得很厲害。把拔總是說，他們誰讓瑪麻哭，誰就完蛋了！雙胞胎急著撇清，兩人腦袋搖晃個不停。

雖然把拔平常對他們很好，但凶起來時，也是眞的超凶哦！尤其事情只要扯上瑪麻，那就更加完蛋了！

「沒有……」她抹了抹頰畔的眼淚，露出笑容。「只是覺得，我眞的嫁了一個很好的人。」

「齁！是把拔讓瑪麻哭的！」小朋友馬上捕捉到關鍵字。

「都是把拔害的！」另一個馬上幫腔。

「你們兩個，還不快去安慰瑪麻？快去說點笑話或什麼啊！」現在是挖苦他的時候嗎？程耀眞是恨鐵不成鋼。

「明明是把拔把瑪麻弄哭的嘛……」

「就是呀。」

「你們……哈哈……」她被父子三人的反應逗得啼笑皆非，全然沒有注意到另一個摩天輪車廂頂端，坐著一個全身粉紅色的小女孩。

小女孩穿著粉紅色蓬蓬裙，踢著穿著粉紅色褲襪的小腿，露出萌萌的笑臉。

她覺得，她眞是全世界最有良心、最有愛心、最貼心的月老了，樂樂美快樂地想。

不僅保佑信徒愛情圓滿、婚姻幸福，甚至還提供售後服務，時不時就跑來看看他們過得好不好，簡直太有情有義也太善良了！

哎呀！凡人眞的好笨，居然沒發現她就坐在這裡呢！

小女孩很滿意地笑了笑，往上一躍，蓬裙飛揚如花，消失在天際。

實體書印調小劇場

片場內，程耀盯著坐在電腦前，不知道在幹麼的導演兼作者小姐，發出不平之鳴。「不是說可以收工了嗎？爲什麼我還不能走？」

作者小姐坐在電腦前愁眉不展，臉上反映著藍光，決定不理他。

「爲什麼爲什麼爲什麼？我想去約會啊啊啊啊——」程耀毛毛躁躁地繞著片場亂轉。

「少說兩句吧。」從外頭走進來的梁采菲手裡提著一大袋飲料，放了一杯咖啡在作者小姐桌上。「來，喝咖啡。」

「謝謝。」作者小姐拿起咖啡，感激涕零地啜了一口。

「喏，你的。」梁采菲遞了一瓶汽水給程耀。

「嗚嗚嗚，還是我老婆最好了，不像那個女魔頭，都不讓人下班。」程耀拉開飲料拉環，哀怨地看向電腦前的作者小姐。

「你有什麼好抱怨的？時常都沒你的戲，采菲從頭演到尾都沒說話了。」以爲她沒看見他瞪她嗎？作者小姐冷冷一眼掃過來。

「就算偶爾沒有我的戲，有我出場時就很累啊，我的臺詞永遠都是最多的！」程耀抗議。

「亂講，敏敏的臺詞也不少。」作者小姐想也不想。

「敏敏？拜託，敏敏才幾場戲啊？」跑龍套的女二，不、甚至還不是女二，是女三，跟他怎麼比啊？程耀不滿。

「你是男主角，你累是應該的好嗎？」作者小姐越來越暴躁了。

「我沒說我累不應該，我只是想下班想約會想回家陪老婆不行嗎不行嗎不行嗎？」

「你老婆不就在這裡嗎？」

「那不一樣！」在家跟在片場怎麼會一樣？

「我還不都是爲了你！」作者小姐失去耐性，將電腦螢幕轉向程耀，忿忿指著上面的表格。「你看！」

「看什麼？」程耀一頭霧水。

「這是實體書的印量調查單，是用來統計實體書數量的。」

「那又怎樣？」

「假如印調數量還不錯，這個故事就可以出版，可以出版，我就得寫一本別冊，你和采菲還得再演五十頁。」

「五十頁？」程耀的表情像要上斷頭臺。「誰理妳啊？我不演！」他果斷拉起梁采菲，氣沖沖往片場門口走。

「五十頁床戲，你不演算了。」作者小姐使出殺手鐧。

「五十頁什麼？」程耀瞬間奔回來。

「五十頁床戲。」作者小姐又強調了一遍。

「我乖，我等。」程耀立刻拉來板凳，正襟危坐地坐在作者小姐身旁。

作者小姐和梁采菲瞬間都沉默了。

等不到五分鐘，程耀又開始不乖了，雀躍發問：「要有多少數量才行？現在有了嗎？還差多少？我可以幫妳按F5嗎？我可以去路上廣告嗎？我可以自己買五十本嗎？假如要演的話，妳要把我寫得很厲害很持久很威猛很帥氣很強壯很——」

「采菲，去拿老虎鉗來。」作者小姐桌面一拍，轟然站起，她真的受夠了。

「啊？什麼？」梁采菲呆住。

「快拿老虎鉗來！我今天一定要把他的虎牙拔掉！」

「喂喂喂！不行！我靠虎牙吃飯的！」程耀轉頭就跑。

「靠你個頭啊！我都已經被你煩了十幾萬字了，我才是最煩的那個，我都沒抱怨了，你還一直在旁邊嗡嗡嗡、嗡嗡嗡，好煩啊你！」作者小姐爆炸了。

「妳腿那麼短，妳是追不到我的！」嘿嘿，程耀越跑越樂。

「程耀，你……」唉，算了。本想阻止程耀的梁采菲決心不管了，打開她最愛喝的蘋果汁，安靜恬然地啜了一口。

傻瓜程耀，別忘了還有五十頁床戲捏在作者小姐手上呢。

你現在激怒她，就算前面十幾萬字有多討喜多帥氣多可愛，只要有一點點壞掉，比如早×、不×，或陽×什麼的，也是整盤壞光光，救都救不回來哦。

笨蛋。梁采菲再度喝了一口蘋果汁，默默幫作者小姐按下F5。

當看見表格內數字顯示到達作者小姐的預設門檻時，她很沒良心地笑了。

最好的你／妳

「爲什麼我的番外是別人來演啊？我才是男主角吧！」

程耀看著作者小姐前幾日發布的番外篇，怎麼找都找不到自己的名字，移動著滑鼠游標來來回回，對著電腦螢幕發出不平之鳴。

「噢，因爲……」梁采菲走到程耀身旁，拿出作者小姐的筆記本，翻到其中一頁，照著上面的文字念——

「讀者們在FB上對於番外篇的敲碗是這樣：一、找樊市長陳情。你要找市長陳情嗎？」

「不要！我沒事幹麼去找市長陳情啊？」最討厭穿西裝打領帶的人了！程耀一秒拒絕。

「二、我去找鳳六算命收驚？」梁采菲繼續往下念。

「別鬧了！妳離那個異瞳妖孽遠一點！想都別想！」程耀再度拒絕。

鳳簫那傢伙太俊美漂亮了，全世界的女朋友或老婆都應該離鳳簫遠遠的。

「三、男同事暗戀你？」梁采菲接著讀下一行，嗓音中隱約有股笑意。

「寧死不演BL！男同事滾！」程耀重重拍了下電腦桌面，臉色越來越難看。

「四、七年之癢？」梁采菲話音中的笑意越來越明顯。

「癢個毛啊？我最乖了，就算七十年也不會癢！」程耀瞬間從椅子上跳起來！怎麼都沒點像樣的建議？

「五、正義魔人律師？」

「又是別人？連名字都沒有的傢伙就退下吧！」

「六、樂樂美變成……」梁采菲連忙打住，猛然收口。

樂樂美變成月老前的故事？樂樂美投胎當采菲的女兒？點名這些的小夥伴是誰啊？她要跟她誓不兩立！

樂樂美退散！梁采菲背脊發寒。

「樂什麼？」程耀沒聽清楚，眼珠一轉，虎牙快樂地跑出來。「閨房樂？床笫樂？這我沒問題！可以！」

「可以你個頭啦！」她兩頰爆紅，拿著手中的筆記本毆打程耀。

「好了，別打了，再打妳就要守寡了。」程耀笑著討饒，嘴上雖然這麼說，可卻被打得很樂，十分喜愛她如此精神奕奕的模樣。

兩人笑鬧了好一會兒，程耀追問：「還有沒有別的番外？」

「沒有，就這樣了。」梁采菲搖頭。

「就這樣？都沒有人想看我？」程耀雙肩一垮，神情看起來很失望。

「藍領不是人啊？就算我長了幾歲，已經不是小鮮肉，身材也還維持得不錯啊，難道虎牙已經不受歡迎了嗎？年紀大了也不行？讀者好現實，沒有人喜歡我了，就讓我隨著全文完一起凋零吧——」

「夠了，演什麼啊你？」她失笑。

「梁組長，妳還愛我嗎？就算讀者不愛我，妳也要愛我——」程耀顯然還沒演夠，展臂向梁采菲討抱。

「眞是……說什麼啊？當然愛你。」永遠都孩子似的。

她唇邊牽起寵溺的微笑，張手環抱程耀，越來越習慣哄他。

時常，她摟抱著程耀的時候，總有一種很異樣的，但卻很踏實的幸福感。

明明是一個身材精壯的男人，體型魁梧，高她許多，心靈上也比她幸福健康，但總是不吝於向她撒嬌示好。

拚了命地向她索討，求她給予，那麼珍惜她的每一個笑容，每一個舉動，每一句話語，每一個擁抱，那麼令她感到被疼愛，被需要。

怎麼，他可以愛人愛得如此義無反顧、始終如一，那麼令她感到幸福呢？

「我覺得，那是因爲我們已經過得很好了，就算番外沒有繼續下去，讀者們也能知道我們一定很幸福快樂，所以，才能沒有殘念地敲碗別人，並不是因爲不愛你的緣故。」她摟緊程耀，在他懷中仰起臉容，十分認眞地說。

「我們過得很好嗎？」他很愉快地笑出虎牙。「眞開心聽見妳這麼說，我一直很擔心妳覺得現在的生活過得不夠好。」

「爲什麼？」梁采菲疑惑地問。

「因爲……唔……」程耀搔了搔頭，又回到那個他心中始終有點難以釋懷的問題。「總覺得，妳可以找到更好的對象，社會地位高一點，薪水高一點的那種，物質生活可以比現在好很多，跟別人聊起丈夫的職業時，也可以大聲很多。」

「怎麼還是這件事啊？」她皺眉，伸手掐程耀臉頰。「早就說過八百遍了，我很喜歡你現在的樣子，你的工作，你的薪水，你這個人，你所有的一切，都是我覺得最好的樣子，不論和誰聊起丈夫，我總是很驕傲，非常驕傲。」

他摸了摸她的頭髮，微笑，卻沒有回話。

梁采菲看著他略微惆悵的眼神，知道他並不這樣想，可能認爲她只是在安撫他罷了。

「只說我，你不也是嗎？就像我，我很殘破，可你總是認爲我很好……」她的原生家庭，她彆扭的性格，都不完美。

「妳哪裡殘破了？不要亂說！妳什麼都是好的！是眞的很好！」程耀立刻反駁。

「你看！」她笑了。「我也覺得你什麼都是好的，是眞的很好。你不要再糾結職業或收入那些小事了。」

程耀驚覺自己中計，撇了撇唇，有點不甘願，又有點開心。「梁組長，妳太卑鄙了！」

「卑鄙就卑鄙吧，我只想讓你知道，我的心情，跟你是一樣的。」她眼神燦燦，愉快漾笑。

程耀直視著她，看向她柔軟的眼神，頓時也覺得自己的心柔軟得不像話。

是啊，她當然是最好的梁組長，無論曾經吃過怎樣的苦，經歷過怎樣的風霜，都是他眼中最好的她。

「我要一直當妳心目中那個最好的。」他擁緊梁采菲，感受著她柔軟的觸感與體溫，在她頭頂輕聲地道。

「你已經是了。」她在他懷中堅定地回。

當然是。

永遠都是那個最好的，無可取代的你／妳。

樂樂美日常ft.鳳六

空。

很空。

非常空。

樂樂美第一百零八遍望著桌上那隻小豬撲滿，再次確認了裡頭一塊錢也沒有，綁著粉紅色雙馬尾的小腦袋垂下來，嘆了第一百零八口氣。

怎麼回事？七夕不是快到了嗎？

爲什麼她的粉紅色城堡裡這麼空，香油錢更空呢？

小豬撲滿很餓，她也很絕望啊啊啊啊啊！

樂樂美環視了空空如也的粉紅色城堡一圈，手撐著膨膨的臉頰，又攏了攏蓬蓬的粉紅色裙襬，皺起眉頭，非常認眞地思考——

難道是月老廟的門檻設得太高了嗎？

怎會？

她又沒有設置很刁鑽的結界條件，不過就是心地純良、業障不要太重這種基本要求而已嘛！怎麼會搞得樂樂美月老廟門可羅雀，連半個信徒的影子都沒看見呢？

她就不相信，她……

躂躂躂——忽然有道疾行的腳步聲往這裡衝來——

太好了、太好了！信徒上門了！

樂樂美登時心喜，立刻躍上天花板橫梁，打算先悄悄觀察一下這次有緣能踏入廟裡的信徒是什麼樣的人物，沒料到都還沒找到個好位置坐下……

砰——城堡大門被藍紫色的衝擊波衝開，一名身形快如閃電的男子衝進來，富麗堂皇的城堡門扇在他背後發出轟然巨響，華麗麗地倒下。

「哇啊！什麼東西啊？居然敢拆我房子?!」樂樂美驚叫，足尖一點，輕盈地從橫梁上躍下。

小小的身體還浮在半空中，闖入城堡的男子左手捏起咒訣，彈指又是好幾道劍訣同時轟向樂樂美。

「搞什麼鬼?!」

樂樂美縱身旋足，靈巧避開，雙手在胸前做出複雜結印，運行周身仙氣固形防禦，粉紅色身軀泛出耀眼光芒，一一擋下來人緊接著而來的攻擊。

仙？

追著隻小鬼跑來此處的鳳簫錯愕停手，不可思議地打量著樂樂美環身光芒。

藍紫色左眸疑惑地望著粉紅色雙馬尾小女孩，神情警戒，左手仍掐捏著劍訣，絲毫不敢掉以輕心。

不，不太像仙……

不只仙氣有點薄弱，修爲看起來也十分有限。

「你是誰？鳳家？」樂樂美倒是先開口了，問得有些不確定，又幾乎有八分把握。

這樣貌、這靈氣、這能轟掉神仙城堡的能力……

不是那個被授以天命，六道都要讓他們幾分的鳳家，還會是誰？

「是。鳳六。」鳳簫答得毫不避諱，挑眉再問。「妳又是誰？半仙？」

「半你個頭啦！你才半仙！你全家都半仙！」樂樂美一秒鐘就被激怒了，包圍在仙氣中的兩支馬尾似乎都氣憤到站起來了。

半仙半仙，聽起來就是個半吊子，多討厭啊！

她最討厭人家說她是半仙！

又不是她自願要當半仙的！幹麼往她痛處上踩啊？要不是月老筆試太難考，香油錢又太難賺，她八百年前就升格了！

「我是樂樂美，仙班第９７６５２５６８號準月老，才不是什麼半仙，區區凡人請尊敬我，謝謝！」

「準月老？」鳳簫勾唇一笑。「『準』就代表還不是。區區一個實習月老，連仙班都還列不進，尊敬？」

「囂張什麼啊你！」樂樂美更氣了！天規那條不得擅自處罰凡人的律法是誰寫的？她現在就要滅了鳳六！管他鳳家還凰家？不就是鳥嗎！

樂樂美怒不可抑，擺臂飛舞，靈活驅動仙術，城堡內霎時降下幾道落雷，勢如破竹地朝鳳六劈下。

砰——鳳簫一個瞬步，張盾抵擋的同時做出反擊，巧妙翻身旋轉，漂亮地躍過樂樂美頭頂，須臾攻向樂樂美後背。

「哇！太陰險了你！」樂樂美驚險避過，旋身驚嚷，哀傷地聽著城堡梁柱因被鳳簫擊中發出的悲鳴，飛快又做了幾個仙法，往鳳簫那兒胡亂投擲。

「都不知道誰先開打的？」鳳簫輕巧閃過樂樂美孩子氣的攻擊路數，仔細研究判斷起她的仙術。

顯然樂樂美並不熟悉戰鬥，但仙術畢竟有著絕對性的強悍，挾帶著無上氣勢，隨便一擲都是凌空灌頂。

難得能與仙法較量，鳳簫非常愉快，十分樂在其中。

匡噹──砰──乓──

鳳簫與樂樂美你來我往，城堡毀壞得更加嚴重了。

但樂樂美殺紅眼，一不做二不休，已經豁出去了，城堡什麼的，動動手指再蓋就有了啦！

「鳳六？你在裡面嗎？」樂樂美與鳳簫正打得如火如荼，城堡外忽爾傳來女人喚聲，令鳳簫與樂樂美兩人動作一停，陡然止勢。

日霏？對，都忘了袁日霏叫他等她。鳳簫是這麼想的。

信徒！香油錢！樂樂美是這麼想的。

鳳簫與樂樂美兩人略感遺憾地互望一眼，十分有默契地收手，袁日霏就在此時踏入滿目瘡痍的粉紅色城堡裡。

「不是請你等我一會嗎？停好車回來你就不見了……咦？」袁日霏向鳳簫抱怨，話說到一半，驀然看見鳳簫身旁的樂樂美，話音一頓。

「這小女孩是誰？你又在這裡做什麼？」袁日霏看看樂樂美，看看鳳簫，再看了看被轟得亂七八糟的四周。

先不提這裡有座粉紅色城堡這件事有多詭異，這些倒下的大門、柱子，滿屋斷垣殘壁又是怎麼回事？

「嗚哇——姊姊——他欺負我——」樂樂美見袁日霏似乎是鳳簫的熟人，心念一動，畫風一轉，立刻楚楚可憐了起來，一把撲抱住袁日霏。

「他突然跑進來，跟我說沒兩句話，就說我長得比他漂亮又可愛，然後就生氣了，還把小豬撲滿裡的錢都拿走了……我不知道他為什麼生氣，嚶嚶——」樂樂美三秒落淚，說得很可憐，也哭得很可憐，手指顫抖地指著小豬撲滿。

這哪招？到底誰陰險？

鳳簫簡直不可思議，最不可思議的是，袁日霏居然相信了。

「還給她。」袁日霏義正詞嚴地睞向鳳簫，語畢，還低頭摸了摸樂樂美粉紅色的頭髮，摟住樂樂美顫抖的肩膀。「乖噢，不哭了。」

拜託！氾濫的同情心或母愛不是這樣用的！

「這妳也信？我是這種人？」賣萌也編個像樣點的故事吧？這什麼爛理由啊？鳳簫不以為然地嗤了聲，向袁日霏抗議。

「怎會不是？你問每個讀者都會說『是』好不好？」也不想想當初誰堅持他比她美？袁日霏回應得很理所當然。

「是個毛啊！我不給，一塊錢也不給，休想！」賣萌可恥！低級！不要臉！鳳簫鄙夷地瞪向樂樂美。

「嚶，又瞪我——姊姊，他好凶嗚嗚……人家的小豬撲滿……」樂樂美朝袁日霏懷裡縮了縮，演得更忘我了。

「乖，他拿妳多少錢，姊姊還妳好不好？」袁日霏望著鳳簫的眼神就像他姦淫擄掠了整條街一樣。

「我不知道，嗚嗚……那人家存很久的……」樂樂美啜泣得更厲害了。

「那不然這樣，姊姊身上的零錢都給妳好不好？」袁日霏說著說著，就把零錢包裡的零錢都存入粉紅色的小豬撲滿裡，拍了拍撲滿上因方才戰鬥沾上的粉塵，神情十分溫柔地還給樂樂美。

「乖，不難過了噢！」

卑鄙！女人和小孩果然都是難以理解且不講理的生物。

太荒謬了！鳳簫不可思議地望著眼前這一幕。

「謝謝姊姊。」樂樂美一把鼻涕一把眼淚地接過袁日霏遞來的小豬撲滿，軟軟的鼻頭與臉頰紅通通的，表情說多萌有多萌。

她楚楚可憐地向袁日霏道謝，趁著袁日霏不注意時，還轉頭向鳳簫吐舌做鬼臉。

幼稚！鳳簫幼稚地想。

見樂樂美總算不哭了，袁日霏還想安撫樂樂美幾句，鈴——行動電話驀然響起。

「姊姊出去接個電話。」袁日霏看了下手機來電顯示，拍了拍樂樂美頭頂，走到外頭前，又回頭過來交代鳳簫。「不要再欺負人家了。」

欺負妳妹啊！鳳簫百口莫辯，怒目瞪向樂樂美。

樂樂美早就一改方才淒風苦雨的小媳婦樣，坐在一旁，樂呵呵地踢著小腿數錢。

「五、十、十五……哇！還有兩個五十元銅板欸，那位姊姊人眞好！眞想保佑她啊！可惜她沒有姻緣線——」

「她沒有姻緣線？」鳳簫挑眉。

「是啊，沒有。上輩子沒有，下輩子沒有，這輩子更不會有。」樂樂美開心地將小豬撲滿肚子上的軟塞塞好，忽然想起什麼，奇怪地歪頭問鳳簫。「咦？你沒有看過她的命盤？」

傳聞鳳家人除了降妖伏魔之外，還能夠卜算、洞燭天命，不至於連這都看不出來吧？

「沒有。」鳳簫搖頭，據實回答，沒打算隱瞞。「只是隱約可以猜到她是命無正曜格。」

「那就是了啊，夭折孤貧哪還有什麼姻緣線？『孤』這字沒學好嗎？小學老師都要哭了。」樂樂美哼哼，挖苦鳳簫是一定要的。

「幫她接上？」知道袁日霏在意她的命數，忽爾這麼被樂樂美赤裸裸地揭開，鳳簫遲疑了片刻，驀然感到有些不捨，出言要求。

鳳家再神通廣大，畢竟只是凡人，而樂樂美再半吊子，好歹是月老，鳳簫十分不願承認，但這確實不是他能辦到的事情。

「哇，你以爲菜市場買豬肉啊？沒有就是沒有。」樂樂美對鳳簫這種不可一世的口吻眞是不敢恭維，吐槽到一半，忽爾心領神會。

「咦？你喜歡她？」

「誰喜歡她了？」鳳簫立刻否認。

「你。」否認得越快越有鬼，樂樂美插腰狂笑。

「姆哈哈哈哈！雖然沒有姻緣線，但我是誰呀？我可是放眼六界最可愛最萌最可靠的樂樂美耶！總有辦法的。來，求我拜託我感謝我，我考慮一下，對了！還要投點香油錢。」樂樂美笑得歡欣，越說越猖狂，將小豬撲滿推給鳳簫。

「我不在乎她有沒有姻緣線。」鳳簫認真考慮究竟要先劈了這個粉紅色撲滿，還是先劈了樂樂美。

「屁啦！你看起來超級在乎的，你自己看。」樂樂美不知從哪兒生出一面鏡子，舉到鳳簫面前，被鳳簫一掌拍掉。

「我是眞不在乎。」鳳簫嫌惡地瞪著樂樂美與她莫名其妙的鏡子。「不管命格如何，姻緣線又怎樣，我總是會護著她的。」

噢？言下之意是不論對方有沒有姻緣，總要纏著對方不放就是了？

既不承認喜歡，也不說愛，彆扭得要命，可怎會聽起來有點長情又浪漫呢？

「凡人就是業障重，看來鳳家也不例外。」樂樂美嘖嘖。

「不勞仙班第９７６５２５６８號『準』月老費心。」鳳六那個重重強調的「準」月老眞是差點沒將樂樂美氣到吐血。

「你──」眼看著樂樂美與鳳簫又要吵起來，恰好袁日霏結束了電話，從外頭走入。

「鳳六，于進找我們，得去一趟案件現場，走吧。」袁日霏向鳳簫說完話，轉頭又對樂樂美疼愛地問。「他沒欺負妳吧？小豬撲滿裡的錢都還在嗎？」

「在，謝謝姊姊。」樂樂美天眞無邪地回。

「那我們走了，掰掰，以後別再讓壞人跑進來嘍！」袁日霏向樂樂美道別。

誰是壞人了？她才全家都壞人！

鳳簫已經不想吐槽了，負氣便走，離去前在城堡旁抓到那隻害他誤入樂樂美城堡的小鬼，三兩下就把小鬼滅了，連渣都不剩。

「你走這麼快做什麼？你又不知道我車停哪，還不等我？怎麼老這麼任性？」袁日霏小跑步追上鳳簫，實在不知道他在鬧什麼脾氣。

「對，我最任性。」鳳簫嘴上這麼說，腳步卻明顯放緩了，直到袁日霏走到他身旁，才與她並肩同行。

袁日霏和鳳簫走到座車旁，正要從包包內拿出車鑰匙，卻在包包內看到一束以粉紅色繩結綑綁的紅線。

「咦？」袁日霏疑惑地將那束紅線拿出來，定睛看了看。「什麼時候有這束紅線？看起來有點眼熟……是不是剛剛那城堡裡的東西？」

鳳簫望向袁日霏手中紅線，上頭明顯沾染著仙氣，不是凡間俗物。

眼角餘光再捕捉到一個鬼鬼祟祟的粉紅色身影，偷偷藏在西南方位的某棵大樹上，悄悄觀察著他們……

絕對是樂樂美的紅線，百分之百。

「是很像那個城堡裡的東西，大概那小女孩喜歡妳，偷偷塞進妳包包裡的。」鳳簫想起樂樂美說袁日霏沒有姻緣線，心想約莫是樂樂美收了袁日霏零錢，打算給出什麼實質性的回報。

「我拿去還她。」袁日霏永遠一板一眼。

「她偷塞，妳又還她，豈不是讓人很沒臺階下？別辜負人家的好意。」

鳳簫趕忙拉住袁日霏，不希望她將難得的仙界之物退回，此後安穩順遂。

「好吧……也是。」幸好僅是一串紅繩而已，不是什麼貴重物品。

袁日霏面有難色地思考了一番，決定聽從鳳簫的建議，將紅線收入包包內，打開車門，坐入駕駛座。

鳳簫為袁日霏關上車門，繞到副駕駛座，打開車門前，抬頭往樂樂美所在的方向望。

樂樂美對上鳳簫的視線，心中頓時升起不好的預感，再看見鳳簫兩指併攏，似乎正要做出什麼動作，警戒心一起，立刻擺出防禦架式，屏障起仙術結界。

可鳳簫動作比樂樂美更快，噹鋃一聲，一道紫光強勢衝破她仙法，筆直落入她的小豬撲滿裡，發出清脆聲響。

咦？不是攻擊？

什麼東西掉進小豬撲滿裡了？亮晃晃的，難道是銅板嗎？

樂樂美搖晃了下粉紅色小豬，打開肚子，再次數了數當中零錢。

噢噢噢噢噢！多了五十元！

幹麼裝模作樣啊？要贊助她香油錢的話，好好投幣就是了嘛！幹麼突然嚇她？

哼哼哼、呵呵呵——今天賺了很多錢！

管那個姊姊有沒有姻緣線，管他鳳家還是凰家，有給她香油錢的都是好人！

樂樂美喜孜孜地抱起小豬撲滿，喜孜孜地望著袁日霏與鳳簫的轎車揚長而去。

看在香油錢的分上，姑且就保佑他們吧！

扼殺

處理完所有離婚事宜，她離開了有他在的那間律師事務所，知道這可能是她與他的最後一次見面。

當然，離婚官司已經結束，離婚手續已然完成，她有什麼理由與她的離婚訴訟律師見面？

她穿越事務所樓下的小馬路，攏緊身上的外套，不知是否錯覺，總覺得今年的臺北比往常更冷，椎心刺骨的，就連高級毛料大衣也無法禦寒。

明明，理智上知道應該早點回到轎車內，打開暖氣，驅車回家，前行的腳步卻不禁停下，回首往有他在的律師事務所大樓望。

再也……不會見面了吧？

李蘋站在馬路對面昂首，才抬頭，便意外瞥見那道穿著三件式西裝，倚在窗邊的身影。

那人……他就站在事務所的玻璃窗前注視她，倚著半捲起的百葉窗，就著玻璃往下望。

位於九樓的律師事務所，中間還隔著一條小馬路，那距離並不算近，可李蘋就是能夠很明白地知道他在注視她。

她仰頭望著俯瞰她的他，心跳不爭氣地益發猛烈，實在很不明白事情怎會發展到如今這種地步。

不就是離婚諮詢，協助處理侵害配偶權與財產分配的相關事宜嗎？怎會搞成這樣？

不知不覺間，每個情緒都被他牽動，每次呼吸彷彿都被他主宰，不用特意回想，腦海中便會清晰浮現他的聲音、他的動作、他的每一個表情。

人家都說，離婚的痛苦需要七年才能遺忘，而她怎能花費不到七週便愛上一個人？

她想起他的頻率太高，想著他的時間也太煎熬。

愛情應該是男孩與女孩們的奢侈品，不是像她這樣，一個上了年紀、離了婚，甚至還帶著孩子的女人應該妄想的東西。

更何況，他年紀比她小，事業比她有成就，是個貨眞價實的黃金單身漢，而她只是個被用過即拋的瑕疵品，她本來就不該妄想他。

愛情早就遙遠得像上個世紀發生的事了。

或許，嚴格地說起來，愛情連在她的上個世紀都沒有發生過。

她曾經口口聲聲將愛掛在嘴邊，每天每日每夜，總要和情人說過很多次「我愛你」，而她卻連一句回應都沒有得到過。

也曾在情人當兵時，每週都要寄好幾封信到部隊去，可她並沒收過任何一封回信。

走遠的男人從不提愛，說愛不該浮泛地掛在嘴邊，而最後，他用行動澈底證明了他的不愛。那麼，究竟有沒有愛過呢？

她不知道，也不是很想知道，早就已經不重要了，不論愛或不愛，沒有任何一個答案會令她感到比較好受。

愛情？那是什麼？

她想，也許她從來都沒有從父母、情人、丈夫的身上得到過，唯一最接近愛情的，唯一讓她確實感受到被愛的，約莫就是孩子了吧。

即使現在那麼愛著她的孩子，總是依賴她、寵著她、關心她所有感受與情緒的孩子，有一天也會振翅飛離的吧？

是該飛離的。

她習慣了。

不論是什麼，有一天終究都會失去。

張開手從來都抓不住什麼，她從很小、很小的時候就再清楚不過了。

她對身邊事物的來去總是淡然以對，無論是轉換工作環境，無論是離開婚姻，無論是面對親人辭世，她總是表露出一股異常的平靜。

很多人說她豁達，也有人說她無情，可她知道她只是傷不起，不想面對急湧而至的情緒，所以必須加倍的完美，加倍的冷靜，加倍的無懈可擊。

如果早就知道即將破敗，為什麼還要徒勞追尋？

但是，為什麼明知如此，還會想伸手抓住眼前這個人呢？

那心跳的感覺太眞實，思念的感受太清楚，期待他每個回應、每個表情的忐忑感太戰戰兢兢，太露骨也太明顯，心慌得令人害怕。

那不是她。

她應該冷靜、勇敢、堅強、世故，沒有一點一絲猶豫，沒有任何拖泥帶水。

結局是什麼？那還用說嗎？

不用想像她都能看見，這個人還有大好的將來，他們之間的未來根本不存在。

即便現在眞能得到站在他身旁的機會，有一天她還是得必須告訴自己：讓他走吧，不要成爲他的絆腳石。

離開她，他才能過得好。不要用任何理由耽誤他。

她現在應該頭也不要回，不要停下來思考，不要回頭望，可她如今居然腳步僵凝，視線與他膠著在這裡。

她在開心，爲了這個男人也在看她感到開心。

她更難過，爲了這個因他的視線而感到開心的她感到悲哀。

害怕他喜歡她，也害怕他不喜歡她，原來這兩種情緒可以毫無違和地並存。

這個男人此時能令她多快樂，日後就能令她多痛苦。

她早就不是小女孩了，又怎會不清楚？

壓抑著心痛說再見這件事，不要了。

再也，再也不要了。

她深呼吸了一口冷空氣，將停留在他容顏上的視線收回，邁步向前走，頭也不回。

她想，總有一天，總能忘記的。

扼殺愛情總好過扼殺他。

逃

「為什麼我要演番外篇？」某律師事務所內，某律師眉毛一挑，往後深深坐進椅背裡，雙手在桌面抵成塔狀，淡淡眸光充分顯露出他的不以為然。

「因為讀者敲你啊，哈哈哈。」作者小姐嚥了口水，乾笑。

「是敲『妳』，不是敲『我』。」律師先生冷冷地說。

「是這樣沒錯啦……」

「我連名字都還沒有不是？」

「呃……對。」

「妳有空跑來要我演番外，為何不先去按幾下中文姓名產生器？」

「你以為名字隨隨便便那麼好取啊？好歹也要配合一下性格。」

「妳以為番外隨隨便便那麼好演啊？好歹也有個像樣的劇本。」

「……」跟律師辯論是毫無勝算的。

「喂，李蘋，妳也幫我說他一下。」作者小姐視線一轉，連忙往旁搬救兵。

「不關我的事哦。」李蘋雙手一攤。「我兒子都已經十七歲，我也三十五了，失婚婦女不說，還是第二春，找我出演女主角本來就很奇怪，妳應該去找敏敏，或是其他比較像樣的女孩子來演。」

聽見李蘋這麼說，律師先生眉頭一擰，顯然不高興了。

「妳是哪裡有問題？」這種若有似無的自慚口吻，聽了真令他不舒坦。

「那你呢？你又是哪裡有問題？」李蘋挑眉問他，他斷然拒絕的態度令她莫名感到有點受傷，只好氣焰更加囂張。

「別把問題丟回來給我，我是問妳，妳沒有任何不妥當。」律師先生睇睨，雙手盤胸，看起來一副要找人吵架的模樣。

「我從頭到腳都不妥當。」李蘋瞪他。若不是她不行，他又為何不答應？

「哪會？妳很漂亮啊，身材也保養得很好，事業有成，性格也不錯。律師先生，你說對不對？」作者小姐聽來有拍馬屁的嫌疑，可她句句都是真心話，還找了律師大人幫腔。

律師先生鼻孔哼了兩聲，起碼沒有反對。

「總之我不適合，我要走了。」李蘋手提包一拿，轉身便走了。

「喂！李……蘋！都你啦，你不去追她嗎？」還喊什麼呀？背影都看不見了。作者小姐轉頭過來罵律師先生。

「讓她去。」律師先生淡淡地答。

「你怎麼這麼無情啊？」作者小姐不平了。

「她不是我的道德觀允許觸碰的範圍。」律師先生依舊那副臨危不亂的口吻。

「為什麼？她已經離婚了，離婚官司還是你打的！」什麼道德觀啊？男未婚、女未嫁，誰不道德了？作者小姐越聽越氣，忍不住吼過去。

「就是這樣我才碰不起！」律師先生吼回來。

她有多難過，又有多堅強，他通通都看在眼裡。

她情傷未癒，踉蹌站起，他怎捨得在這時逼她付出任何一點眞心與感情？

即便他想要，也得說服自己通通捨棄。

「妳也走吧，不送。」律師先生揉了揉眉心，趕人了。

「你們好煩。」作者小姐咕噥。

「煩就別寫。」律師先生再次指了指門口，逐客逐得徹徹底底。

「別寫就別寫，誰怕你啊？」作者小姐賭氣將ＷＯＲＤ關起來。

過了幾分鐘後，賭氣的作者小姐越想越不對。

搞什麼鬼啊？我作者還你作者？你叫我不寫就不寫？

作者小姐打開ＷＯＲＤ——律師先生深鎖眉心，揉了揉隱隱泛疼的太陽穴，說服自己鎭定辦公。

作者小姐奮筆疾書——律師先生掐斷了手中的筆，煩躁地將斷筆扔進垃圾桶裡，發出好大一聲清脆聲響。

作者小姐揚起得意的笑容——律師先生抓起椅背上的西裝外套，提步往辦公室外追。

李蘋毫無目的地在街上亂走。

該去哪裡呢？孩子已然夠大，有屬於自己的社交圈，不需要母親日夜作陪……不上班的日子，她竟覺無處可去。

庸庸碌碌了大半輩子，爲了一個不值得的男人虛擲大把青春，大家都說她還年輕，可是她已感到足夠蒼老與滄桑。

李蘋的高跟鞋踩在紅磚道上，腳步遲疑停下，仰首望天——

這世界上，有誰需要她的陪伴？她又能陪伴誰呢？

沒有容身之處，約莫就是這種感受了吧？

她不要哭，她很好，什麼都很好；她不需要男人，她不寂寞，她不需要人作陪。心中這種悵然所失的失落感全都是短暫的幻象，很快就會消失的。

李蘋正要舉步前行，手臂卻被一把攫住。

她驀然回首，便撞見一雙再熟悉不過的眼眸裡。

「再也不准從我眼前逃開，聽見了沒有？」來人掐住她下巴，挑起她低垂的容顏，言語無情銳利，卻輕易逼出她眼眶裡的薄淚。

「你不要我，我也不要你，我討厭你……」眼淚不爭氣落下的瞬間，她被摟進一個熱燙無比的懷抱裡。

「我沒有不要妳，除了我身邊，妳哪裡也別想去。」男人收攏懷抱，大口吸進屬於她的馨香氣息，總算覺得太陽穴不痛了。

抓住她，誰都別想逃。

他就是她的容身之處。

另一頭，作者小姐心滿意足地關上ＷＯＲＤ。

想不聽話？門都沒有！

噓・

S的梁組長

一年一度的七夕又要到了。

外表看似大人，內在卻是中二少年的程耀早就開始摩拳擦掌、蓄勢待發。七夕前的物流通常忙翻天，再加上中元普渡，簡直是雪上加霜，都勞累了這麼多年，他今年一定要放假！

「欸，梁組長，七夕要到了耶！妳那天有放假嗎？」程耀眼神燦燦，喜孜孜地問。以職銜稱呼妻子絕對是他們之間的夫妻情趣，他已經打定主意要喊梁采菲「梁組長」喊到天荒地老。

「沒有，那天是星期一。」梁采菲瞄了眼月曆，回答得很平淡。

「噢，那我那天——」程耀語音上揚，看起來更興奮了。

「不用過節也沒關係，七夕本來就與我們無關。」她睞著程耀顯然在打什麼歪主意的模樣，油然生出不好的預感。

剛交往時就算了，怎麼都當了夫妻好幾年，他還是這麼喜歡過節、過紀念日？浪漫難道是他與生俱來的本能嗎？

「七夕怎麼會與我們無關？」程耀立刻反駁，超級不服。

「當然沒有呀，我們已經不是情人了，是夫妻。」她答得很正經。

「但我是牛郎，七夕就是我的天！」程耀超級不正經。

「你何時是牛郎了？你有這麼崇拜羅蘭嗎？」該不會是被日本第一公關——羅蘭的勵志故事影響吧？

「我當然可以是牛郎啊！心中有牛郎，人人都是牛郎。」程耀快樂地笑出虎牙，咚咚咚跑去廚房，再跑回來時，手裡多了瓶粉紅香檳王。

「吶，妳看，妳可以把粉紅香檳王倒在我身上，享受一下在牛郎店開酒的快感，把我當作紅牌，盡情弄濕我，我會好好服務妳哦！是妳一個人專屬的牛郎，怎麼樣？很棒吧？」撒嬌、討好、聽話、乖巧、求表揚！程耀彷彿長出毛茸茸的耳朵和尾巴，說完還撩了下衣襬，露出健壯精實的腹肌。

可以吐槽的地方太多，梁采菲已經不知道該從哪裡吐槽起了。

「你到底在說什麼啦？」她雙頰漫紅。什麼弄濕？什麼牛郎？什麼粉紅香檳王？到底哪來這麼多奇奇怪怪的花招啊？

「拜託嘛！就算那天要上班，我們還是可以提前慶祝呀！」程耀超級期待，搖了搖手中的香檳。

開玩笑，這瓶香檳王還是這幾年很熱門的接骨木口味，超級好喝，不拿來好好玩玩，怎麼對得起一年一度的七夕呢？

更何況，七夕可是他當年和梁組長第一次那啥的紀念日，他從來都沒忘，他希望梁采菲也永遠不要忘。

每一年，每個七夕，永遠都有屬於他們不同的，各種第一次。

「不！必！」她崩潰大吼。

程耀被妻子吼得一臉無辜，決定換個方向，繼續再戰。

「梁組長，妳愛我嗎？」他認眞地，直勾勾地注視著她。

「……愛。」現在是怎樣？這楚楚可憐的眼神，這可憐兮兮的口吻，她面前的難道不是丈夫，而是隻因沮喪垂下尾巴的大狗嗎？

「妳爲什麼從來都不問我愛不愛妳。」

「因爲你都會自己說啊。」她毫不猶豫。

「那如果我都不說呢？妳會問我嗎？」

「唔……不會吧。」她很認眞地思考了一下。

「爲什麼？妳不會想聽嗎？聽見我說愛妳的時候，不會感到開心？」

「會開心啊。但是，這問題問了也沒用吧？就算你不愛我了，也只能回答愛啊。」

「……這倒是。」

「對吧？所以就算我問你愛不愛我、想不想我、喜不喜歡我，那又怎樣？你能回答的答案永遠都只有一種，這根本是陷阱題嘛！」她就事論事。

「所以……妳回答我的時候，曾經言不由衷嗎？」程耀驀然驚慌了起來。

「沒有，不要胡思亂想！」有時候，她眞受不了程耀。

既喜歡他，又拿他沒辦法，總是像個孩子，那麼純粹，那麼明亮，那麼溫暖，卻又那麼……令人感到被愛。

「那，不然不要用問句好了。」程耀總算安心了，把話題拉回今晚的主題——香檳王與七夕。「妳可以用命令句啊，比如『說你愛我』、『說你想我』之類的。」

「……我爲什麼要這樣？」

「還可以說『過來抱我』、『過來吻我』，甚至『過來舔我』……噢噢噢！S的梁組長也好棒！」好想流鼻血！

「……結束這個話題。」她拚命按捺住想翻白眼的衝動。

「對！就是這種命令句！梁組長，妳好聰明！」程耀卻更樂了，一股腦將香檳塞進她手裡，雀躍得就像她已經答應了他什麼奇怪的要求一樣。

「就是這樣，一鼓作氣，把我拋到床上，撕開我的衣服，把香檳倒到我身上，加上各式各樣的命令句，噢噢噢！超棒的！」他越來越興奮了，可梁采菲的心卻越來越涼了。

究竟是爲什麼，這個笨蛋少年自帶M屬性，而且還配點配得很多、很滿、很令人驚嚇呢？

她注視了程耀很久、非常久，嘆了一口很長的氣。

「閉嘴！這就是命——令——句！」

七夕什麼的，就以這個命令句結束吧！

程耀的末日

即使感情再好的情侶或夫妻，也是偶爾會吵架的，就像再怎麼乖的少年，也是偶爾會白目的一樣——比如，程耀。

這是在梁采菲與程耀仍在交往時的事。

這晚，兩人在各自家中，進行每晚例行的情侶通話。

「所以啊，今天我跟他出去的時候……」

程耀說著說著，梁采菲越聽越不對勁，突然捕捉到他話中的幾個關鍵字。

「等等，你是說，這個『他』是『她』嗎？是女生？」她總覺得哪裡怪怪的。

今天是假日，程耀老早就報備過，說要和同事出去，於是她就獨自去新家整理東西，還打掃了房子。

她一直以爲程耀就是和營業所裡的男同事，又或是國、高中同學一起出去，結果他——她的男朋友——居然是和別的女人出門了？

「對啊，是上個轉運站的會計小姐，大我幾歲，之前下班都會跟我們一起去吃消夜或喝酒呀，我們感情挺不錯的。」

「所以，今天是幾個同事一起去？」

「只有我跟那個會計小姐啊！本來說好三個人一起，後來其中一個臨時不能來，就變成我跟她而已。今天看的那部電影很難看，幸好我——」程耀依然說得很快樂，坦蕩蕩的。

「你跟會計小姐單獨出去，還一起看了電影？」她的音調忍不住上揚。

電影院？那是什麼地方啊？

可以挨得很近的密閉空間，可以藉著低聲交談偷偷靠近對方，可以不經意碰到對方手肘，甚至可以假裝被嚇一跳、抓住對方的地方。

她有多喜歡和程耀一起待在電影院，就有多討厭程耀和別人一起待在電影院。

「嗯，對啊。」

「……噢，這樣啊。」她的聲音一沉。

「呃？」就算程耀再怎麼大神經，還是可以聽出她的聲音不太對勁，拿著手機的手一頓，突然感到一陣忐忑。「梁組長，妳……妳會介意嗎？」

說介意也不是，說不介意也不對，她掀了掀唇，一句話卡在喉嚨裡。

她年紀比程耀大，對吧？她不該在意這件事的。

會計小姐嘛！這有什麼？

不過就是個普通的異性朋友，不過就是個同事，而且還是因爲另一位同事沒辦法來，不得已才演變成必須單獨相處的狀況，她爲什麼要計較呢？

她應該成熟懂事溫婉，不該小心眼不該計較不該吃醋不該生氣……去他的誰想懂事？至少她現在不想！

「我要睡了，掛電話了。」她深吸了一口氣，平淡地道再見。

「等等！」梁呆菲聽起來越平靜，事情越嚴重，這點覺悟程耀還是有的。

「梁組長，妳生氣了？」

「沒有。」她回答得十分平板，就連咬字都十分清晰。

這種比平常冷靜一百……甚至一千倍的口吻，怎會沒有？絕對是核子彈級的氣憤啊！程耀的頭突然有點痛。

「梁組長，妳聽我解釋，我向妳道歉！」程耀非常驚慌、十分驚慌，世界末日不過爾爾。總之，無論如何，先道歉就對了。

「不用解釋，也不用道歉，你早點休息，晚安。」她聽起來還是十分平淡，即便她現在非常想捏死他，立刻、馬上，捏死一百遍都不足惜那種。

「等一下——」程耀感受到前所未有的危機，急著還想說些什麼。

喀——嘟——通話就這麼斷了。

程耀的末日也就這麼來了。

＊

「你死定了啦你！」

立璟辦公室內，面臨世界末日的程耀，正在偷偷摸摸地對向敏敏求救。

女友的閨密永遠是軍師、戰友兼間諜，他立刻搬救兵，想趕快找到對抗世界末日的方法，只差沒有抱住向敏敏大腿了。

「要不是現在讀者都在隔壁棚看鳳六，你就等著負分到死，被打入冷宮不得翻身吧你！」

向敏敏聽說事情始末之後，完全不同情程耀，回應得涼涼的，十足十的幸災樂禍。

她才不相信男女之間有什麼純友誼呢！什麼異性友人都去死吧！

她這輩子就不知道遇過多少口口聲聲對她沒意思的男性友人，只要一和女友吵架、分手或幹麼，就會跑來找她訴苦。

接著呢，訴著訴著，就會開始手來腳來，裝瘋賣傻裝可憐，千方百計想爬上她的床，尋求身體的慰藉，等到和女友雨過天青之後，就吃乾抹淨，當作沒有這回事。

什麼異性之間的純友誼？不就備胎或炮友嗎？她才不來這套呢！

「隔壁棚的鳳六是什麼？」程耀一頭霧水，全然聽不懂向敏敏在說什麼。

「那不重要啦！重要的是你這白癡大笨蛋糟糕了啦！慘了，都不知道梁姊有多難過？」向敏敏永遠是梁采菲的頭號粉絲，忠心不二，她才不管程耀這誤踩地雷的大笨蛋呢！

「那妳就快告訴我，怎樣才能讓她不難過呀！」程耀聽起來很急。

「這還要問哦？」向敏敏的白眼都要翻到後腦杓了。「你就趕快去跪去道歉去解釋啊！最好連對方什麼來頭什麼背景，祖宗十八代有些什麼人，全都鉅細靡遺地交代過，發誓你以後再也不會這樣，講到梁姊願意原諒你爲止啊！有沒有談過戀愛啊你？是有沒有這麼不會?!」

「可是梁組長叫我不要解釋也不要道歉。」程耀十分無辜。

「得了吧，難道高潮時她喊不要，你就會乖乖停？」向敏敏十分無奈。

「咳、咳咳——」被嗆到的是在一旁拉長耳朵偷聽的李蘋。

年輕人說話眞是口無遮攔啊！

她老人家還是不要插話比較好，免得向敏敏話鋒一轉，又跑來八卦她和她的離婚律師。

「可是——」程耀還想說些什麼，眼角餘光瞥見梁采菲的身影走進辦公室裡，高跟鞋躂躂躂踩過他眼前。唯恐梁采菲以為他在打混，更加生氣，他連忙出聲解釋——

「梁組長，對不起，今天的貨件已經都上車了，我不是待在這裡聊天——」

「不要緊，和女同事聊幾句無妨，就算單獨吃個飯看個電影也不礙事。」梁采菲平靜地回到座位上坐下，就連一眼也沒有看程耀。

什麼叫酸？什麼叫刻薄？什麼叫罵人不帶刺？這就是了。

明明她沒有刻意強調，沒有特別加重語氣，程耀與向敏敏、李蘋三人卻瞬間感到一股惡寒，辦公室裡冷得不像話。

程耀背上全是冷汗，向敏敏瞥了程耀一眼，無聲地做了個幸災樂禍的唇形，識相地將椅子從程耀面前滑回座位，李蘋也目不斜視地盯著電腦螢幕上的報表，氣氛瞬間降到冰點。

「那、噢……我去送貨，梁組長掰掰。」程耀很想說些什麼，又不知道能說些什麼，猶豫了好半晌，最後只得十分沮喪地垮下肩膀，摸了摸鼻子，灰頭土臉地走了。

「嗯。」梁采菲淡淡地應，看似十分認真地辦公，其實心裡煩悶得要命。

她真的不想鬧脾氣，可是，她就是懂事不起來，也開心不起來。

明明告訴過自己一百零一遍這沒有什麼，根本算不上是一件事，卻沒辦法大方，沒辦法當作什麼事情都沒發生，就算知道程耀不是故意惹她生氣，還是無法不介意。

怎麼談戀愛就是這麼難呢？

以前，她談戀愛時也這麼幼稚嗎？

她發現她已經想不起來了，腦子裡只剩下程耀而已。可是，卻這麼不開心……

討厭。

✯

忐忑不安了一整日，等到終於下班，程耀走進他與梁采菲的新家，發現梁采菲人已經在屋內時，立刻衝上前去，繞在梁采菲身旁打轉，誠惶誠恐地報告。

他很乖，非常乖。

他聽從向敏敏的建議，從那位會計小姐是如何進公司，如何與他熟識起來，家裡有些什麼人，感情狀態如何，和他去了哪，說了什麼、做了什麼，一五一十，連人家祖宗十八代全都交代過了，半點不漏。

「梁組長，對不起，我想……或許下次公司聚餐，妳也可以一起來，知道我身邊都是些什麼人，可能會比較安心。」最後，他使用了這句總結，忐忑神情看來十分不安。

她默默看著心慌無比的程耀，臉上什麼表情也沒有。

坦白說，經過一日沉澱，她已經沒有那麼生氣了，可是，心裡悶得慌，卻不知道究竟該說些什麼。

她覺得她應該安撫程耀，可眼下，她連自己的情緒都無法安撫。

其實，她很認眞地檢討過。

她與程耀交往的這些日子以來，兩人從來沒有討論過與異性友人應該保持怎樣的距離，程耀誤踩地雷，也是在所難免。

情侶相處總有許多需要磨合調整的地方，難道真就這麼分手了？

怎麼可能？更何況古有明訓，不教而殺謂之虐，她確實不該生氣的。

但是，就這麼算了？胸口發堵，沉得厲害，又不是很甘願……

「梁組長，對不起，我真的不是故意的。我不知道妳會不開心，妳不喜歡，我就不做，以後再也不會這樣了。」遲遲等不到回應的程耀仍在力挽狂瀾。

「你現在都做不到了，還談什麼以後？」她最討厭「以後」了，這麼虛無飄渺的兩個字，她從來都沒相信過。

再度踩到地雷的程耀被堵死，完全沒辦法反駁。

就是啊，誰能保證以後會怎樣？

梁采菲問得很理直氣壯，他也回應得很心虛。

他覺得自己有點冤枉，可從某個角度來說，他好像又是自己作死，似乎也沒那麼冤枉……

他搔了搔頭，動了動唇瓣，什麼聲音都沒能發出來，十分懊惱。

她見他這麼沮喪，莫名又有點內疚，胸口有些發疼……

明明，不想傷害他的。

明明，這麼喜歡他的……

她是不是，太小題大作了呢？

「對不起，我不想發脾氣的，可我……我就是無法控制。」沉默了片刻，她好不容易整理好心情，走到一旁坐下，臉上的表情非常挫敗。

程耀先是一愣，再看向她難過的模樣，瞬間就感到心疼了，很想把自己掐死。

他到底在搞什麼啊？

他不是曾經在心裡想過幾千幾百遍，要好好照顧她，讓她很開心很開心，很快樂很快樂，再也不令她傷心難過的嗎？

怎麼如今讓她這麼傷心難過的，卻會是他呢？

「妳不用控制啊，妳不開心，本來就應該讓我知道。」他走到她身旁，試探地碰了碰她，慢慢地又更靠近了些，小心翼翼地將她摟進懷裡。

「不用對不起，也不用控制，妳是我女朋友，妳想做什麼都可以。」他摸了摸她髮心，在她頭頂輕輕地笑了。「偶爾任性，偶爾鬧脾氣，都很好呀。我雖然有點煩惱，不知道怎樣才能安慰妳，但妳生氣，我又有點高興，知道妳很在意我，妳很喜歡我，妳會吃醋，我也很開心……不然，妳揍我幾拳？或是使喚我做些什麼？」

「……那也太便宜你了。」過了好半晌，她在他懷裡說得悶悶的，有點不甘願，但顯然已經沒有那麼不愉快了。

擁抱總是令人踏實與心安，雖然還有一點點吃醋，一點點不高興，一點點沒有安全感，但她喜歡程耀，很喜歡很喜歡。

兩人三腳，總會磕碰的。

「那不然怎麼辦？我想想……」他認真思考，採用消去法。「總之，不能是不碰妳，那太殘忍了……不能這麼嚴厲……」

自己討價還價是哪招啊？

她從程耀懷中仰起臉，皺著眉頭問：「我也可以和男性友人單獨出去嗎？」

「當然不行！」程耀一秒就否決了，還撂了狠話。「敢跟別的男人單獨出去的話，就把妳綁在床上處罰一整天！」

「處罰一整天？」她居然很有興致地揚起眉來。

「嗯啊，處罰一整天，這樣又那樣，哼哼。」某個天真的孩子完全沒有意識到自己在挖坑給自己跳。

原來他也會不高興嘛！梁采菲眼神一亮，瞬間感到安慰了。

根本就不是誰年紀比誰大，誰又應該比誰成熟的問題嘛！害她糾結了這麼久，一定得整整他才行。

「那你去床上。」她昂起下巴，朝床邊點了點。

「什麼？」程耀怔愣了會，後知後覺地問。「我去床上幹麼？」

「不是處罰一整天嗎？」她反問。

「呃？這……那個……」程耀足足消化了好幾分鐘才反應過來，心情十分複雜。

被梁組長綁在床上一整天這件事是很棒啦，但絕對不是這種情況下的被綁一整天啊啊啊啊啊！怎麼會同時有種異樣的興奮感，又有種忐忑的恐懼感呢？

瞧梁組長臉上這股風雨欲來的態勢，這根本不是什麼S與M的快樂羞恥遊戲，而是一種真的打算整他折磨他虐待他欺負他的節奏啊！

「不要？」她揚眉。「不是你自己說的嗎？」

「不是不要……」他難得地怯懦了起來。

「那就去。」她勾起唇角，笑得很溫柔、很透明、很堅定、很……很令人毛骨悚然。

殺氣騰騰的梁組長果然很S，很性感，很令人血脈賁張……但是！說好的快樂的S呢？

「等等，不用先準備什麼工具之類的嗎？」程耀承認，他在拖延時間。

逃避可恥但有用啊！能拖多久是多久。

「工具？你說繩子？」她平靜地指了指角落的一綑紅色尼龍繩。「這幾天搬東西不是都用這個嗎？很牢靠。」

「對，很牢靠！太牢靠了……」牢靠過頭了！被紅色尼龍繩綁在床上會有多痛啊？

「好歹去買個棉繩吧！」程耀垂死掙扎。

「棉繩？不，我不想另外再買了。」她搖頭，微笑。「就這個吧，方便。」

梁組長，「方便」這兩個字不是這樣用的！程耀欲哭無淚。

「快去，乖。」她說得十分溫柔且愉快。

她想，她開始喜歡那位會計小姐了。

什麼S與M的遊戲，原來挺不錯的呢！

蒙眼PLAY

程耀很早的時候就知道，他很喜歡看梁采菲。

還沒與她發生親密關係時，他就已經很喜歡看她；發生親密關係後，更是百看不厭。

也不知道爲什麼，她就是有一種令他很看不膩的氣質。

就像現在，他坐在她辦公室的會客沙發上，已經盯著她加班忙碌的模樣至少一小時，可他卻一點也沒感到無聊，就算再看一整天也不成問題。

她的髮質細軟，總是盤起來或綁成馬尾，因而露出的那截頸部線條漂亮得讓他好想咬一口；她的身材凹凸有致，飽滿酥胸令人垂涎欲滴，纖柔腰肢看來纖不盈握；更別提她那雙簡直可以去拍絲襪廣告的長腿是如何穠纖合度，殺傷力驚人。

除了這些之外，她的五官也很典雅秀麗。

不是那種很外放、很美豔的引人注目，而是小家碧玉型的清秀，一舉手一投足都有一股說不出的內斂婉約；說話總是輕聲細語，就連生氣時，音量都大不起來；瞪他時的模樣好看得不得了，就連發呆的神色也很有味道，笑起來時更是風華絕倫。

好啦，就算他是情人眼裡出西施那又怎樣？

他就是眞心覺得梁采菲美得不得了，耐看得不得了，他的盲目男友模式全開，暫時找不到off鍵。

終於，在程耀不知望著梁采菲發愣了多久之後，她總算結束了手邊所有的工作，將最後一份文件歸進檔案夾，關了電腦。

「對不起，讓你等了這麼久。」時間已經是晚上九點，辦公室裡的人早就全走光了。

「沒關係，我喜歡等妳。」他搖頭，眞心不在意。「不過，是怎麼了啊？我看妳打了好幾通電話，椅子滑來滑去，是不是碰上什麼麻煩了？」

「也沒什麼，就是幾件客訴，需要聯繫很多單位而已。」她說得輕鬆，可緊揉著眉心與肩膀的舉止看來卻一點也不輕鬆。

她就是這樣，總是這樣，程耀已經越來越能摸清她的性格，當她信誓旦旦說著沒什麼的時候，往往都有什麼。

「已經都處理好了？」他很不放心。

「暫時都好了，明天開始是國外廠商的連續假期，剩下的，得等他們上班才能進行了。」

「既然這樣，那就別管他們了……喏，這給妳。」程耀忽然遞了個提袋給她。

「這什麼？」她疑惑地往袋子裡看。

「荔枝蜜。上次伯母說喜歡喝，我買了兩瓶，一瓶讓妳放公司，一瓶讓妳帶回家。」

「你們公司的推廣產品？」八成就是吉貓型錄上的那些合作商品吧？她將其中一瓶放進置物櫃裡。

「答對了。」程耀打了個響指，笑得燦爛。「既能幫自己做業績，又可以討好女朋友，順便巴結伯母，眞是一舉數得。」

「你實在是……」她忍不住笑了，能說得如此坦蕩蕩，又完全不令人感到不舒坦的，全天下大概只有他一人了。「其實，你不用這麼費心啦。」

「哪裡費心了？買個東西給女朋友有什麼？妳是我女人，不疼妳疼誰？」

他女人？無預警宣告主權的發言如此直白，莫名令她紅了兩頰。

她略帶嬌羞的模樣太撩人，橫豎公司無人，程耀一時情動，索性攬過她後頸，貼在她唇上輾轉親吻。

她被他壓進沙發，暖舌被他吮進嘴裡，芳美的身體也軟綿綿地被他壓在身下，眼看著就要擦槍走火。

她的身體清楚記得他上次爲她帶來的歡愉，在他碰觸時，能清晰感受到對他的渴望與顫慄，可是，當眼睛一睜開，視線一與他對上，看見映入眼簾的是個未成年少男之後，竄起的慾望便會被瞬間澆熄。

和少年這樣又那樣什麼的，實在太重口也太獵奇了，她眞的辦不到。

「我們回去吧，時間已經晚了，明天還要上班……」她推了推他，從沙發上站起來，整理了下被他弄皺的衣衫。

「好。但是……等一下，一下就好。」他壓抑著喘息，非常無奈地望了望胯下，努力調勻呼吸，笑得有點尷尬。

她隨著他的目光望去，看到他腿間高聳的慾望，其實對他感到十分抱歉。

難爲他這麼一個血氣方剛的大男人，爲了她難以言明的「隱疾」，要這樣時時忍耐，拚命踩剎車。

她突然覺得他好可憐。

「看不見應該就可以了吧？」她偏首想了想，說得有點難爲情。

「什麼？」

「假如我……把眼睛蒙起來的話……我當然不是說在公司，公司不行……」

蒙眼PLAY！不管在哪裡，光是用想像的，程耀就要流鼻血了。

「可以去MOTEL，我給妳三秒鐘後悔。」程耀立刻就復活了，剛才那個既沮喪又無奈的人好像不是他一樣。

「傻瓜。」她失笑。

「妳說這句已經用了兩秒了哦。」程耀警告她。

「笨蛋。」

「三秒！妳完蛋了！」

他雀躍的模樣令粱采菲大笑，笑著鬧著，兩人離開公司後，回家拿了換洗衣物，眞到了MOTEL來。

「快去洗澡，我幫妳放好熱水了。」一進房，程耀便直奔浴室，迅速地淋完浴，披著件浴袍，衝出來催她。

到底在急什麼？有沒有這麼急？男人難道都這麼好色嗎？她眞是啼笑皆非，又感到幻滅，只得哭笑不得地走進浴室裡。

才跨進浴缸不久，沒想到程耀又衝進來了。

「嚇呀！你跑進來幹麼？快出去啦！」撲通一聲，她將身體藏進水裡，舀水潑他。

雖然兩人之間什麼事都做過了，雖然浴缸裡還有一大堆泡泡，可以暫且掩住水面下的春光，可是，她她她……

「妳坐好，轉過去，別動。」程耀按住她肩頭。

「幹麼？」她充滿警戒。

「相信我，轉過去就是了。」程耀一臉堅定地望著她。

「到底要幹麼……唔？啊……」她半信半疑地轉過身，隨即發出舒服的輕嘆。

程耀伸出大掌，溫柔地按摩她的頭皮與頸肩，在她背後低聲道：「妳最近工作忙，都沒辦法好好休息吧？家裡沒浴缸，也絕對捨不得花錢去按摩或SPA吧？回家看見的全是家事，妳捨不得讓伯母做，也一定一肩扛吧？我要是不吵著妳來好好泡個澡，妳捨得來嗎？」

從他指腹傳來的觸感太溫柔，體貼發言也太溫暖，舒服得令她不由得閉上眼。

「你怎麼知道我沒好好休息？」人就是這樣，一有人體貼，便覺繃緊的肩頸開始柔軟。光是這樣，她就已經覺得疲勞舒緩了不少。

「怎麼可能會不知道？妳很容易焦慮，又淺眠，我看妳的黑眼圈就知道了。」程耀哈哈笑。

「有黑眼圈嗎？很醜嗎？」她驀然轉頭問他。

「一點也不醜，很漂亮。」程耀笑著把她轉回去，繼續按摩她僵硬得不得了的肩膀與後頸。

「有黑眼圈也漂亮？睜眼說瞎話啊你！」一聽就知道是騙人的。

「當然啊，病態美也是一種美。病病的，我見猶憐，林黛玉八成就是這種路線。」程耀越說越誇張。

「居然連林黛玉都扯出來了？你真的很會胡說八道。」她大笑。

「誰胡說八道了？句句肺腑。」他伸手探了探水溫。

「好啦，不鬧妳了，不然等等水涼了。妳再泡一下，等等我幫妳吹頭髮，吹好趕快睡覺。我先出去嘍！」程耀起身，準備退離浴室。

「在這種地方……你睡得著嗎？」她忽爾轉過身，趴在浴缸邊緣問他。

程耀愣了會兒才明白她在說什麼，嘻嘻哈哈的。「欸，就算睡不著，我好歹有左手，五指姑娘永遠是男人的好朋友，等妳睡著，我自己來就是了。」

什麼左手和五指姑娘？

他頭也不回地走出浴室，她紅著臉，將身體沉入浴缸裡，忽然覺得泡澡的熱水更燙了。

✲

幫梁采菲吹好頭髮之後，程耀拿出了特地帶來的荔枝蜜，擺在桌上。擺上桌時，卻發現一旁有些有趣的東西，很有興味地在研究。

「你把蜂蜜帶來了？」梁采菲看向桌子，疑惑地問。

「是啊，人家說睡前一匙蜂蜜能夠助眠，就順手拿來了，妳要現在吃嗎？」

「等等好了。」她搖頭，注意力被他手上的東西吸引過去，非常好奇。「你在看什麼？保險套嗎？不太像……更何況，保險套有什麼好看的？

「威而柔。」程耀指著包裝上的三個大字。

「那是什麼？」

「好像是類似威而鋼的助興用品，不過是給女生用的，據說會比較敏感之類的……好神奇，MOTEL裡眞是什麼都有。」

助興用品？她嬌顏一紅。「你爲什麼可以說得這麼自然？」

「爲什麼不行？現在只有我跟妳兩個人，而且我們什麼事都做過了，關起門來，什麼事情不能講？」

「……好像也是。」她的臉更紅了。

「就是啊，別的情侶或夫妻一定也是這樣吧，就算平時正經八百，關上門的時候，說不定玩得比誰都大膽呢！」

「雖然你趕我去睡覺，但其實……你很想做吧？」不然他爲何要盯著那個威而柔看？她小心翼翼地問。

「誰面對喜歡的女人會不想做啊？哎呀！別想這些了，快去睡覺，我只是好奇而已。」程耀揉了揉她髮心，將手上的情趣用品放回原位。

明明是因爲對他很內疚，所以才跟著他來的，沒想到來了之後，卻對他更內疚。「可不可以……互相讓一步？」她的目光凝滯在他臉上，鼓起很大的勇氣。

「什麼互相讓一步？」程耀一頭霧水。

「就是……我們做完，再一起好好睡一覺，你解決我的擔心，我也解決你的擔心。」她咬著唇瓣，彷彿連腳趾頭都要彆扭地蜷曲起來。

「不要再玩我了，上次也是妳說要做，結果做到後來，又嚷著說不要，還射後不理……」程耀出手彈她額頭。

「我哪有？」射後不理可以用來形容女生嗎？她眼睛瞪得很大。

「妳就有啊，都不知道誰先睡著了？啊！我知道了，一定是因為我太勇猛，所以妳才受不──噢！痛痛痛！」

她抄起一旁的抱枕痛毆他。她只是……體力不濟嘛，幹麼笑她？

「哈哈哈！好啦，別玩了，快把這匙荔枝蜜吃了，然後趕快躺到床上睡覺啦！」程耀邊大笑，邊舀了匙蜂蜜，湊到她唇邊。

「好甜……不能別吃嗎？」她伸出舌頭，試探性地舔了一口，甜到整張臉都皺在一起，再度令程耀發笑。

「不行，頂多讓妳配水。」今天一定要讓她睡個舒舒服服的覺才行！他非常堅持。

「好吧。」她壯士斷腕地含入他手中的湯匙，五官皺得比方才更加厲害。

她彷彿在吃苦藥的表情令程耀哈哈大笑，手中湯匙不小心晃了下，琥珀色的蜂蜜從她嘴角滴落，沿著她白皙的脖頸，緩緩流淌而下，眼看著就要滲入她胸前深邃飽滿的溝壑。

程耀伸指拈去她身上的蜜，吮進嘴裡，唇齒間彷彿都是她的甜蜜。

她僅圍著一條浴巾，香氣馥郁，雪膚沾染橘色黏稠液體的模樣引人無限遐想，想起她那個各讓一步的提議，程耀下腹不覺一緊。

梁采菲又不是笨蛋，當然有注意到他的異樣。

她旋足回身，再度來到程耀眼前時，手裡拿著條黑色的長領巾，遞到他面前，那是她特地從家裡帶來的。

程耀望著領巾，喉結滾動，下腹慾望竄燃得更盛。他知道那條黑色領巾是要拿來幹麼用的，可並沒有伸手去接。

「……幫我綁。」她怯生生地開口。

「妳自己想清楚，一旦開始，我就不會停了哦。」他眼色黯深，音調不自覺變沉。

「嗯。」她點點頭，手心因緊張而微顫。

「隨便我怎麼玩都可以？」程耀湊近她，距離近得能聞到她的鼻息。

「你還想玩什麼？」她呼吸一窒，心跳飛快。

「需要打開AV頻道看一下嗎？」他拿起電視遙控器。

「不用！」她立刻撲去搶遙控器，惹出程耀一陣暢懷大笑。

「明明就純情得要命，還想學別人蒙眼ＰＬＡＹ？傻瓜啊，是格雷與安娜，很需要調教嗎？」程耀不禁出言吐槽她。

「我只是……很心疼你。」她實話實說。

「我知道，但我更希望妳能好好睡一覺。」程耀掐她臉頰。

她拗，他比她更拗，兩人推來推去，究竟還要推多久？

她見他一直不願接過手中領巾，還故意說話嚇她，不由得有些氣惱，索性自行將領巾折成長條形，覆蓋雙眼，在後腦杓打結，再順手解開身上的浴巾。

浴巾唰一聲落在地毯上，她毫無遮掩的美麗女體瞬間赤裸在他眼前，程耀覺得他全部的理智彷彿都隨著那條浴巾跌落。

「妳真的很懂得該如何摧毀男人的自制力。」他抬起她下顎，傾身覆住她唇，被她撩撥得澈澈底底。

她在他唇裡笑了起來，爲著能如此撩撥他而感到十分有成就感。

她依憑本能，伸手觸碰他，指尖細細描繪他身體的線條與弧度。他的肩膀寬廣，胸膛厚實，可以將她整個圈圍在懷裡；他的背肌矯健，紋路迷人，摸起來很有安全感；纖手下移至他的窄臀與腰線，慢慢撫過，停在他剛健的大腿，在他敏感的腿心附近游移。

眼睛看不見，其他的感官彷彿更敏銳，無論是聽覺或觸覺，都是平時的好幾倍。這當然不是少年的身體，而是一個成熟的男人軀體，如假包換，充滿陽剛生命力。她清楚記得他曾在她體內抽送的頻率，能爲她帶來多大的歡愉；也清晰記得他是如何強硬地在她柔美處勃挺，令她在他身下渾身抖顫，不自禁哭泣。

曾有的繾綣溫存畫面在她腦海中不停演示，令她心跳怦然，更加嚥深他們之間的吻。程耀的舌頭在她唇內與她親密地捲裹，一手摟著她的腰，一手纏膩地愛撫她盈潤的酥胸。他順著她可口的脖頸一路往下親吻，舔過她美麗的鎖骨，吮啜她綿軟的乳肉，吞含她柔麗繃凜的豔蕾。

房內安靜，除了空調微弱的送風聲外，僅有兩人親吻的聲音與喘息，不知是否是因爲眼睛被蒙上的緣故，梁采菲頓時感到有些緊張。

「說點什麼。」她輕扯程耀頭髮，突然很想聽見他的聲音。

說點什麼？程耀俯在她胸前，捨不得離開那片令他想埋葬的柔軟，仰首看她。「看不見的感覺如何？」話中有微微笑音。

「很沒安全感。」

「刺激嗎？」

「有一點，但也……很奇怪，只能靠聽的……」

「只能靠聽的，那麼這樣呢？」程耀玩興一起，按下電視遙控器開關。

房內突然傳來清晰的女子叫床聲、肉體撞擊聲，以及男人的喘息聲，令梁采菲嚇了好大一跳，伸手扶住程耀肩頭。

他清楚感受到她渾身一顫，肌膚浮上薄薄一層疙瘩，就連近在他唇邊的乳蕾也顫動了下，可愛得不得了。

「電視？」她驚愕地問，後知後覺。

「是。是電視。」程耀笑著爲她解答，啄吻她唇，在她耳畔輕輕吐息。「既然看不見，這樣聽著別人的聲音，像不像和別人在房裡一起做？」

電視裡的交合聲太清晰，程耀的話語又太露骨，讓她羞窘得全身發紅，腿心卻竄起一陣難言的燥熱與空虛感。

「妳說把眼睛蒙起來的，後悔了？」

「……沒有。」她被耳邊那些淫聲浪語弄得不知該如何是好，全身灼燙難耐，可既然是她的主動提議，又不甘臨陣退縮，只得堅定頷首。

「好乖，妳說的哦。」程耀攏了攏她頰畔的秀髮。

想她平時那副端莊秀雅的模樣，如今蒙著眼，未著寸縷，雙乳瑩亮，布滿他留下的吻痕，光是想像這畫面，就令他血液奔騰，彷彿全身都要燒起來，更何況親身體驗。

她看不見，於是，他可以對她恣意妄爲，做盡那些平時只能在腦中妄想的事，澈底挑戰她的尺度。

他們是戀人，他確實應該把她調教得更加大膽……

他坐到床沿，敞開浴袍，露出壯實的男根，令她跪伏在他身前。

梁采菲無法視物，不知他想做什麼，正想開口詢問，便感胸前一陣冰涼，似乎有什麼東西流淌而下。

撲鼻盡是甜味，她很快便意識到那是荔枝蜜。

透明的茶色黏液徐徐下滑，晶瑩地匯聚在她玫紅色的頂端，嬌豔欲滴。

程耀伸手覆住她胸乳，將她胸前的蜜黏稠地推抹開來；捉住她的手，覆在他傲人的勃發硬挺之上，輕輕刷過她頰畔，再湊到她胸前，蹭磨她黏膩的乳肉，滾過她緊繃的乳蕾，將她刺激得更加挺立。

她被他弄得黏黏的，可他還想再讓她沾染上別的更黏稠的東西，屬於他的東西……

「把我夾住，試著動動看，嗯？」指尖撫過她秀氣的臉頰與漂亮的肩頸，在她耳邊沙啞的呢喃像要求，也像命令。

梁采菲咬著唇瓣，全身細胞因他的要求鼓譟不已。

她的雙眼被蒙起，雪膚沾染蜂蜜，一絲不掛地跪在男人面前，耳邊傳來的盡是AV頻道裡的歡愛聲……

每一件事都在挑戰她的尺度，令她羞窘不堪。

可是，她的身體竟因此緊張得發痛，隱含期待。

或許，戀人們關起門來，真是這樣的……

她偏首咬著唇瓣，雙頰暈暖，乖順地捧住胸前飽滿，聽話地將他勃發的硬挺夾在兩乳之中。凝雪般的雙峰上全是蜜，移動起來毫不費力，唯一需要抵抗的只有內心頑強的道德感。

耳邊傳來各種曖昧婉轉的呻吟聲，房中不只一人的錯覺感令她備感羞恥，身體卻彷彿跟她唱反調似的，變得更加興奮。

她包裹住他，既羞怯也放蕩地摩擦他；他熾鐵般的男性根器熨燙她的肌膚，被她勾惹得暴發怒長。

電視裡的那個女人叫得好放蕩……

竟有個念頭，好想跟她一樣，想躺在男人身下，想被狠狠地充塞填滿，她腿間空虛得要命，汩汩流淌濕意。

她胸前的壯碩男根能夠完全滿足她的焦躁與渴望，她想取悅他，也想被他取悅，纏裹他的力道加重，情不自禁以綿軟雙乳來回擠弄他昂揚的根器……

穿梭在她豐盈溝壑間的感受美好得令人失去控制，程耀捏撥她跳動的乳蕾，在她胸前恣肆抽動。

嬌乳白皙，很快就被他套弄得都是斑駁紅痕，她兩片嫩紅的唇瓣微啓，急促地喘息。

彷若交合般的節奏令他們兩人意亂情迷，加快了程耀在她胸前插挺的速度。

他盯著她紅豔豔的唇，驀然有股衝動，很想撬開她的嘴，將自己蠻橫地塞進她嘴裡，淫靡地射進她喉嚨裡，強迫她將他全部嚥下。

可是不行，他想確實地進入她，想把她澈底地填滿，也想被她澈底地包覆。

他傾身，將手探至她臀下，觸摸她紅豔暖熱的谷口；梁采菲身體一顫，腰肢擺動，腿間早已泉湧甜蜜。

「原來已經這麼濕了……」他撥動她如花般的嫩瓣，攪動流淌而出的水澤，清楚感受到那幽狹暖徑在他說話時歙動。

「梁組長，妳也想像電視裡的女優們那樣叫嗎？」他話才說完，甜美的祕徑又是一顫，密實吸啜他的手指，她誠實的身體反應令他感到有趣。

程耀瞇細長眸，很快就掌握到訣竅了。

原來她對 Dirty Talk 是有反應的。

他說得越露骨，她收縮得越厲害。

不知道她是眞心喜歡聽，還是因爲這些放蕩言詞令她羞赧，於是更加敏感，無論是什麼，總之，她的身體確實因這些言語變得亢奮。

他拿開在她體內的指，屈起一隻腿，讓她側坐在他身上，扶在他屈起的膝頭。他扶握她的腰，緩慢地放沉，挺銳的前端緩緩摩擦她顫顫收合的腿心，偏偏在她逸出舒服輕嘆時，猝不及防地停止了動作。

「可以……唔……進來……哈啊……」她大口喘息，柔白胸脯上下起伏，嬌柔嗓音媚人且充滿挫敗。

她想要多一點、更多一點……想要確實的被他占有及侵入，她的身體發燙，每個細胞都渴望被占領。

「自己來，嗯？」程耀並未順遂她的心意，反而輕拍了下她豐美的臀瓣。

那顯而易見的調笑聲嗓，她知道他是故意的，可她難受得不得了，腿間空虛迫切得不知該如何是好。

她只得眞聽話往下坐，柔美的慾望徐徐呑含他；他充實地沒入在她體內，令她發出陣陣嬌喘，可卻一點也無法饜足。

這種得了一點甜頭，卻無法眞正暢快的感受既磨人且痛苦，令她更加挫敗。

她知道有哪裡不對勁，臉皮卻薄得無法輕易突破，很想把主導權交給程耀，可他偏偏故意不理。

「動一動，想想我之前是怎麼上妳的，嗯？」一發現Dirty Talk能令她興奮之後，程耀便更加肆無忌憚，全無顧忌地以言語撩撥她。

可惡，這是什麼措辭？可是……爲何卻有種羞恥的快感，令她更加難耐？

她想阻止他，可卻連一個字也說不出來。

生理慾望全然凌駕理智之上，令她完全拋卻矜持與束縛。

她回想他從前歡愛的節奏，漸漸挪動臀瓣，嘗試扶著他的膝蓋上下挺動，白嫩綿軟的乳房被他健壯的大腿擠壓得浪蕩變形，挺翹的乳蕾來回摩擦著他略微粗礪的大腿肌膚。

好舒服……他將她塡塞得滿滿的。

她像個食髓知味的蕩婦，緊緊攀著他，柔腰妖嬈地擺動，隨著吐息越來越急促，擺動的幅度也越來越大。

舒服極了，他是如此火熱，充滿陽剛生命力，她可以感覺到他就在她身體裡，火辣辣地成爲她慾望泉源。

她抬起嬌臀，不知羞恥地反覆坐深再撤出，將他完全納入，貪婪地吸吮他腫脹的男根，享受他爲她帶來的暢然快意。

每一次移動，鮮嫩的蕊蒂便被翻出，豔紅的硬核蹭磨著他腿肉；嬌嫩如花的腿心塞著他昂揚的巨物，像張小嘴般地吞吐收合，因而流出的情液沾染得男人小腹一片濕亮。

如緞般的長髮披散，她嬌柔媚吟，雪膚沁汗，像藤蔓似的攀纏依附在他身上，無邊無際地索求。

「梁組長，妳好浪……」程耀愛撫她滑膩的肌膚，時而輕撫她的脖子，時而揉擰她彈跳的乳房，撫捏她柔嫩的腿。

妖嬈女體吸附著他，像在逼他狠狠搗探，他很想繼續欣賞如此豔情的風景多一會兒，可已經無法忍耐她文弱的力道與節奏。

他將梁采菲從身上扯下來，令她趴伏在床上。

「把屁股抬高，我要從後面上妳。」露骨粗魯的情話催化情慾，令程耀一刻也無法再等。

喧囂的情慾擊敗理智與羞恥，她的全身都因期待而輕顫，順從情人的要求，抬高肥美的臀瓣，鮮活如花的部位像在邀請他似地，閃耀亮澤的蜜。

程耀再難等待地由背後毫不留情地掘進她體內，抓住她如果實般彈跳的乳。他抽出、挺入，停住，再用力勃頂，每一下彷彿都要貫穿她深處。

他的一舉一動都太性感，也太男人，梁采菲已經完全無法將他與平時認識的那個少年聯想在一起，放縱自己耽溺在純粹的感官衝擊裡，細長婉轉地尖叫了起來。

分不清楚是電視裡的女優在呻吟，還是她在呻吟，她的身體被快感沖刷，興奮難平。

她的男人像他說的，正在從後面上她，而她和電視裡的女人一樣喊得那麼淫蕩……

程耀無法克制地挺入再抽撤，每回挺動都翻出她美豔貝肉；她嬌嫩的唇瓣緊緊吸附他，暖道內的細緻突起來回摩擦著他陽器，為他帶來無上快意。

再多一點，再深一點，再更用力一點，最好能深深嵌入她，成為她的器官與呼吸，與她密不可分。

他加重力道與速度，沉甸甸的軟囊重重拍打著她嬌嫩的臀瓣，兩人相連之處被他搗採得全是白沫。

她在他強勢的進襲下顫動，發出急喘，神智聚了又散。

她抓皺身下的床單，腿間無法克制地湧出濕液；程耀咬住她的耳殼，在她耳邊訴說的話語直白又色情，輕而易舉領她攀升高峰。

強悍逼人的碩壯男體毫無節制地在她身上持續需索，她在一波又一波無法抵擋的快感中哭出來，雙腿抖顫到再無法支撐，疲軟倒下。

可男人體力與慾望永遠是她的好幾倍，程耀跟著她躺下，將她轉為側面，拉開她一條纖細柔美的長腿，再度將勃發的男根擠進她濕潤的腿心，更加無情地操弄起來。

「啊……」才剛從高潮緩過的她難耐呻吟，分不出是煎熬還是快樂。

她的身體好累卻又好想要，方才舒緩過的慾望似乎又逐漸被喚醒，不受控制地沁出歡迎他的甜蜜。

程耀將她一條腿舉高，勁腰不停擺動，粗壯男根在她潮暖的祕徑中肆虐，像要弄壞她似地急速插挺，惹出她一聲聲媚吟，已經分不清她是在哭、在求饒，還是在哀討。

被她絞緊攫住的滋味實在太好，簡直令人發狂，程耀吻她的嘴，用力推進，在她體內猛烈衝撞，凶狠開發著她稚嫩的深處，不知又狠狠撞擊了多少下，才終於饜足，噴射在她喘不過氣的呻吟裡。

「好累……唔……你太壞了……」她靠抵在他胸前，不斷喘息。

他綿綿密密地親吻她滿布淚痕的臉頰，將她甜甜蜜蜜地摟進懷裡，在她耳邊呢喃著些情人間的耳語。

「你把我弄得黏黏的……」她蜷在他懷裡，繼續微弱地抱怨。

她蒙眼的領巾已經被他卸去，可她卻疲累得連睜眼的力氣也沒有。

「再說，我下次就射到妳身上，把妳弄得更黏。」程耀笑了。

「你眞的很不正經……」她好想出手打他，可她全身軟綿綿的，別說打他了，就連說話都很費力。

「只對妳不正經而已，別怕。」程耀突然抱起她，起身下床，她嚇了一跳，下意識攀住他頸項。

「而且，妳剛剛坐在我身上時也很不正經。」程耀一邊走向浴室，一邊惡劣地補上一句。

回想起方才的景況，她羞窘地將臉埋進他頸窩，頓時感到無地自容。

假若，可以像土撥鼠一樣鏟地的話，她想，她絕對會因難爲情，一路直達地心的。

程耀大笑著帶她進浴室稍作清洗，出來時，她靠在他肩頭，眼睛已經瞇成兩條線，意識更昏沉了。

「我想睡了……」小貓似的聲音，懶洋洋的，還沒回到床上，眼皮已經睜不開了

「快睡吧，乖。」程耀扯掉最上面那條亂七八糟的床單，將她放在乾淨的床鋪上，幫她蓋好被子。

「可是，你又要說我射後不理了。」她抓著被角，眞的已經好想睡好想睡了，喃喃的，非常輕柔。

「我保證明天不說。」程耀躺進她身側，伸出手臂讓她枕靠。

「後天就會說了是嗎？」她閉著眼，疑惑地問。

「傻瓜，快睡。」程耀輕笑，寬大的胸懷緊緊將她包裹，在她額上印上親吻。

其實，經歷一整日的辛苦工作與歡愛纏綿，別說是她，就連體力比她好上許多的他，都感到想睡。

眞的忍耐太久了……

本來，他不知在心中抱怨過幾次她那雙將他視爲少年的眼睛，害他只能苦苦壓抑，沒想到因禍得福，竟然能得到今晚這種蒙眼的刺激體驗。

程耀很壞心地想，從今以後，他會甘願當個未成年少男。

晚安，心愛的梁組長。

戀人們關起門來，確實是十分香豔刺激的。

新家

程耀與梁采菲買了新房子。

說是新房子，其實也不算新，屋齡已經有十幾年，只不過前些年屋主重新裝潢過，在視覺上與舒適度上都加了不少分。

他們運氣好，碰上屋主趕著脫手，成交價比市價便宜許多，梁采菲雖然本身還有舊屋的房貸，但加上程耀的存款與兩人不定時的接案收入，日子雖然稍微辛苦一點，也還算過得去。

撥雲見日迎來新氣象的感受，令梁采菲的心情很好，整理起房子來也格外有精神。

「程耀，我臥室和浴室都弄好了，你這裡需要幫忙嗎？」她滿意地看著整理過後的空間，走到起居室問他。

剛搬過來，大家具雖然都已放妥，但整間房子裡都是紙箱，看了煩躁。她決定以最快的速度整理好睡覺及活動的空間，其他部分再慢慢來。

他們兩人的分工非常簡單，簡言之，就是粗重的工作給程耀，輕鬆的工作給梁采菲，完全沒有任何討論空間。

「不用，我先把這個書櫃組裝起來，電腦那些再等一下，妳這幾天需要用到電腦嗎？」程耀坐在地上，手裡拿著螺絲起子，仰頭起來問剛走進來的梁采菲。

他手邊是工具箱，腳邊擺放成堆料材，目前所在的這間起居室裡，有些必須組合的書櫃、壁櫃與電腦桌，也還得再釘一些層架。

整間房子裡需要組合的物件都在這間起居室裡，堪稱是全家目前最雜亂的地方，連張桌子也沒有，僅有一張電腦椅已經拆出來，擺放在旁邊，累時可以將就坐一下。

「不用，電腦不急，那我去裝那個壁櫃。」梁采菲迅速打量了下四周。

「那是男人做的事情，妳別動。」程耀拉住她衣襬。

「我也會呀！」梁采菲不服，她以前都是自己裝的！

「總之妳別動就是了。」程耀繼續手上的工作。

「……」這種時候，他總是很獨斷，這算是大男人主義的一種嗎？好像又不是……

所以，這幾天她充其量只能做做打開紙箱、擺放物品的工作，就連臥室床單都是程耀宣稱換床單會腰痠，堅持要換的，不讓她動手。

「什麼都不讓我幫忙。」梁采菲抱怨。

她的責怪口吻太明顯，程耀抬眸睞她，想了想，笑道：「我好渴，可以給我一杯水嗎？」

「這算是什麼幫忙？」梁采菲瞪他。

「拜託，我真的好渴。」程耀的虎牙跑出來求情。

「真是的……」梁采菲嘟嘟囔囔地走了。

程耀笑著看了一眼她的背影，加快手邊的動作，等梁采菲回來的時候，他已經站起來，開始動手裝那個她原本說要裝的壁櫃。

擺明不讓她碰就是了？梁采菲望著程耀偉岸挺拔的身影，真是又好氣又好笑。疼她？過頭了吧？

「喏，水。」她走到他身旁，舉高了手，將杯子遞到他面前，程耀並未伸手接，而是直接把唇湊過來，就著杯緣，直接喝水。

梁采菲一怔，只得端著杯子，配合角度傾斜杯身，以令他比較好入口，可望著他因吞嚥而滾動的喉結、沾濕的唇瓣，竟默默紅了臉頰，總覺這景況親暱得令人無所適從。

這……該怎麼說呢？

雖然他已不再是少年模樣許久，雖然他們交往已有好一陣子，也發生過不少次親密關係，但是……好像隨著時間增加，越來越喜歡他，反而越來越不知道該怎麼辦。

時不時看著他，胸腔便會狠狠震蕩一下，好像被什麼東西緊緊掐住似的，喜歡他的情緒高漲滿溢，有種手足無措的心慌感。

「啊！對不起！」她一時恍神，杯子沒拿好，灑了些水出來。

「沒關係，妳沒事吧？」程耀沒管自己身上有沒被潑濕，反而先查看她的狀況。

「沒事。」她為他擦去衣服上的水，幸好只有一點點。

「妳累了先去休息吧，這裡我來就好了，主臥室的床單不是已經鋪好了嗎？」他接過水杯，置放一旁，趕她去休息。

「沒有，我不累。」她搖頭。

「又逞強，不累會連杯子都拿不穩？」程耀挑眉。

「那是因為……」她嚥了嚥口水。「我只是……我好像，有點緊張。」

「緊張？」程耀眉毛挑得更高，看來更疑惑了。「為什麼？」

「沒什麼，我去洗杯子。」她頰色微微紅了，拿過旁邊水杯，轉身就要跑。從來沒有人告訴過她，原來喜歡一個人喜歡到無以復加，是會這麼心慌的。

「跟我在一起讓妳緊張？」她忽爾變深的頰色令程耀猛地意會過來，饒有興味地擋住她去路，很有意思地看著她。

梁采菲不說話，不說話的答案通常都是「是」。

「太好了，我終於平衡一點了，不然每次緊張的都只有我，實在太不公平了。」程耀的虎牙跑出來，笑得很開心。

「只有你？你跟我在一起也會緊張嗎？」她沒發現她用了「也」，而這個「也」讓程耀的心情更好了。

「當然啊，妳不知道我跟妳在一起時會緊張嗎？」程耀越來越愉快了。

「不知道。」

「怎麼會不知道？妳總是乾乾淨淨、漂漂亮亮的，而我老是在搬貨，全身髒兮兮的，渾身是汗，我都不知道別人看見我們走在一起會怎麼想？」

「別人才不會怎麼想呢，更何況，你一點也不髒。」

「睜眼說瞎話啊妳。」程耀低頭看了一眼身上穿的工作褲，上面都是他經年累月搬這搬那的痕跡，雖然洗得很乾淨，仍掩不了風霜。

「不是睜眼說瞎話，我覺得……唔……很性感。」他是真的不知道嗎？他看起來很可口，不只是他的娃娃臉，還有他黝黑的膚色、精實的體魄……

她覺得她一定是被程耀帶壞了，她越來越不正經，有時看著他，胸口便竄燃火熱慾望，就連腿間似乎都騷動了起來。

「很性感？所以，妳現在總算明白為何送貨員與宅配小弟是受歡迎的AV男主角了吧？」程耀開玩笑。

「……嗯。」她咬了咬唇瓣，點頭。

「呃？」程耀一怔，本以為她會吐槽他，沒想到她雙頰暈暖，怯生生應答的嬌羞模樣，立刻就挑惹他慾望。

「妳害我硬了。」他拉過她的手，放在胯間漸漸勃發起來的慾望之上。

「現在是白天。」她嚇了一跳，馬上就要抽離的手卻被程耀握得更緊。

「白天怎麼了？有人規定白天不能做？」程耀輕笑，捉著她的手，來回撫弄他越見昂揚的腫脹。

他好燙，也好硬……她的身體居然對此馬上有反應，乳首繃凜，就連心跳與呼息都不受控制地快了起來。

「白天、唔……也不是……」

「吻我。」程耀突然提出要求。

她抿了抿唇，真聽話踮起腳尖，貼上他唇瓣，一觸碰到他雙唇時，便清晰感受到她手下的賁張跳了一跳。

她的吻能令他馬上有反應的感受好有成就感，原來她也能輕易撩撥他……

她張手握住他，輕輕吻過他眼鼻，溫柔點吻他臉頰，甜蜜攻陷他的唇，吮吻他口腔，柔軟的身軀緊貼著他散發出勃勃熱氣的胸膛。

太想要她，以致衣料的每一下摩擦都是慾念的酷刑，程耀動手解開褲扣，抓著她的手伸進底褲裡，握住他飽實的硬挺，被她微涼的手握住時，和她同時發出舒服的嘆息。

粱采菲指尖輕輕滑過手中盤據糾結的青筋，手掌撫觸到的男莖似乎又變得更加壯碩……他既柔軟又堅硬，觸感細緻，厚實得無法一手圈圍。

她伸出甜美的舌頭纏裹著他的，像他平時吻她那樣。

她很喜歡他的吻，也很喜歡和他做愛。

每次，他總是很細心地吻她，她的髮、她的眼、她的唇……他綿綿密密地吻著她，像珍愛著一個多麼寶貝的物品，從沒有令她感覺做愛僅只是爲了生理需求，而是有著更多凌駕於生理之上的心理需求，令她溫暖且充實。

她吸吮著他嘴裡渡來的氣味與津液，輾轉摸著他赭紅色的頂冠，反覆撫弄著他粗碩的柱狀分身，令他頂端的開口也沁流想要她的透明汁液。

程耀低哼了聲，俯首脫去她的上衣，將她白皙綿軟的乳從內衣中釋放出來。

他愛不釋手地掐揉著一邊，同時舔過她另一邊赤裸的乳肉，啣住她早已挺立的乳蕾，也褪去他礙事的長褲與底褲。

「在家裡爲什麼要穿內衣？妳和伯母一起住時也穿嗎？」他一邊吻她飽滿的胸房，一邊不滿地發出抗議。

「不、沒有……」她呼息急促，誠實地搖頭。

「沒把我當自己人？」

「不是……啊……」她在程耀的撩撥下發出驚呼。

他懲罰似地盡情狎玩她的乳肉，放肆將她的乳蕾夾在指縫之間，滿意地看著它繃凜挺立，再惡劣地揪扯彈弄，甚至深深地壓進乳肉裡，逼得她發出陣陣嬌喘。

「以後再穿，就罰妳連內褲都不准穿了。」他一邊說話，一邊撩高她的裙子，褪除她的底褲，自己的喘息也益發濁重。

「回去房間……」下身突地傳來一陣冰涼，程耀矯健的大腿觸碰著她的，為她的肌膚帶來燥熱暖意；他的大掌覆著她柔麗嬌乳，將她粉色肌膚揉捏得更加泛紅。

「為什麼要回房間？」程耀分開她的腿，灼燙的男根抵著她柔軟的徑口來回磨蹭，飽滿頂冠沁出的白液越來越多，與她的混合在一起，空氣中充滿浪蕩煽情的氣味。

「唔……這裡沒有床……」她聽見自己呻吟。

她挺胸迎合他的逗弄，深切知道接下來會發生什麼事；她的腿心在躁動，喧囂著想吞含她手裡怒長的男莖。

「沒有床也可以做，我純情的梁組長。」程耀的虎牙愉快地跑出來，略微加重磨蹭她的力道，挫敗地發出低吟。

「真不明白妳辦公室裡的那些男人怎能忍耐？」抵著她柔軟徑口的滋味實在太好，他捉握著前根，撫弄著她畫圓，真心不懂要如何壓抑想要她的慾望。

她永遠都甜美可人，這麼香，這麼軟，這麼誘人……天知道他每次去找她取貨時，有多想將她壓在辦公桌上。

「忍耐什麼？」她染著情慾的眼眸怔怔望著他，迷濛嬌美的眼神看在程耀眼裡十分撩人，不禁俯首吻過她眼，舔吮她耳殼。

「不在辦公室裡上妳。」兩個字是在她耳邊以氣音說的，聽來格外放浪。

「你在說什麼？」她大羞，伸手想打他，程耀卻措手不及地頂入她重重蕊瓣之間的窄徑。

「啊……哈……輕一點……」她深抽了一口氣，努力適應他突衝而入的巨大。溫熱的觸覺幾乎麻痺她的全身，撐展得她既難熬卻快樂。

「妳看起來不像是想要輕一點。」他悍然挺進她，緩緩律動了起來，每一次抽插都來得比上一次更結實。

她的身體誠實且激切地回應著他，絞吸猛啜，逼人瘋狂似的，令他想進入得更深。

她的一切都是爲他而生，與他配合得天衣無縫，他知道她可以承受他各種姿勢的逞慾搗探，更可以承受他各種速度的馳騁撞擊。

他抬起她一隻腿，勾掛在他手臂上，花般的嬌嫩部位大敞，被他勃發的昂揚根器擠塞成圓形，沁流汁液，浪蕩至極，畫面淫靡美麗得不可思議。

他擺動腰臀，剛健的身軀頂弄著她，強悍撞擊的力道好像能讓她騰空，每回下墜又被他更深地插頂，就連腫脹的軟核也挺翹著貼合他腹部，奉獻似地奔向他。

她的左腿勾掛在他手臂上，右腿要十分努力踮高腳尖，才能支撐自己。

熾熱如鐵的下體緊黏著她的，在她體內猛烈進襲，毫不留情地穿透她，一下又一下地向前挺動。

這裡亂七八糟，遍地工具與材料，他們兩個就這樣站在一個幾乎沒有多少空間可走動的空間裡，站著做這些羞人的事……

「啊……」她發出急喘，雙腿顫動，柔美的窄徑被他擴張到極限，收縮顫抖個不停。

她連站都站不穩，氣喘連連，奔騰快感從脊髓直衝腦門。

程耀索性將她另一隻腿也勾掛在手臂上，將她整個人托抱起來，兩腿交纏在他腰後，支撐她全部的重量。

她的腿很美，令人垂涎。早就想這麼做了，早就想狠狠地掘探她、弄壞她……

雙腿離地，突然騰空的感受令她不由得環抱他頸項，緊緊攀附他，兩人交合之處因而黏合得更緊。

她身體懸空，唯一能依賴的只有那具猛鑿著她的強悍肉物，在她體內強烈的衝撞……

他太強壯，帶來的快感太充實也太磨人，一波波急湧而上，令她全身輕顫，忘情嬌吟。

她緊得要命，被她牢牢抓著的感受簡直令人瘋狂，程耀幾乎能聽見血液奔竄的聲音，足以令人頭腦發麻的歡愉感竄流他全身。

他捉緊她白嫩的臀瓣，飽脹凶猛的男根發狂似狠鑿，一下又一下地攻進她深處；她被他柔若無骨般地蠻橫上頂，溫熱蜜液沾濕他健壯的腹肌，沿著大腿流淌而下，整間房裡都是他掘探她的肉體撞擊聲，柔白瑩亮的女體與黝黑結實的男體呈現強烈對比。

「好瘆……唔……」她的指甲深陷他背肌，豔色乳蕾緊貼著他灼燙胸膛，白皙乳肉在他胸前被反覆擠壓，紅唇發出浪蕩呻吟，兩人汗水交融在一起，早已分不清那濕亮的水液究竟是來自於誰。

他狂野衝撞，加驟進襲，強烈的高潮席捲而來，令梁呆菲頭昏眼花，覺得自己就快要死掉了，貝齒咬住他肩頭，淚水將她的睫毛沾濕成一束束的。

「舒服？」程耀吻了吻她髮心，她雙頰豔紅，就連耳朵都是紅色的，可愛得不得了。

「嗯……」她咬著唇瓣點頭，楚楚可憐的模樣令程耀捨不得就此結束。

程耀放下她，愛憐地吻了吻她猶帶著淚痕的眼角。

他讓她扶著那張房內唯一的電腦椅站立，她頓時感覺到腿間流下好多令人難為情的濕意。她高潮才緩，大口吸氣，沒想到程耀站在她身後，卻扶握著仍然硬挺的男根，再度突刺而入。

「啊……」無預警遭襲的她驚喘，雙手緊緊攀扶著椅背。

「以為我會就這樣饒了妳嗎？梁組長，很可惜，沒有這種事哦。」他將碩大燙人的陽具塞擠進她體內，一手繞到她前方，揉擰她酥胸，另一手則撥弄著她腿間顫抖彈跳的小核，簡直快把她逼瘋。

「不是……啊……哈……」她回身想打他，纖腰卻被他緊緊固定住，僅能承受他全然蠻橫的衝撞。

他搓揉著她嫩瓣間彈出的柔軟肉核，搗入得又深又急，幾乎令她放聲尖叫。

「討厭……」她不斷發出不知是舒服還是痛苦的呻吟，她的身體背叛她，居然又隱隱感受到快意，抬起臀瓣迎合他的放蕩，不知節制地吸吮。

「討厭？喜歡得不得了吧？妳下面的嘴把我咬得好緊。」程耀將她嬌美臉龐轉過來，吻著她輕笑，下半身持續凶猛地勃頂。

「討厭討厭……」她在他的搗探中破碎地抗議。

「喜歡。」程耀傾身吻住她，說出她心中真正的答案。

不是討厭，是喜歡。

她喜歡他，喜歡和他做愛，也喜歡他們的新家。

「很快這個家裡就會到處都充滿我們做過的痕跡，下次換廚房？還是客廳？以後在家裡，什麼都別穿，反正也沒別人，愛怎麼做就怎麼做，怎麼叫就怎麼叫……梁組長，我越來越喜歡我們的新家了。」

新家，嗯，他想，他們都一樣喜歡。

邪佞男主角

兩人入住新居後不久，環境已布置穩妥，每日下班後，程耀最常做的事，便是窩在沙發上，邊看電視，邊吃零食。

這完全就是中二青少年的行徑啊，梁采菲好笑地想。

「我有這個，你要用嗎？」她走到程耀身旁坐下，手裡拿著洋芋片魔手。這可是她和向敏一起團購的戰利品，令她驚為天人的發明。

「這什麼？」程耀滿臉疑惑，這支塑膠製的手長得怪裡怪氣的。

「夾洋芋片的夾子呀。這樣手就不會沾到餅乾屑了。」她按下按鈕，夾了一片洋芋片到他嘴裡，示範給他看。

「怎麼會有人發明這種東西啊？那就錯過最好吃的部分了啊！」程耀吃掉洋芋片，對這什麼洋芋片魔手非常嫌棄。

「最好吃的部分？」她一頭霧水。「最好吃的部分就是洋芋片啊，你已經吃掉了。」

「不不不，梁組長，這妳就不懂了。」程耀搖了搖食指。「手指上的粉跟碎屑才是洋芋片的精華，最好吃的部分，就是舔手指啊！」

梁采菲皺起眉頭。

「不是吧？難道妳從來沒舔過手指嗎？」程耀太痛心了。

「沒有。」果然，她搖頭。

「怎麼可能？」他不可置信。

「我不喜歡弄髒手，所以才用夾子，還沒買這夾子之前，我都用筷子。」她才是完全沒想過，世界上居然會有人喜歡舔手指上的餅乾屑。

程耀看了看自己的手，依依不捨地伸到她嘴前，忍痛割愛。「喏，妳試試。」

她驚恐地望著他，再戰戰兢兢地看向眼前放大的手指。

「眞的，沒騙妳，妳舔舔看，一口就好。」程耀繼續推銷。

她半信半疑地舔了一口。

「不是這樣啦，妳要全部吃進去啊！」程耀看著她小家碧玉的秀氣模樣，恨鐵不成鋼。

她猶豫了好一會，才非常遲疑地將他的指節含進嘴裡。

程耀發現他錯了，他想流鼻血！

這個動作既挑逗又色情，令他下腹一陣緊縮。

她的口腔太柔軟，唇舌太溫暖，而他想讓她含的是別的地方……

「我眞的沒有覺得特別好吃呀。」她很認眞感受了一下，什麼都感受不到，抽了一張濕紙巾，爲他拭淨手指，做出結論。

「呃……這樣啊，哦。」他腦子當機，已經完全把洋芋片拋到九霄雲外。

他不知道她有沒有過類似的經驗，只知道，她向來溫清秀雅，他雖然和她什麼事都做過了，卻完全無法想像她爲男人口交的模樣，被她唇舌包覆的感覺該有多好……

「你在想什麼？」見他傻愣愣的模樣，她不明所以地望著他。

「沒、沒什麼……我去洗澡！」他跑了。

洗澡？這麼突然？他今天不是已經洗過了嗎？

直到程耀耳根發紅地奔進浴室後，足足過了好幾分鐘，梁采菲才隱隱約約、後知後覺地領悟到他在想些什麼。

可惡……她手摀著胸口，搧了搧發熱的兩頰，心跳快得不像話。

這傢伙，究竟腦子裡都裝了些什麼?!

＊

認識梁采菲之後，程耀才知道所謂的「膚若凝脂」是什麼意思。

她久坐辦公室，平時沒健身習慣，也不愛出門活動，全身肌膚軟綿綿的，縱使四肢纖細修長、腰線明顯，軀幹部分卻略顯豐潤，不只飽滿的胸房令他愛不釋手，就連她本人深感困擾的小腹都令他喜愛不已。

「不要捏我肚子上的肉。」她冷著臉，將程耀的手拍開。

雖然她小腹上的肉只是一點點，但女人總是斤斤計較，這樣被程耀掐著玩，實在很彆扭、很可恥，更何況，現在這時間、這地點，並不適合有這麼親暱的舉動。

「很好摸。」程耀說著說著又要把手伸過來。

「不要亂摸。」她一邊將他的手拍開，一邊偷看周圍同事的反應。

從今天開始，是為期五天四夜的員工旅遊，他們來到日本，正準備一道前往飯店，怎料她身旁的程耀連坐車也不安分，手探進她衣襬，又要捏她肚子。

「別鬧！」她板起臉，眞不高興了。

「好吧、好吧。」程耀雙手做出投降狀，不玩了。

他怎會不知道，公司是梁采菲的地雷區，同事是她的罩門，在她的同事面前，他們最多只能牽牽手，連尋常的頰吻或摟腰她都受不了。

只是，好不容易拿到假期，可以跟老婆一起出國旅遊，沒想到卻連捏捏肚子也不行，這也太沒人權了吧！

程耀鬱悶得很，一進飯店房間，便俯身偷吻了她一下。

「不要啦！大家都在隔壁，飯店隔音很不好……」她立刻把他推開，大驚失色。

「好好好，不要不要，什麼都不要。」搞什麼？她有必要這麼誇張嗎？根本驚弓之鳥啊！程耀又好笑又無奈，就連現在關起門，她也顧忌著門板很薄、隔音很差，同事們都在隔壁，他眞的快被悶壞了。

「敏敏還說女人都比較喜歡邪佞男主角，叫我偶爾也要換個路線，萬年暖男行不通，我看邪佞男主角才眞正行不通。」他也很想不顧一切這樣又那樣啊！程耀開口抱怨。

「什麼邪佞男主角？你別聽敏敏胡說八道。」向敏敏八成是小說看太多了吧？眞是受不了。

「好，她胡說八道，我乖，我看電視。」這也不行，那也不行，程耀自討沒趣，隨手拿了一包洋芋片，坐到電視前，百無聊賴地按起遙控器。

看著程耀這副很憋屈的模樣，她頓時有種罪惡感。

眞的是她太保守了嗎？可是……

很想補償他些什麼，又不知能做些什麼，望著他正要打開洋芋片的動作，卻陡然想起他們上回關於洋芋片魔手的談話，以及他奔進浴室洗澡的模樣。

「我可以幫你……唔……用嘴。」自然而然，這句話就溜出來，她雙頰紅透，就連自己都有些不可思議。

「什麼？」程耀愣愣地看著她。

「就是，上次在家裡，你吃洋芋片的時候，唔……」要說出口交這兩個字實在太難，她抿了抿唇，欲言又止。

「我吃洋芋片的時候？」程耀完全聽不懂她在說什麼。

「你不是很想要嗎？上次在家裡，吃洋芋片的時候……我很怕有聲音，可是，假如是我幫你……就不會有聲音了。」她紅著顏，絞著手，好半天才把這句話說完。

洋芋片？嘴？她幫他？當他終於搞清楚她在說什麼時，手裡那包洋芋片差點掉下去。

「妳喝酒了？」第二人格又出現了？

「才沒有。」眞是的，在想什麼啊？她瞪他。

「怎麼可能？」一定有人讓她喝了酒，誰讓她喝的？他要頒個「惠我良多」的匾額給他！

「呃？我是很想要，可是妳……」盯著她這副端莊的模樣，視線飄移至她秀氣小巧的嘴，他就不爭氣地硬了，褲襠高高隆起。

咕咚！程耀喉嚨嚥了好大一口，不行不行，搖頭。

「我沒有因爲被妳拒絕不高興，只是有點失望，妳不用委屈自——」

「我沒有委屈，我喜歡你喜歡。」她主動湊過唇，幾乎是本能反應，程耀直接攬過她後頸，與她唇瓣相貼。

她緩慢輕柔地吻著他，程耀閉上眼睛，深沉迫切地回應著她，當她的手緩緩移向他胸膛時，全身肌肉緊繃。

細白的小手從他衣服裡探進去，貼上他火熱的胸肌，有意無意勾捻著他綳緊的乳首，在他光裸的肌膚上來回愛撫，指腹輕畫著他的腹肌線條，戀戀游移不去。

她好喜歡他，也好喜歡他的身體，強壯、堅韌，線條優美且迷人，其實，不光是他很喜歡觸碰她，她也很喜歡摸他……

梁采菲忘情地將舌頭伸進他口腔深處，勾誘著他的舔舐愛撫；程耀嚥深她的吻，喉嚨發出淺淺低吟。

他們的身體很習慣彼此，幾乎是她柔軟的嬌軀一靠近，他便能感覺澎湃的慾望上湧，血液奔騰。

她褪下他的長褲，昂揚男莖暴露在她眼前，腫脹前端微微向上勾起，沁出渴望的露水。

她無意識潤了潤嘴唇，俯首舔去，抿唇感受他留在唇間的鹹味。

程耀在她的注視下壯大，抬起她下顎，拇指來回輕刷她唇瓣，輕聲地問：「妳曾經做過這件事嗎？」

「爲什麼這麼問？」

「我擔心讓妳不舒服。」

「不舒服？怎麼會？」

她的眸光太刺激，伏在他面前的模樣太撩人，程耀懊惱地爬了下頭髮，決定實話實說。

「妳光是這樣看著我，我都覺得有點受不了，萬一我射在妳嘴裡……」

她是他的妻子，也是配合廠商的主管，這是她與同事們的員工旅遊；她本該高高在上、端莊嫻雅，可關起門來，嘴裡卻舔含著他的性器。

職銜差距帶來某種禁忌的悖德感，令他興奮雀躍，躁動不已。

「你可以……唔……反正……怎麼樣都沒有關係……」她雙頰嫣紅，不說了，再度俯唇相就，令程耀重重抽了口氣。

她趴在他身前，雙手扶住他粗碩的昂揚，舌頭舔過他厚實的頂冠，綿綿密密地舔畫了圈，再淺淺地吮去頂端透明的淚液，將他越來越飽滿的壯碩含進嘴裡，試著深淺不一的吮舔。

他結實堅硬，充滿情慾氣息，綿綿密密占據她嘴，鋪天蓋地入侵她所有感官，在她唇內若有似無地彈跳與勃頂，挑撥她渴望，令她腿間氾湧空虛，不禁併攏雙腿，煎熬難耐地調整了下姿勢。

她從來沒有想過，原來這樣也會爲她帶來快感，唇邊幾乎逸出呻吟，旋即壓抑地斂起，將他更深地吞含進去。

被她唇舌舔舐愛撫的滋味實在太好，他賁張的勃起在她嘴內逐漸成長，湧上快意。

程耀撫摸她如雲般的秀髮，將她挽在腦後的髮飾拿下來；長髮飄散，幾綹髮絲觸及到他，既麻且癢。

他緩緩閉眸，調勻呼息，壓抑且享受著她頭髮的觸感，和柔軟唇舌帶來的刺激與親近。

她抬眸睞向他彷若在忍耐著些什麼的舉止，偏首想了想，信手拿起一束髮絲，牢牢纏繞綑縛在他粗碩的軸部上，再用力地抽起。

「啊……哈……」強烈的摩擦帶來難以言喻的快感，令程耀咬牙低吼。

「舒服？」她輕笑。

他睜眸瞧她，秀麗絕倫的臉龐，無辜純美的表情，蕩漾著淘氣的笑容，做著如此挑逗又色情的舉止，只需一秒鐘，就可以令他澈底失去控制。

他一手抓著自己，一手固定她頭部，小心翼翼挺進她喉嚨深處，不斷進出她飢渴的嘴。

她努力地吮啜吞嚥，捧住他沉甸甸的軟囊溫柔愛撫；他必須很忍耐，也確實很忍耐，他定住，再緩緩推進，隨著漸湧而上的律動，速度越來越快，快感越來越猛烈，滾燙快意沖刷全身。

他傾身，將手伸進她的衣服裡，縱情揉捏她豐滿的乳房，唇邊逸出低沉模糊的呻吟；她拚命吸啜他的小嘴顯得那麼柔美又那麼放蕩，帶來妙不可言的極致感受，令他背脊酥麻，高潮來得又猛又急，激流般地傾洩在她嘴裡，既罪惡卻又帶著征服感地看著她氣喘吁吁地嚥下。

「妳還好嗎？」他雙手捧住她發燙的嬌顏，粗重喘息。

她迷濛地望著他，先是點頭，後又搖了搖頭，頰色紅豔得像要滴出血，胸脯起伏急促，不知道她是好還不好。

她嘴裡含著的陽剛越壯大，她越渴望，她好想要……下半身空虛難受得要命，好想被他填滿……雙腿不自覺又併攏得更緊。

程耀察覺到她細微的反應，輕笑著將她拉到身上來，吻住她的嘴，探手摸進她微帶著濕意的底褲。

「梁組長想要了？這麼濕？」邊說邊推高她的上衣，啣含她一枚挺立的乳尖，另一手捻揉她甜美的摺縫，壞心眼地彈弄起她果實般熟透的軟核。

梁采菲輕吟了聲，覺得她應該反駁或推開他，可她的身體完全不想，甚至還微微擺動，迎合他放浪的撫觸，情不自禁索要得更多。

她動情的身體向來非常敏感，與她倔強的性情相違背，誠實貪婪，令他愛不釋手，總愛百般挑撥。

程耀輕輕拉扯她稚嫩的蕊瓣，在她一抽一顫的徑口附近反覆揉弄，掀撥她甜蜜汁液。

「同事都在隔壁，隔音不好，不能發出聲音？嗯？」他將手指伸入她渴望的入口，不過淺淺探進一個指節，立刻被她牢牢吸附。「那要我拿出來嗎？」

她橫他一眼，緊靠著他，咬唇搖頭。

他明知故問，她不只不要他拿出來，她還想要更多，更多的，更充實的……雪白的臀部隨著他抽送的頻率擺動，急切地想要他進入得更深。

她這種明明想要卻又不敢聲張的模樣眞是令他百看不厭，程耀展顏，完全領受到當邪佞男主角的樂趣。

他在她細縫的皺摺處滑動，循著窄小的穴口往前推擠，再度深入一指，在她柔軟的祕徑中恣意掘探。

這麼熾熱、這麼緊窄……他來回抽送，按壓撫弄著她極爲敏感的那個粗糙之點，令她沁流越來越多水液，柔腰扭動得越來越快，一對豐滿雪乳不停顚晃，甚至主動湊到他嘴前，央求著他含進去。

明明想要得不得了，害他又硬得不像話……程耀嚙咬她挺翹腫脹的玫紅色乳尖，扶握著蓄勢待發的男根在她柔美之處來回磨蹭。

性器摩擦的感受是如此美妙，他將她的底褲布料往旁拉扯，挺腰使力，就要朝著拚命呼喚他的柔嫩之處挺進。

她淺淺呻吟，乖順地張開了腿……

叩叩！突然傳來敲門聲。

她臉色一凜，身體一僵，拉好衣裙，便要從程耀身上翻身下去。

「別去。」程耀扣住她嬌軟的身體。

搞什麼鬼？誰這麼不識相啊？他現在應該在她身體裡才對。

「不行啦……」她咬著唇離開，其實也感到非常失望。

歡愛硬生生被中斷，令她腿心痠軟又空虛，蕊蒂悸顫個不停，彷彿在抗議似的。

她置之不理，趕緊整理了下被弄亂的衣物，開門前，不忘回頭，向下半身赤裸的程耀交代。「你也趕快把衣服整理好。」

居然這麼快就變回那個端莊壓抑的梁組長了？

程耀哭笑不得地瞧著她的背影，眞是對她如此拘謹的性格又愛又恨，拿她沒辦法。

看著她整理儀容那副禁慾嚴肅的模樣，再想起她方才舔含他的舉止，下身絲毫沒有頹軟之勢，甚至變得更加腫脹興奮，恨不得又將她拉進懷裡揉弄一番。

梁采菲不知道程耀理好衣褲沒，只敢站在門後，稍稍打開一道門縫，微微探出半張臉。

她整個身體都被門板擋住，開門開得神神祕祕的。

「經理？」站在門口的竟然是李蘋，她非常訝異。

「采菲，敏敏說要去飯店附近逛逛，邀我們一起去，妳和程耀要一起來嗎？我們約十分鐘後大廳見？」

「好啊，等等一起……去，大廳等嗎？」梁采菲本還如常說話，突地面色一深，大口吐息，簡單一句話說得上氣不接下氣，不自然地動了動身體。

「怎麼了？采菲，妳臉色不太好，還好嗎？」李蘋察覺她的反應，擔憂地問。

「很好，我沒事。大概剛剛車坐得久，頭有點昏。」才不是！無法說實話的梁采菲勉力牽起微笑。

其實是因爲程耀不知何時來到她身旁，躲在門後，蹲跪在她兩腿之間，將柔軟的唇舌探進她甜美的摺縫裡，做著一些非常色情的事。

她低下頭，狠狠瞪程耀，可程耀嘻皮笑臉的，非但不怕，還朝她露出笑容，鐵了心不顧她的抗議。

他將她的大腿扳開，埋首至她腿心，變本加厲地逗弄親吻她，以致她根本忘了該回應李蘋什麼。

他舔她充血腫脹的軟核，舔她誘人的溝縫，以舌搔彈她顫顫巍巍的谷口，大力吸吮她爲他滲出的汁液。

近乎折磨的快感令她瘋狂，她想發出聲音，卻得咬牙忍住。

她想把程耀推開，可又唯恐李蘋起疑，不敢有太大的動作，只得任由他胡來，又羞又氣，臉色漲紅。

「采菲，眞的沒事？」李蘋又問了一次。

「眞的沒有。」她努力嚥下嘴邊的呻吟，死命搖頭。

「那就好，等等大廳見。」

「好，等等見。」李蘋一走，她忙不迭關上房門，腿軟得幾乎站不住，只得伸手緊扶著門板。

「討厭……等等要跟敏敏他們出去……不要……」她推了推程耀，可柔柔弱弱的嬌媚聲嗓一點說服力也沒有，腿心溢出的蜜液沿著大腿淌落，全然背叛她的理智。

好舒服……他溫暖滾燙的唇舌反覆侵襲著她稚嫩的祕處，吮舔啃咬，令她腦袋嗡嗡作響，全身緊繃發麻，偏偏又顧忌著外頭有人，不敢發出任何聲音。

「不要？這麼能忍？」她的違心之論令程耀笑了，直接將她放倒在地上，扯下她濕透的底褲，也脫去自己的衣物，露出精壯結實的身體。

他俯在她上方，捉著強悍的肉物在她白嫩的大腿之間磨蹭挑逗，揉擰她悸動的蕊蒂，偏偏不痛快進入。

「梁組長，妳濕透了，其實妳很想要吧？很想我趕快上妳，是不是？」他壞心眼地，在她耳邊沙啞地問。

她難受地扭動著身體，不知該如何是好。

她確實想要，可是，她應該要趕緊穿好衣服，她……

「妳不要，我就起來了哦？」程耀作勢起身。

可惡，他壞透了，梁采菲拉住他，抿唇搖頭，眸光濕潤。

「不是不要？那求我上妳，說啊，把腿張開，自己打開，嗯？」程耀一邊說，一邊撩撥她，漸漸掌握到邪佞男主角的精髓了。

她盯著他遲疑了很久，慾望與理智一番交戰，最終抬起漂亮的腳，敞開修長的雙腿，困窘地別過頭去，不敢看他，怯怯地開口：「上我……求你……」

她柔美的祕處開啓，稚嫩的肉縫在他面前一覽無遺；既羞又氣的瀲灩眸光太動人，嘴裡吐出的字彙太撩人，程耀身爲男人的虛榮感與成就感瞬間攀升到極致，下身簡直興奮到發痛。

「眞該讓妳的同事們看看妳這麼飢渴的樣子，是妳求我的哦，親愛的梁組長。」他眞愛看她動情放浪的模樣，他必須進入她，非常、迫切地需要。

程耀捉住她的膝蓋，拉高她一條腿，由側面重重地頂入，另一手揉弄著她發顫的軟核，每一下飽含力道的掘探都彷彿要深深貫穿她。

他的動作太快，令她嚇了一跳，他昂揚的硬挺用力頂著她溫暖的內部，不斷、不斷地深入。他強烈地進襲，攻勢猛烈，令她急切吮啜，腰間痠麻，酥胸不停彈跳。

「唔……」她想忘情叫喊，偏偏只能盡力忍住，顧忌著門外或許有人的考量令她將他纏絞得更深更緊，身體敏感得不像話。

程耀愛極了她這副敏感不敢出聲的模樣，發狠地由高處挺進，狂野急遽地瘋狂鑿探。每一次深入時，沉甸甸的軟囊便拍打著她豐美的臀瓣，那拍擊聲響太淫靡，加倍催人情慾。

程耀呼吸短促，低哼著抽送再抽送，固定她的髖部，牢牢地將自己送進她的身體裡。

他渾身肌肉拉到極致，身上的汗沾黏到她身上，將她粉色肌膚染得動情濕亮。

他的體力原就比梁采菲好上許多，方才又在她嘴裡釋放過一回，自然比往常來得更持久更磨人，搗探得更猛更狠。

她緊緊咬住雙唇，全然不知過了多久，絲毫不敢出聲，覺得她就快要死了。

天旋地轉、腦子發暈，好像全身血液都流至他們兩人相連之處似的，根本無從思考。

「梁姊、梁姊——」驀然間，門板上傳來叩門聲，是向敏敏。「我們要去外面逛一逛，妳要一起來嗎？」

躺在地上的梁采菲不由得緊張了起來，柔嫩的甬道因此一顫，吸縮得更緊，像想把他推出去，刺激的反應令程耀深感暢快，鑿進得更深更狠。

邪佞男主角果然是王道，她從來沒有絞得如此深過，窄徑發顫；被她緊緊捉握的感受舒暢得難以名狀，程耀痛快撞擊了起來。

「啊……哈……敏敏來了……唔……出去……」梁采菲踢了踢腿，抗議。

程耀哪肯聽她的？她克制得越厲害，他便插挺得更放浪更凶狠。

他抓緊她腳踝，將她整個下半身與腰部都拉抬到完全離開地面，由上而下地狠狠鑿入。

太……太深了……她好痛苦，又好喜歡。她好愛他的體能與力量，她全身繃凜，幾乎尖叫出聲。

「梁姊、梁姊——妳睡了嗎？」門外的向敏敏再度喊了幾聲，遲遲沒有得到回答，只好附耳在門板上。

「……輕一點……嗚……太深了……啊……不要了……」入耳的是女人既嬌且媚的呻吟，與男人含糊低沉的喘息，還有十分曖昧的肉體碰撞聲。

聽清房內聲音，饒是向敏敏再大膽，也不禁兩頰羞紅。「我們自己去好了，梁姊睡了。」

「睡了？這麼早？怎麼可能？她剛剛明明說要一起去的呀！難得出國玩，這麼早睡？」緊接著傳來的聲音是李蘋。

「眞的，睡了啦。」向敏敏正要拉走李蘋，李蘋不信，也貼在門板上聽了一會。

「嗯，她睡了。走吧，我們自己去。」李蘋做出結論，故作從容地帶走身旁同事，耳殼卻悄悄紅了。

他們都不知道，此時春色無邊，但回國後，邪佞男主角足足睡了一星期的客廳地板。

※後記※
轉身之後

《王子不順眼》這個故事寫在二〇一五年，當時，我離開了言小出版社，也離開了一段婚姻，結束了一些關係。

如今，六年後的現在，我又離開了網路平臺，而它，依舊做為承先啓後的故事，對我來說，著實意義非凡。

在這個故事裡，我做了比較多的調整，大抵是因爲心境與視野有所變化，看待故事的眼光和從前不太相同，所以在不影響故事主線的前提下，做了些增補與刪修。

尤其在采菲的心境上，讓她有了更貼近現實面的掙扎，對階級複製更加感到恐懼，所以樂樂美的存在，以及身旁好友發生的事件，才會對她原本的價値觀產生相當的影響。

做了相當的修整之後，故事應該有著比以往更多的樂趣及魅力，對吧對吧對吧！如果覺得這版變得更加好看了，歡迎告訴我哦，我會超級開心的。

而這次在整理書稿時，才驚覺原來《王子不順眼》的番外居然有這麼多，加上別冊，前前後後眞是爲程耀加了不少戲。

有趣的是，這個故事的靈感是來自於住家附近的黑貓小弟嘛，由於他總是記得女兒的生日，陽光開朗得不得了，所以才誕生了這個故事。

前幾年，個人誌付梓後沒多久，他就去跑別條線了，雖然偶爾會在路上看見寫著他姓名的貨車經過，但我就沒有再收過他送來的貨，也沒有再見過他了。

然而就在前陣子，決定增補《王子不順眼》的時候，他竟然又因爲某些原因，被調回這條線，重新出現了！

我覺得好巧啊！所以這個故事是眞的可以召喚出他來就是了（大笑）。

感謝春光出版社給了這個故事重新和大家見面的機會，可以好好地賦予故事新面貌，眞的是件超級幸運及值得珍惜的事情。

另外，也要謝謝華星、瑞讀老師、編輯、校對……每位每位幫助書本出版的大家，以及閱讀這個故事的你。

謝謝你們把寶貴的時光分享給我，讓我的故事能夠陪你走過一段路。

祝福我們大家都能強悍溫柔，在現在這有點動蕩的時代裡，得到很多很多的力量。

我們下個故事見！

國家圖書館出版品預行編目資料

王子不順眼/宋亞樹作. -- 初版. -- 臺北市：春光出版,
城邦文化事業股份有限公司出版：英屬蓋曼群島商
家庭傳媒股份有限公司城邦分公司發行, 民111.05
面；　公分. --(奇幻愛情；89)
ISBN 978-986-5543-70-9(平裝)

863.57　　　　110020532

王子不順眼

作　　者／宋亞樹
企劃選書人／王雪莉
責任編輯／王雪莉、張婉玲

版權行政暨數位業務專員／陳玉鈴
資深版權專員／許儀盈
行銷企劃／陳姿億
行銷業務經理／李振東
總　編　輯／王雪莉
發　行　人／何飛鵬
法律顧問／元禾法律事務所　王子文律師
出　　版／春光出版
臺北市104中山區民生東路二段 141 號 8 樓
電話：(02) 2500-7008　傳真：(02) 2502-7676
部落格：http://stareast.pixnet.net/blog　E-mail：stareast_service@cite.com.tw
發　　行／英屬蓋曼群島商家庭傳媒股份有限公司城邦分公司
臺北市中山區民生東路二段 141 號11 樓
書虫客服服務專線：(02) 2500-7718 / (02) 2500-7719
24小時傳真服務：(02) 2500-1990 / (02) 2500-1991
服務時間：週一至週五上午9:30～12:00，下午13:30～17:00
郵撥帳號：19863813　戶名：書虫股份有限公司
讀者服務信箱E-mail: service@readingclub.com.tw
歡迎光臨城邦讀書花園　網址：www.cite.com.tw
香港發行所／城邦（香港）出版集團有限公司
香港灣仔駱克道 193 號東超商業中心 1 樓
電話：(852) 2508-6231　　傳真：(852) 2578-9337
E-mail : hkcite@biznetvigator.com
馬新發行所／城邦（馬新）出版集團　Cite(M)Sdn. Bhd
41, Jalan Radin Anum, Bandar Baru Sri Petaling,
57000 Kuala Lumpur, Malaysia.
Tel: (603) 90578822　Fax:(603) 90576622　E-mail:cite@cite.com.my

封面設計／蔡佩紋
內頁排版／極翔企業有限公司
印　　刷／高典印刷有限公司

■ 2022 年（民 111）4 月 28 日初版一刷　　Printed in Taiwan

售價／360元

城邦讀書花園
www.cite.com.tw

ISBN　978-986-5543-70-9

廣　告　回　函
北區郵政管理登記證
臺北廣字第000791號
郵資已付，免貼郵票

104臺北市民生東路二段141號11樓
英屬蓋曼群島商家庭傳媒股份有限公司
城邦分公司

請沿虛線對折，謝謝！

愛情．生活．心靈
閱讀春光，生命從此神采飛揚

春光出版

書號：OF0089　　書名：王子不順眼

請於此處用膠水黏貼

讀者回函卡

謝謝您購買我們出版的書籍！請費心填寫此回函卡，我們將不定期寄上城邦集團最新的出版訊息。亦可掃描QR CODE，填寫電子版回函卡。

姓名：＿＿＿＿＿＿＿＿＿＿＿＿＿＿＿＿

性別：□男　□女

生日：西元＿＿＿＿＿年＿＿＿＿＿月＿＿＿＿＿日

地址：＿＿＿＿＿＿＿＿＿＿＿＿＿＿＿＿＿＿＿＿

聯絡電話：＿＿＿＿＿＿＿＿＿＿ 傳真：＿＿＿＿＿＿＿＿＿＿

E-mail：＿＿＿＿＿＿＿＿＿＿＿＿＿＿＿＿＿＿＿＿

職業：□1.學生 □2.軍公教 □3.服務 □4.金融 □5.製造 □6.資訊

□7.傳播 □8.自由業 □9.農漁牧 □10.家管 □11.退休

□12.其他＿＿＿＿＿＿＿＿＿＿＿＿＿＿＿＿

您從何種方式得知本書消息？

□1.書店 □2.網路 □3.報紙 □4.雜誌 □5.廣播 □6.電視

□7.親友推薦 □8.其他＿＿＿＿＿＿＿＿＿＿＿＿

您通常以何種方式購書？

□1.書店 □2.網路 □3.傳真訂購 □4.郵局劃撥 □5.其他＿＿＿＿＿

您喜歡閱讀哪些類別的書籍？

□1.財經商業 □2.自然科學 □3.歷史 □4.法律 □5.文學

□6.休閒旅遊 □7.小說 □8.人物傳記 □9.生活、勵志

□10.其他＿＿＿＿＿＿＿＿＿＿＿＿＿＿＿＿

請於此處用膠水黏貼

Aki Sung
宋亜樹

Aki Sung
宋亞樹